BUR

Guareschi

Mondo piccolo

Don Camillo

con 38 disegni dell'autore

Biblioteca Universale Rizzoli

ISBN 88-17-13195-4

prima edizione BUR: novembre 1977
sesta edizione BUR: marzo 1986

Qui, con tre storie e una citazione, si spiega il mondo di "Mondo Piccolo".

Io da giovane facevo il cronista in un giornale e andavo in giro tutto il giorno in bicicletta per trovare dei fatti da raccontare.

Poi conobbi una ragazza, e allora passavo le giornate pensando a come si sarebbe comportata quella ragazza se io fossi diventato imperatore del Messico o se fossi morto. E, alla sera, riempivo la mia pagina inventando i fatti di cronaca, e questi fatti piacevano parecchio alla gente perché erano molto più verosimili di quelli veri.

Io, nel mio vocabolario, avrò sì e no duecento parole, e son le stesse che usavo per raccontare l'avventura del vecchio travolto da un ciclista o quella della massaia che, sbucciando le patate, ci rimetteva un polpastrello.

Quindi niente letteratura o altra mercanzia del genere: in questo libro io sono quel cronista di giornale e mi limito a raccontare dei fatti di cronaca. Roba inventata e perciò tanto verosimile che mi è successo un sacco di volte di scrivere una storia e di vederla, dopo un paio di mesi, ripetersi nella realtà. E non c'è niente di straordinario, è semplice questione di ragionamento: uno considera il tempo, la stagione, la moda e il momento psicologico e conclude che, stando così le cose, in un ambiente x possono verificarsi questa e quest'altra vicenda.

Queste storie quindi vivono in un determinato clima e in un determinato ambiente. Il clima politico italiano dal dicembre del 1946 al dicembre del 1947. La storia insomma di un anno di politica.

L'ambiente è un pezzo della pianura padana: e qui bisogna precisare che, per me, il Po comincia a Piacenza.

Il fatto che da Piacenza in su sia sempre lo stesso fiume, non significa niente: anche la Via Emilia, da Piacenza a Milano, è in fondo la stessa strada; però la Via Emilia è quella che va da Piacenza a Rimini.

Non si può fare un paragone tra un fiume e una strada perché le strade appartengono alla storia e i fiumi alla geografia.

E con questo?

La storia non la fanno gli uomini: gli uomini subiscono la storia come subiscono la geografia. E la storia, del resto, è in funzione della geografia.

Gli uomini cercano di correggere la geografia bucando le montagne e deviando i fiumi e, così facendo, si illudono di dare un corso diverso alla storia, ma non modificano un bel niente, perché, un bel giorno, tutto andrà a catafascio. E le acque ingoieranno i ponti, e romperanno le dighe, e riempiranno le miniere; crolleranno le case e i palazzi e le catapecchie, e l'erba crescerà sulle macerie e tutto ritornerà terra. E i superstiti dovranno lottare a colpi di sasso con le bestie, e ricomincerà la storia.

La solita storia.

Poi, dopo tremila anni, scopriranno, sepolto sotto quaranta metri di fango, un rubinetto dell'acqua potabile e un tornio della Breda di Sesto San Giovanni e diranno: "Guarda che roba!"

E si daranno da fare per organizzare le stesse stupidaggini dei lontani antenati. Perché gli uomini sono delle disgraziate creature condannate al progresso, il quale progresso porta irrimediabilmente a sostituire il vecchio Padreterno con le nuovissime formule chimiche. E così, alla fine, il vecchio Padreterno si secca, sposta di un decimo di millimetro l'ultima falange del mignolo della mano sinistra e tutto il mondo va all'aria.

Dunque il Po comincia a Piacenza, e fa benissimo perché è l'unico fiume rispettabile che esista in Italia: e i fiumi che si rispettano si sviluppano in pianura, perché l'acqua è roba fatta per rimanere orizzontale, e soltanto quando è perfettamente orizzontale l'acqua conserva tutta la sua naturale dignità. Le cascate del Niagara sono fenomeni da baraccone, come gli uomini che camminano sulle mani.

Il Po comincia a Piacenza, e a Piacenza comincia anche il Mondo piccolo *delle mie storie, il quale* Mondo piccolo *è situato in quella fetta di pianura che sta fra il Po e l'Appennino.*

"...il cielo è spesso d'un bell'azzurro, come ovunque in Italia, salvo nella stagione men buona, in cui si levano fittissime nebbie. Il suolo è la più parte gentile, arenoso e fresco, alquanto forte a monte e talora schiettamente argilloso. Una lussureggiante vegetazione ammanta il territorio che non ha un palmo spoglio di verzura, la quale cerca di stendere il suo dominio fin sopra i larghi renaï del Po.

"I campi di ondeggianti messi, listati per tutto da filari di viti sposate agli oppii, coronati da prode di ben chiomati gelsi, mostrano la feracità del suolo... Frumento, granoturco, uve in copia, bachi da seta, canape, trifoglio, sono i principali prodotti: vi prova bene ogni generazione di piante, e assai vi allignavano un dì' le roveri e ogni ragione di frutti: folte vincaie rendono irsute le coste della riviera, lungo la quale, in passato più che adesso, verdeggiavano larghi e ricchi boschi di pioppi, qua e là tramezzati da ontani e da salici, o resi vaghi dall'odorosa madreselva, che abbraccia le piante, forma capannucce e guglie cosparse di colorite campanelline.

"Vi ha di molti buoi, bestie suine e pollame, insidiato questo dal martore e dalla faina: il cacciatore vi scova non poche lepri, preda soventi volte delle volpi, e, a tempo, fendono l'aria quaglie, tortore, pernici dal pennaggio brizzolato, beccacce che bezzicano il terreno a mo' di crivello, e altri volatili di passo: vedi sopraccapo grandi schiere di rapidi storni: suoli d'anitre stendonsi d'inverno sul Po. Il biancheggiante gabbiano brilla sull'ali attento, indi piomba e ghermisce il pesce: fra i canneti s'asconde il variopinto piombino, la passera cannaiola, la gallinella acquatica e l'astuta fòlaga: sul fiume odi ciurlotti, scorgi aironi, pivieri, pavoncelli e altri uccelli ripuari, rapaci falchi e roteanti poane terror delle chiocce, notturni barbagianni e silenziosi fatappi: talora furono ammirati e presi volatili maggiori, cui su per il Po o giù dall'Alpi, recarono i venti da strani paesi. In quella conca ti appinzano le zanzare (*'da fangosi - Stagni gli antichi lai cantan le rane'*), ma nelle smaglianti notti d'estate l'incantevole usignolo accompagna del soavissimo suo canto la divina armonia dell'universo, lamentando forse che una simile non addolcisca i liberi cuori degli uomini.

"Nel fiume pescoso guizzano barbi, tinche, lucci voraci, argentei carpi, squisiti persici dalle pinne rosse, lubriche anguille e grossi storioni che talor, tormentati da piccole lamprede, risalgono il fiume, del peso qualche volta di centocinquanta e più chilogrammi ciascuno.

"...Sulla spiaggia del fiume giacciono i resti della villa di Stagno, un di' molto distesa, or pressoché tutta inghiottita dalle onde: nel canto ove il comune tocca Stirone vicino al Taro, sorge la villa di Fontanelle, aprica e sparta. Là dove la strada provinciale s'incrocicchia coll'argine del Po, sta il casale di Ragazzola: verso mattina, dove il suolo più si abbassa, è il piccolo villaggio della Fossa; e la romita villicciuola di Rigosa sta, umile e incantucciata, tra gatteri e pioppi ed altre piante poco lontano dal luogo dove il rivo Rigosa mette in Taro. Fra queste ville verdi Roccabianca..."

Quando rileggo questa pagina del notaio Francesco Luigi Campari[1], *mi sembra di diventare un personaggio della favola che egli racconta, perché io son nato nella villa* "aprica e sparta".

Il piccolo mondo del Mondo piccolo *non è qui*

[1] Dott. Francesco Luigi Campari: *Un castello del parmigiano attraverso i secoli* (ed. Battei, Parma, 1910).

però: non è in nessun posto fisso: il paese di Mondo piccolo *è un puntino nero che si muove, assieme ai suoi Pepponi e ai suoi Smilzi, in su e in giù lungo il fiume per quella fettaccia di terra che sta tra il Po e l'Appennino: ma il clima è questo. Il paesaggio è questo: e, in un paese come questo, basta fermarsi sulla strada a guardare una casa colonica affogata in mezzo al granturco e alla canapa, e subito nasce una storia.*

Prima storia

Io abitavo al Boscaccio, nella Bassa, con mio padre, mia madre e i miei undici fratelli: io, che ero il più vecchio, toccavo appena i dodici anni e Chico che era il più giovane toccava appena i due. Mia madre mi consegnava ogni mattina una cesta di pane, un sacchetto di mele o di castagne dolci, mio padre ci metteva in riga nell'aia e ci faceva dire ad alta voce il Pater Noster: poi andavamo con Dio e tornavamo al tramonto.

I nostri campi non finivano mai e avremmo potuto correre anche una giornata intera senza sconfinare. Mio padre non avrebbe avuto neppure mezza parola anche se noi gli avessimo calpestato tre intere biolche di frumento in germoglio o se gli avessimo divelto un filare di viti. Eppure noi sconfinavamo sempre e ci davamo parecchio da fare. Anche Chico, che aveva due anni appena e aveva la bocca piccolina e rossa e gli occhi grandi con lunghe ciglia e ricciolini sulla fronte come un angioletto, non si faceva certamente scappare un papero quando gli arrivava a tiro.

Poi, ogni mattina, appena partiti noi, venivano alla fattoria delle vecchie con sporte piene di paperi, di gallinelle, di pulcini assassinati, e mia madre, per ogni capo morto, dava un capo vivo.

Noi avevamo mille galline che razzolavano per i nostri campi, ma quando si doveva mettere qualche pollo a bollire nella pentola, bisognava comprarlo.

Mia madre scuoteva il capo e continuava a cambiare paperi vivi con paperi morti. Mio padre faceva la faccia scura, si arricciava i lunghi baffi e interrogava brusco le donnette per sapere se si ricordavano chi dei dodici era stato a fare il colpo.

Quando qualcuna gli diceva che era stato Chico, il più piccolino, mio padre si faceva raccontare per tre o quattro volte la storia, e come aveva fatto a lanciare il sasso, e se era un sasso grosso, e se aveva colpito il papero al primo colpo.

Queste cose le ho sapute tanto tempo dopo: allora non ci si pensava. Ricordo che una volta mentre io, lanciato Chico contro un papero che passeggiava come uno stupido in mezzo a un praticello spelacchiato, stavo con gli altri dieci appostato dietro un cespuglione, vidi mio padre a venti passi di distanza che fumava la pipa all'ombra di una grossa quercia.

Quando Chico ebbe spacciato il papero, mio padre se ne andò tranquillamente con le mani in tasca e io e i miei fratelli ringraziammo il buon Dio.

"Non si è accorto di niente" dissi io sottovoce ai ragazzi. Ma allora io non potevo capire che mio padre ci aveva pedinati per tutta la mattinata, nascondendosi come un ladro, pur di riuscire a vedere come Chico ammazzava i paperi.

Ma io sto uscendo dal seminato: questo è il difetto di chi ha troppi ricordi.

Io devo dirvi che il Boscaccio era un paese dove non moriva mai nessuno, per via di quell'aria straordinaria che vi si respirava.

Al Boscaccio sembrava quindi impossibile che un bambino di due anni potesse ammalarsi.

Invece Chico si ammalò sul serio. Una sera, mentre stavamo per tornare a casa, Chico si sdraiò improvvisamente per terra e cominciò a piangere. Poi smise di piangere e si addormentò. Non si volle svegliare e io lo presi in braccio.

Chico scottava, sembrava pieno di fuoco: allora noi tutti provammo una paura terribile. Il sole tramontava e il cielo era nero e rosso, le ombre lunghe. Abbandonammo Chico in mezzo all'erba e fuggimmo urlando e piangendo come se qualcosa di terribile e di misterioso ci inseguisse.

"Chico dorme e scotta!... Chico ha il fuoco dentro la testa!" singhiozzai io appena mi trovai davanti a mio padre.

Mio padre, lo ricordo bene, staccò la doppietta dalla parete, la caricò, se la mise sottobraccio, e ci seguì senza dir nulla, e noi camminammo stretti attorno a lui e non avevamo più paura perché nostro padre era capace di fulminare un leprotto a ottanta metri di distanza.

Chico era abbandonato in mezzo all'erba scura, e con la sua lunga veste chiara e i suoi ricciolini sulla fronte sembrava un angelo del buon Dio cui si fosse guastata un'aluzza e che fosse caduto nel trifoglio.

Al Boscaccio non moriva mai nessuno, e quando la gente seppe che Chico stava male, tutti provarono un enorme sgomento. Anche nelle case si parlava sottovoce. Per il paese bazzicava un forestiero pericoloso e nessuno di notte si azzardava ad aprire una finestra per paura di vedere, nell'aia imbiancata dalla luna, aggirarsi la vecchia vestita di nero e con la falce in mano.

Mio padre mandò a prendere col calessino tre o quattro dottori famosi. E tutti toccarono Chico e gli appoggiarono l'orecchio alla schiena, poi guardarono mio padre senza dir niente.

Chico continuava a dormire e a scottare, e il suo viso era diventato più bianco del lenzuolo. Mia madre piangeva in mezzo a noi e non voleva più mangiare; mio padre non si sedeva mai e continuava ad arricciarsi i baffi, senza parlare.

Il quarto giorno i tre ultimi dottori, che erano arrivati insieme, allargarono le braccia e dissero a mio padre:

"Non c'è che il buon Dio che possa salvare il vostro bambino".

Ricordo che era mattina: mio padre fece un cenno con la testa e noi lo seguimmo nell'aia. Poi con un fischio chiamò i famigli: erano cinquanta fra uomini, donne e bambini.

Mio padre era alto, magro e potente, con lunghi baffi, un grande cappello, la giacca attillata e corta, i calzoni stretti alla coscia e gli stivali alti. (Da giovane mio padre era stato in America, e vestiva all'americana.) Faceva paura quando si piantava a gambe larghe davanti a qualcuno. Mio padre si piantò a gambe larghe davanti ai famigli e disse:

"Soltanto il buon Dio può salvare Chico. In ginocchio: bisogna pregare il buon Dio di salvare Chico".

Tutti ci inginocchiammo e cominciammo a pregare ad alta voce il buon Dio. Le donne dicevano a turno delle cose e noi e gli uomini rispondevamo: "Amen".

Mio padre rimase a braccia conserte, fermo come una statua davanti a noi fino alle sette di sera, e tutti pregavano perché avevano paura di mio padre e perché volevano bene a Chico.

Alle sette di sera, mentre il sole cominciava a tramontare, venne una donna a chiamare mio padre. Lo seguii.

I tre dottori erano seduti pallidi attorno al letto di Chico:

"Peggiora" disse il più anziano. "Non arriverà a domattina."

Mio padre non disse nulla, ma sentii che la sua mano stringeva forte la mia.

Uscimmo: mio padre prese la doppietta, la caricò a palla, se la mise a tracolla, prese un grosso pacco, me lo consegnò.

"Andiamo" disse.

Camminammo attraverso i campi: il sole si era nascosto dietro l'ultima boscaglia. Scavalcammo il muretto di un giardino e bussammo a una porta.

Il prete era solo in casa e stava mangiando al lume della lucerna. Mio padre entrò senza levarsi il cappello.

"Reverendo," disse mio padre "Chico sta male e soltanto il buon Dio può salvarlo. Oggi, per dodici ore, sessanta persone hanno pregato il buon Dio, ma Chico peggiora e non arriverà a domattina."

Il prete guardava mio padre con gli occhi sbarrati.

"Reverendo" continuò mio padre "tu soltanto puoi parlare al buon Dio e fargli capire come stanno le cose. Fagli capire che se Chico non guarisce io gli butto all'aria tutto. In quel pacco ci sono cinque chili di dinamite da mina. Non resterà più in piedi un mattone di tutta la chiesa. Andiamo!"

Il prete non disse parola: si avviò seguito da mio padre, entrò in chiesa, si inginocchiò davanti all'altare, giunse le mani.

Mio padre stava in mezzo alla chiesa, col fucile sottobraccio, a gambe larghe, piantato come un macigno. Sull'altare ardeva una sola candela e tutto il resto era buio.

Verso mezzanotte mio padre mi chiamò:

"Va' a vedere come sta Chico e torna subito".

Volai fra i campi, arrivai a casa col cuore in gola. Poi ritornai e correvo ancora più forte.

Mio padre era ancora lì, fermo, a gambe larghe, col fucile sottobraccio e il prete pregava bocconi sui gradini dell'altare.

"Papà" gridai col mio ultimo fiato. "Chico è migliorato! Il dottore ha detto che è fuori pericolo! Il miracolo! Tutti ridono e sono contenti!"

Il prete si alzò: sudava e il suo viso era disfatto.

"Va bene" disse bruscamente mio padre.

Poi, mentre il prete guardava a bocca aperta, si tolse dal taschino un biglietto da mille e l'infilò nella cassetta delle elemosine.

"Io i piaceri li pago" disse mio padre. "Buona sera."

Mio padre non si vantò mai di questa faccenda, ma al Boscaccio c'è ancora oggi qualche scomunicato il quale dice che, quella volta, Dio ebbe paura.

Questa è la Bassa, terra dove c'è gente che non battezza i figli e bestemmia non per negare Dio, ma per far dispetto a Dio. E sarà lontana quaranta chilometri o meno dalla città; ma, nella piana frastagliata dagli argini, dove non si vede oltre una siepe o al di là della svolta, ogni chilometro vale per dieci. E la città è roba di un altro mondo.

Io mi ricordo:

Seconda storia

Qualche volta si vedevano al Boscaccio quelli di città: meccanici, muratori. Andavano al fiume per avvitare i bulloni del ponte di ferro, o al canale della bonifica per dare il cemento ai muretti delle chiuse.

Portavano la paglietta o dei berretti di pezza buttati da una parte, si sedevano davanti all'osteria della Nita e chiedevano birra, bistecchine con spinaci.

Il Boscaccio era un paese dove la gente mangiava a casa sua e andava all'osteria soltanto per bestemmiare, per giocare alle bocce e per bere del vino in compagnia.

"Vino, minestra col lardo e ova con la cipolla" rispondeva la Nita affacciandosi alla porta. E allora quegli uomini si buttavano le pagliette e i berretti all'indietro e cominciavano a gridare che la Nita aveva di bello questo e quest'altro e a picchiare gran pugni sulla tavola e a schiamazzare come oche.

Quelli di città non capivano niente: quando giravano per la campagna facevano come le scrofe nel granturco: fracasso e scandalo. Quelli di città a casa loro mangiavano polpette di cavallo e venivano a chiedere birra al Boscaccio dove al massimo si poteva bere vino nelle scodelle, o a trattare con prepotenza uomini che, come mio padre, avevano trecentocinquanta bestie, dodici figli e millecinquecento biolche di terra.

Adesso è cambiata perché anche in campagna c'è gente che porta il berretto tutto da una parte, mangia polpette di cavallo e grida in pubblico alle ragazze d'osteria che hanno di bello questo e quest'altro: il telegrafo e la ferrovia hanno fatto molto in questo campo. Ma allora la cosa era diversa, e quando arrivavano quelli di città al Boscaccio c'era gente che stava in forse se uscire di casa con la doppietta carica a pallettoni oppure a palla.

Il Boscaccio era un benedetto paese fatto così.

Una volta, seduti davanti al ceppo dell'aia, guardavamo nostro padre che con una zappa cavava fuori da un pezzo di pioppo una pala da frumento, quando arrivò di corsa Chico.

"Uh! Uh!" disse Chico che aveva due anni e non poteva fare lunghi discorsi. Io non riesco a capire come facesse mio padre a intendere sempre quello che borbottava Chico.

"C'è qualche forestiero o qualche bestiaccia" disse mio padre e, fattosi portare la doppietta, si avviò trascinato da Chico verso il prato davanti al primo frassino.

Trovammo sei maledetti di città: avevano dei trespoli e dei pali bianchi e rossi e misuravano non so che cosa calpestando il trifoglio.

"Cosa fate?" domandò mio padre al più vicino, che reggeva uno dei pali rossi e bianchi.

"Faccio il mio mestiere," spiegò l'imbecille senza voltarsi "e se anche voi faceste il vostro si risparmierebbe fiato."

"Toglietevi di là!" gridarono gli altri che stavano in mezzo al trifoglio attorno al treppiedi.

"Via!" disse mio padre puntando la doppietta contro i sei imbecilli di città.

E quelli, quando lo videro alto come un pioppo in mezzo alla carrareccia, presero i loro arnesi e scapparono come lepri.

Alla sera, mentre seduti attorno al ceppo dell'aia stavamo guardando nostro padre dare gli ultimi colpi di zappetta alla pala, i sei di città ritornarono accompagnati da due guardie che erano andati a stanare fino alla stazione di Gazzola.

"È quello lì" disse uno dei sei miserabili indicando mio padre.

Mio padre continuò a zappettare senza neppure alzare la testa e il capoguardia affermò che non capiva come potesse essere successo.

"È successo che io ho visto sei estranei rovinarmi il trifoglio e li ho mandati fuori della mia terra" spiegò mio padre.

Il capoguardia disse che si trattava dell'ingegnere e dei suoi aiutanti venuti a prendere le misure per il binario del tranvai a vapore.

"Dovevano dirlo. Chi entra in casa mia deve domandare permesso" dichiarò mio padre rimirando soddisfatto il suo lavoro. "E poi attraverso i miei campi non deve passare nessun tranvai."

"Se ci fa comodo, il tranvai passerà" rise con rabbia l'ingegnere. Ma mio padre s'era accorto che la pala aveva su un fianco una gobba e ora era molto impegnato a spianarla.

Il capoguardia affermò che mio padre doveva lasciar passare l'ingegnere e i suoi aiutanti.

"È roba governativa" concluse.

"Quando avrò una carta coi timbri del governo lascerò passare quella gente" borbottò mio padre. "Il mio diritto lo conosco."

Il capoguardia convenne che mio padre aveva ragione e che l'ingegnere avrebbe portato la carta coi timbri.

L'ingegnere e i cinque di città tornarono il giorno dopo: entrarono nell'aia con le pagliette all'indietro e i berretti sull'orecchio.

"Ecco la carta" disse l'ingegnere presentando un foglio a mio padre.

Mio padre prese il foglio e si avviò verso casa: lo seguimmo tutti.

"Leggi adagio" mi ordinò mio padre quando fummo in cucina. E io lessi e rilessi.

"Vagli a dire che può andare" concluse alla fine mio padre cupo.

Ritornato in casa seguii mio padre e gli altri sul solaio e ci disponemmo davanti alla finestra rotonda che dava sui campi.

I sei imbecilli camminarono canticchiando per la carrareccia, fino al frassino; improvvisamente li vedemmo gesticolare rabbiosi. Uno fece l'atto di correre verso casa nostra ma gli altri lo trattennero.

Quelli di città, anche oggi, si regolano sempre così: fanno l'atto di correre addosso a qualcuno ma gli altri li trattengono.

Stettero a discutere sulla carrareccia un certo tempo, poi si tolsero le scarpe, le calze e si rimboccarono i calzoni. Alla fine entrarono saltellando nel prato di trifoglio.

Era stato un lavoraccio durato da mezzanotte alle cinque del mattino: quattro aratri da coltura fonda tirati da ottanta buoi avevano buttato all'aria tutto il prato del trifoglio. Poi si erano dovuti sbarrare dei fossi e aprirne degli altri per allagare la terra arata. Alla fine si erano dovuti portare dieci cisterne di roba del pozzo nero della stalla a svuotarle nell'acqua.

Mio padre rimase con noi alla finestra del solaio fino a mezzogiorno a veder sgambettare gli uomini di città.

Chico faceva degli strilli da uccellino ogni volta che vedeva qualcuno dei sei barcollare, e mia madre che era salita per dirci che la minestra era pronta era contenta.

"Guardalo lì: da stamattina ha riacquistato tutto il suo colore. Aveva proprio bisogno di divertirsi, povero pulcino. Sia ringraziato il buon Dio che ti ha fatto passare per il cervello l'idea di stanotte" disse mia madre.

Verso sera vennero ancora i sei di città accompagnati dalle guardie e da un signore vestito di nero, stanato fuori chi sa dove.

"I signori asseriscono che avete allagato un campo per ostacolare il loro lavoro" affermò l'uomo vestito di nero, irritato perché mio padre stava seduto e non lo guardava neanche.

Mio padre fece il suo fischio e vennero sull'aia tutti i famigli che, fra uomini, donne e bambini, erano cinquanta.

"Dicono che io ho allagato stanotte il prato prima del frassino" spiegò mio padre.

"Sono venticinque giorni che il campo è allagato" asserì un vecchio.

"Venticinque giorni" dissero tutti, uomini donne e bambini.

"Si saranno sbagliati col prato di trifoglio che è vicino al secondo frassino" concluse il vaccaro. "È facile sbagliarsi, per chi non è pratico."

Se ne andarono tutti masticando rabbia.

Mio padre il mattino dopo fece attaccare il cavallo al barroccio e andò in città dove rimase tre giorni. Ritornò molto buio in viso.

"Le rotaie debbono passare di lì, non c'è niente da fare" spiegò a mia madre.

Vennero altri uomini di città che cominciarono a piantar picchetti di legno tra le zolle ormai asciutte: il binario doveva traversare tutto il campo di trifoglio per poi rientrare nella strada e fiancheggiarlo fino alla stazione di Gazzola.

Il tram a vapore sarebbe arrivato dalla città fino alla stazione di Gazzola ed era una bella comodità: ma sarebbe passato attraverso i poderi di mio padre. E ci sarebbe passato di prepotenza, questo era il grave. Glielo avessero domandato garbatamente, mio padre avrebbe concesso la terra senza neppure pretendere soldi: mio padre non era contrario al progresso.

Il primo a comprare una doppietta moderna coi cani interni, non era forse stato lui al Boscaccio?

Ma così, buon Dio!

Lungo la strada provinciale lunghe schiere di uomini di città piantavano sassi, interravano traversine e avvitavano rotaie: e a mano a mano che il binario si allungava, la locomotiva, che trascinava vagoni di materiale, faceva un passo avanti; di notte gli uomini dormivano nei carri coperti che erano in coda al convoglio.

Ormai la linea si avvicinava al campo di trifoglio e una mattina gli uomini cominciarono a buttar giù un pezzo di siepe. Io e mio padre eravamo seduti ai piedi del primo frassino: c'era anche Gringo, il cagnaccio che mio padre amava come fosse uno di noi. Appena i badili sforacchiarono la siepe Gringo si buttò verso la strada, e quando gli uomini ebbero aperto un varco fra le gaggie, se lo trovarono davanti minaccioso, che mostrava i denti.

Uno degli imbecilli fece un passo e Gringo gli si avventò al collo.

Erano in una trentina con picconi e badili: non ci vedevano perché eravamo dietro il frassino.

L'ingegnere si fece avanti con un bastone:

"Via, bestiaccia!" gridò. Ma Gringo lo azzannò a un polpaccio facendolo cadere urlante.

Gli altri eseguirono un attacco in massa menando badilate. Gringo non cedeva. Sanguinava, ma continuava a mordere, stracciava polpacci, stritolava mani.

Mio padre si mordeva i baffi: era pallido come un morto e sudava. Se avesse fischiato, Gringo sarebbe ritornato subito e avrebbe avuta salva la vita. Mio padre non fischiò: continuò a guardare pallido come un morto, con la fronte piena di sudore, stringendomi la mano mentre io singhiozzavo.

Al tronco del frassino era appoggiata la doppietta e rimase così, appoggiata.

Gringo ormai non aveva più forza e lottava soltanto con l'animaccia sua: uno gli spaccò la testa col taglio del badile.

Un altro lo inchiodò per terra con la vanga. Gringo si lamentò un poco poi si stecchì.

Allora mio padre si alzò, si mise sottobraccio la doppietta e si avanzò lentamente verso quelli di città.

Come se lo videro apparire davanti, alto come un pioppo, coi baffi a punta, il largo cappello, la giacca corta e gli stivali coi calzoni a coscia, tutti fecero un passo indietro e lo guardarono muti stringendo il manico dei loro arnesi.

Mio padre arrivò fino a Gringo, si chinò, lo afferrò per il collare e se lo trascinò via come uno straccio.

Lo seppellimmo a piede dell'argine, e quando io ebbi pestata la terra e tutto ritornò come prima, mio padre si tolse il cappello.

Anch'io mi tolsi il cappello.

Il tram non arrivò mai a Gazzola: era d'autunno e il fiume si era gonfiato e scorreva giallo di fango; una notte l'argine si ruppe e l'acqua corse per i campi e allagò tutta la parte bassa del podere: il campo di trifoglio e la strada diventarono un lago.

Allora sospesero i lavori e, per evitare ogni futuro pericolo, fermarono la linea al Boscaccio, otto chilometri da casa nostra.

E quando, calmatosi il fiume, andammo con gli uomini per riparare la falla, mio padre mi strinse forte la mano.

L'argine s'era rotto proprio là dove avevamo sepolto Gringo.

Di tanto è capace l'animaccia di un cane!

* * *

Io dico che questo è il miracolo della Bassa.

Su uno scenario scrupolosamente veristico come quello dipinto dal notaio Francesco Luigi Cam-

pari (uomo di gran cuore e innamorato della Bassa, ma che non avrebbe concesso alla Bassa neppure una tortorella, se le tortorelle non avessero fatto parte della fauna locale), un cronista di giornale ficca dentro una storia e non si sa più se sia maggiormente vera la descrizione del notaio o la vicenda inventata dal cronista.

Questo è il mondo di Mondo piccolo*: strade lunghe e diritte, case piccole pitturate di rosso, di giallo e di blu oltremare, sperdute in mezzo ai filari di viti. Nelle sere d'agosto si alza lentamente, dietro l'argine, una luna rossa ed enorme che pare roba di altri secoli. Uno è seduto su un mucchio di ghiaia, sulla riva del fosso, con la bicicletta appoggiata al palo del telegrafo. Si arrotola una sigaretta di trinciato. Tu passi, quello ti domanda uno zolfanello. Parlate. Tu gli dici che vai al "festival" a ballare e quello scuote la testa. Tu gli dici che ci sono delle belle ragazze e quello scuote ancora la testa.*

Terza storia

Ragazze? No, niente ragazze. Se si tratta di fare un po' di baracca all'osteria, una cantata, sempre pronto. Niente altro, però: io ho già la mia ragazza che mi aspetta tutte le sere vicino al terzo palo del telegrafo lungo la strada del Fabbricone.

Io avevo quattordici anni e tornavo a casa in bicicletta per la strada del Fabbricone. Un albero di prugne lasciava uscire un ramo da un muretto e, una volta, mi fermai.

Una ragazza uscì dai campi con un cesto in

mano e io la chiamai. Doveva avere un diciannove anni perché era molto più alta di me e ben formata.

"Tu fammi la scaletta" le dissi.

La ragazza depose il cesto ed io mi issai sulle sue spalle.

Il ramo era stracarico e io mi riempii la camicia di prugne gialle.

"Allarga il grembiule che facciamo a mezzo" dissi alla ragazza.

La ragazza rispose che non occorreva.

"Non ti piacciono le prugne?" domandai.

"Sì, ma io le posso staccare quando voglio" spiegò. "La pianta è mia: io abito lì."

Io allora avevo quattordici anni e portavo i calzoni a mezza gamba: ma facevo il manovale di muratore e non avevo paura di nessuno. Lei era molto più alta di me e formata come una donna.

"Tu prendi in giro la gente," esclamai guardandola male "ma io sono anche capace di romperti la faccia, brutta spilungona."

Non fiatò neanche.

La incontrai due sere dopo, sempre sulla stradetta.

"Ciao, spilungona!" le gridai. Poi le feci un versaccio con la bocca. Adesso non sarei più capace, ma allora li facevo meglio del capomastro, che aveva imparato a Napoli.

La incontrai delle altre volte, ma non le dissi più niente, una sera finalmente perdetti la pazienza, saltai giù dalla bicicletta e le sbarrai il passo.

"Si potrebbe sapere che cos'hai da guardarmi così?" le domandai buttandomi la visiera del berretto tutta da una parte.

La ragazza spalancò due occhi chiari come l'acqua, due occhi come non ne avevo visti mai.

"Io non ti guardo" rispose timidamente.

Rimontai sulla bicicletta.

"Sta' in gamba, spilungona!" le gridai. "Io non scherzo."

Una settimana dopo la vidi di lontano che stava camminando davanti a me a fianco di un giovanotto e mi venne una gran rabbia. Mi alzai in piedi sui pedali e cominciai a spingere come un dannato: a due metri dal giovanotto sterzai, e nel passargli vicino gli diedi una spallata che lo appiccicò lungo disteso per terra come una buccia di fico.

Sentii che mi gridava dietro del figlio di donnaccia, e io allora smontai e appoggiai la bicicletta a un palo telegrafico, vicino a un mucchio di ghiaia. Lo vidi che mi correva incontro come un maledetto: era un giovanotto di vent'anni e con un pugno mi avrebbe spaccato. Ma io faceva il manovale di muratore e non avevo paura di nessuno. Quando fu ora gli sparai una sassata che lo prese dritto in faccia.

Mio padre era un meccanico straordinario e quando aveva una chiave inglese in mano faceva scappare un paese intero: però anche mio padre, se vedeva che io riuscivo a raccattare un sasso, faceva dietro front e per picchiarmi aspettava che io dormissi. Ed era mio padre! Figurati quel baggiano là! Gli riempii la faccia di sangue, poi quando ne ebbi voglia saltai sulla bicicletta e filai via.

Per un paio di sere girai alla larga, poi, alla terza, ritornai per la strada del Fabbricone, e appena vidi la ragazza la raggiunsi e smontai all'americana, saltando giù dal sellino per di dietro.

I ragazzi del giorno d'oggi fanno ridere quando vanno in bicicletta: parafanghi, campanelli, freni, fanali elettrici, cambi di velocità e poi? Io avevo una Frera con sopra le croste di ruggine, ma per scendere i sedici gradini della piazza mica smontavo: pigliavo il manubrio alla Gerbi e volavo giù come un fulmine.

Smontai e mi trovai davanti alla ragazza: avevo la sporta attaccata al manubrio e cavai fuori una martellina.

"Se ti trovo ancora con un altro, ti spacco la testa a te e a lui" dissi.

La ragazza mi guardò con quei suoi maledetti occhi chiari come l'acqua.

"Perché dici così?" mi domandò sottovoce.

Non lo sapevo, ma cosa importa?

"Perché sì" risposi. "Tu devi andare a spasso da sola o se no con me."

"Io ho diciannove anni e tu quattordici al massimo" disse la ragazza. "Se tu ne avessi almeno diciotto sarebbe un'altra cosa. Adesso io sono una donna e tu sei un ragazzo."

"E tu aspetta fino a quando avrò diciotto anni" gridai. "E bada a non farti vedere con qualcuno o sei fritta."

Allora io facevo il manovale di muratore e non avevo paura di niente: quando sentivo parlare di donne, pigliavo su e andavo via. Non me ne importava un fico secco delle donne: però quella là non doveva far la stupida con gli altri.

Rividi la ragazza per quasi quattro anni, tutte le sere meno la domenica. Era sempre là, appoggiata al terzo palo del telegrafo, sulla strada del Fabbricone. Se pioveva aveva il suo bravo ombrello aperto.

Non mi fermai neanche una volta.

"Ciao" le dicevo passando.

"Ciao" mi rispondeva.

Il giorno in cui compii diciotto anni smontai dalla bicicletta.

"Ho diciotto anni" le dissi. "Adesso puoi venire a spasso con me. Se fai la stupida ti spacco la testa."

Lei aveva adesso ventitré anni e s'era fatta una donna completa: però aveva sempre gli stessi occhi chiari come l'acqua e parlava sempre a voce bassa, come prima.

"Tu hai diciotto anni," mi rispose "ma io ne ho ventitré. I ragazzi mi prenderebbero a sassate se mi vedessero insieme con uno così giovane."

Lasciai andare la bicicletta per terra, rimediai un sasso piatto e le dissi:

"Lo vedi quell'isolatore là, il primo sul terzo palo?"

Fece cenno di sì con la testa.

Lo centrai netto e rimase soltanto il gancio di ferro, nudo come un verme.

"I ragazzi" esclamai "prima di prenderci a sassate dovranno saper lavorare così."

"Facevo per dire" spiegò la ragazza. "Non sta bene che una donna vada in giro con un minorenne. Se tu avessi almeno fatto il soldato!..."

Mi girai la visiera del berretto tutta a sinistra:

"Ragazza mia, per caso mi avresti preso per un torototella? Quando avrò fatto il soldato, io avrò ventun anno e tu ne avrai ventisei: e allora ricomincerai la storia".

"No," rispose la ragazza "fra diciotto e ventitré è una cosa, e fra ventuno e ventisei è un'altra.

Più si va avanti e meno gli anni di differenza contano. Un uomo che abbia ventun anno o che ne abbia ventisei è la stessa cosa."

Mi pareva un ragionamento giusto: però io non ero il tipo che si lasciasse menare per il naso.

"Allora ne riparleremo quando avrò fatto il soldato" dissi saltando in sella. "Però bada che se quando ritorno non ti trovo, vengo a spaccarti la testa anche sotto il letto di tuo padre."

Tutte le sere la vedevo ferma al terzo palo della luce e io non scesi mai. Le dicevo buona sera e lei mi rispondeva buona sera. Quando mi chiamarono io le gridai:

"Domani parto per il militare".

"Arrivederci" rispose la ragazza.

Adesso non è il caso di ricordare tutta la mia vita militare: macinai diciotto mesi di naia e al reggimento ero lo stesso di quando stavo a casa. Avrò fatto tre mesi di riga: si può dire che tutte le sere o ero consegnato o ero dentro.

Appena passati i diciotto mesi mi mandarono a casa.

Arrivai nel pomeriggio tardi e, senza neanche mettermi in borghese, saltai sulla bicicletta e andai verso la strada del Fabbricone.

Se quella trovava ancora delle storie, la facevo fuori a biciclettate nella schiena.

Cominciava a farsi scuro lentamente e io andavo come un fulmine pensando dove diavolo sarei andato a stanarla fuori. Ma non dovetti cercare un bel niente, invece: la ragazza era là che mi aspettava puntualmente sotto il terzo palo del telegrafo.

Era precisa come l'avevo lasciata, e gli occhi erano gli stessi, identici.

Smontai davanti a lei.

"Ho finito" le dissi mostrandole il foglio di congedo. "C'è l'Italia seduta e vuol dire congedo illimitato. Dove c'è invece l'Italia in piedi significa congedo provvisorio."

"È una bella cosa" rispose la ragazza.

Avevo corso come un Dio-ti-fulmini e avevo la gola secca.

"Si potrebbe avere un paio di quelle prugne gialle di quella volta?" domandai.

La ragazza sospirò:

"Mi dispiace tanto, ma la pianta è bruciata".

"Bruciata?" mi meravigliai. "Da quando in qua le piante di prugne bruciano?"

"È stato sei mesi fa" rispose la ragazza. "Una notte prese fuoco il pagliaio e bruciò la casa e tutte le piante dell'orto, come zolfanelli. Tutto è bruciato: dopo due ore c'erano soltanto i muri. Li vedi?"

Guardai là in fondo e vidi un pezzo di muro nero con una finestra che si apriva sul cielo rosso.

"E tu?" domandai.

"Anch'io," rispose con un sospiro "anch'io come tutto il resto. Un mucchietto di cenere e buona notte al secchio."

Io guardai la ragazza che stava appoggiata contro il palo del telegrafo: la guardai fisso e, attraverso la sua faccia e il suo corpo, vidi la venatura del legno del palo e l'erba del fosso.

Le misi un dito sulla fronte e toccai il palo del telegrafo.

"Ti ho fatto male?" domandai.

"Niente male."

Rimanemmo un po' in silenzio mentre il cielo diventava di un rosso sempre più cupo.

"E allora?" dissi alla fine.

"Ti ho aspettato" sospirò la ragazza "per farti vedere che la colpa non è mia. Adesso, posso andare?"

Io allora avevo ventun anno e facevo il presentat'arm con un pezzo da settantacinque. Le ragazze quando mi vedevano passare, buttavano in fuori il petto come se si trovassero alla rivista del generale, e mi guardavano fin che avevano una fessura d'occhio.

"Allora?" ripeté la ragazza con voce bassa. "Debbo andare?"

"No" le risposi io. "Tu devi aspettarmi fin che ho finito quest'altro servizio. In giro non mi prendi, bella mia."

"Va bene" disse la ragazza. E mi parve che sorridesse.

Ma a me queste stupidaggini non vanno tanto e rimontai subito in bicicletta.

Adesso sono ormai dodici anni che tutte le sere ci vediamo. Io passo e neanche smonto dalla bicicletta:

"Ciao".

"Ciao."

Capite? Se si tratta di fare una cantata all'osteria, un po' di baracca, sempre pronto. Niente altro, però: io ho già la mia ragazza che mi aspetta tutte le sere vicino al terzo palo del telegrafo sulla strada del Fabbricone.

Uno adesso dice: fratello, perché mi racconti queste storie?

Perché sì, rispondo io. Perché bisogna rendersi conto che, in quella fettaccia di terra tra il fiume e il monte, possono succedere cose che da altre parti non succedono. Cose che non stonano mai col paesaggio. E là tira un'aria speciale che va bene per i vivi e per i morti, e là hanno un'anima anche i cani. Allora si capisce meglio don Camillo, Peppone e tutta l'altra mercanzia. E non ci si stupisce che il Cristo parli e che uno possa spaccare la zucca a un altro, ma onestamente, però: cioè senza odio. E che due nemici si trovino, alla fine, d'accordo nelle cose essenziali.

Perché è l'ampio, eterno respiro del fiume che pulisce l'aria. Del fiume placido e maestoso, sull'argine del quale, verso sera, passa rapida la Morte in bicicletta. O passi tu sull'argine di notte, e ti fermi, e ti metti a sedere e guardi dentro un piccolo cimitero che è lì, sotto l'argine. E se l'ombra di un morto viene a sedersi vicino a te, tu non ti spaventi e parli tranquillo con lei.

Ecco l'aria che si respira in quella fettaccia di terra fuori mano: e si capisce facilmente cosa possa diventare laggiù la faccenda della politica.

Adesso c'è il fatto che in queste storie parla spesso il Cristo crocifisso. Perché i personaggi principali sono tre: il prete don Camillo, il comunista Peppone e il Cristo crocifisso.

Ebbene, qui occorre spiegarsi: se i preti si sentono offesi per via di don Camillo, padronissimi di rompermi un candelotto in testa; se i comunisti si sentono offesi per via di Peppone, padronissimi di rompermi una stanga sulla schiena. Ma se qualcun altro si sente offeso per via dei discorsi del Cristo, niente da fare; perché chi parla nelle mie storie, non è il Cristo, ma il mio Cristo*: cioè la voce della* mia *coscienza.*

Roba mia personale, affari interni miei.

Quindi: ognuno per sé e Dio per tutti.

PECCATO CONFESSATO

Don Camillo era uno di quei tipi che non hanno peli sulla lingua e, la volta che in paese era successo un sudicio pasticcio nel quale erano immischiati vecchi possidenti e ragazze, don Camillo durante la messa aveva cominciato un discorsetto generico e ammodino, poi a un bel momento, scorgendo proprio in prima fila uno degli scostumati, gli erano scappati i cavalli e, interrotto il suo dire, aveva gettato un drappo sulla testa di Gesù crocifisso dell'altar maggiore perché non sentisse e, piantandosi i pugni sui fianchi, aveva finito il discorso a modo suo, e tanto era tonante la voce che usciva dalla bocca di quell'omaccione, e tanto grosse le diceva, che il soffitto della chiesetta tremava.

Naturalmente, don Camillo, venuto il tempo delle elezioni, si era espresso in modo così esplicito nei riguardi degli esponenti locali delle sinistre che, una bella sera, tra il lusco e il brusco, mentre tornava in canonica, un pezzaccio d'uomo intabarrato gli era arrivato alle spalle schizzando fuor da una siepe e, approfittando del fatto che don Camillo era impacciato dalla bicicletta, al manubrio della quale era appeso un fagotto con settanta uova, gli aveva dato una robusta suonata con un palo, scomparendo poi come inghiottito dalla terra.

Don Camillo non aveva detto niente a nessuno. Arrivato in canonica e messe in salvo le uova, era andato in chiesa a consigliarsi con Gesù, come faceva sempre nei momenti di dubbio.

"Cosa debbo fare?" aveva chiesto don Camillo.

"Spennellati la schiena con un po' d'olio sbattuto nell'acqua e statti zitto" gli aveva risposto Gesù dal sommo dell'altare. "Bisogna perdonare chi ci offende. Questa è la regola."

"Va bene" aveva obiettato don Camillo. "Qui però si tratta di legnate, non di offese."

"E cosa vuol dire?" gli aveva sussurrato Gesù. "Forse che le offese recate al corpo sono più dolorose di quelle recate allo spirito?"

"D'accordo, Signore. Ma voi dovete tener presente che, legnando me che sono il vostro ministro, hanno recato offesa a voi. Io lo faccio più per voi che per me."

"E io non ero forse più ministro di Dio di te? E non ho forse perdonato a chi mi ha inchiodato sulla croce?"

"Con voi non si può ragionare" aveva concluso don Camillo. "Avete sempre ragione voi. Sia fatta la vostra volontà. Perdoneremo. Però ricordatevi che se quelli, imbaldanziti dal mio silenzio, mi spaccheranno la zucca, la responsabilità sarà vostra. Io potrei citare dei passi del Vecchio Testamento..."

"Don Camillo, a me vieni a parlare di Vecchio Testamento! Per quanto riguarda il resto, mi assumo ogni responsabilità. Però, detto fra noi, una pestatina ti sta bene, così impari a fare della politica in casa mia."

Don Camillo aveva perdonato. Però una cosa gli era rimasta di traverso nel gozzo, come una lisca di merluzzo: la curiosità di sapere chi l'avesse spennellato.

* * *

Passò del tempo e, una sera tardi, mentre era nel confessionale, don Camillo vide attraverso la grata la faccia del capoccia dell'estrema sinistra, Peppone.

Peppone che veniva a confessarsi era un avvenimento da far rimanere a bocca aperta. Don Camillo si compiacque.

"Dio sia con te, fratello: con te che più d'ogni altro hai bisogno della sua santa benedizione. È da molto tempo che non ti confessi?"

"Dal 1908" rispose Peppone.

"Figurati i peccati che hai fatto in questi ventotto anni, con quelle belle idee che hai per la testa."

"Eh sì, parecchi" sospirò Peppone.

"Per esempio?"

"Per esempio, due mesi fa vi ho bastonato."

"È grave" rispose don Camillo. "Offendendo un ministro di Dio tu hai offeso Dio."

"Me ne sono pentito" esclamò Peppone. "Io poi non vi ho bastonato come ministro di Dio, ma come avversario politico. È stato un momento di debolezza."

"Oltre a questo e all'appartenenza a quel tuo diabolico partito, hai altri peccati gravi?"

Peppone vuotò il sacco.

In complesso era poca roba, e don Camillo lo liquidò con una ventina fra Pater e Avemarie. Poi mentre Peppone si inginocchiava davanti alla balaustra per dire la sua penitenza, don Camillo andò a inginocchiarsi sotto il Crocifisso.

"Gesù," disse "perdonatemi, ma io gliele pesto."

"Neanche per sogno" rispose Gesù. "Io l'ho perdonato e anche tu devi perdonare. In fondo è un brav'uomo."

"Gesù, non ti fidare dei rossi: quelli tirano a fregare. Guardalo bene; non vedi che faccia da barabba che ha?"

"Una faccia come tutte le altre. Don Camillo, tu hai il cuore avvelenato!"

"Gesù, se vi ho servito bene fatemi una grazia: lasciate almeno che gli sbatta quel candelotto sulla schiena. Cos'è una candela, Gesù mio?"

"No" rispose Gesù. "Le tue mani sono fatte per benedire, non per percuotere."

Don Camillo sospirò. Si inchinò e uscì dal cancelletto. Si volse verso l'altare per segnarsi ancora, e così si trovò dietro le spalle di Peppone che, inginocchiato, era immerso nelle sue preghiere.

"Sta bene" gemette don Camillo giungendo le palme e guardando Gesù. "Le mani sono fatte per benedire, ma i piedi no!"

"Anche questo è vero" disse Gesù dall'alto

dell'altare. "Però mi raccomando, don Camillo: una sola!"

La pedata partì come un fulmine, Peppone incassò senza battere ciglio, poi si alzò e sospirò, sollevato:

"È dieci minuti che l'aspettavo" disse. "Adesso mi sento meglio."

"Anch'io" esclamò don Camillo che aveva ora il cuore sgombro e netto come il cielo sereno.

Gesù non disse niente. Ma si vedeva che era contento anche lui.

IL BATTESIMO

Entrarono improvvisamente in chiesa un uomo e due donne, e una delle due era la moglie di Peppone, il capo dei rossi.

Don Camillo che, in cima a una scala, stava lucidando col sidol l'aureola di San Giuseppe, si volse e domandò cosa volevano.

"C'è da battezzare della roba" rispose l'uomo. E una delle donne mostrò un fagotto con dentro un bambino.

"Chi l'ha fatto?" chiese don Camillo scendendo.

"Io" rispose la moglie di Peppone.

"Con tuo marito?" si informò don Camillo.

"Si capisce! Con chi vuole che l'abbia fatto: con lei?" ribatté secca la moglie di Peppone.

"C'è poco da arrabbiarsi" osservò don Camillo avviandosi verso la sagristia. "So assai, io: non avevano detto che nel vostro partito è di moda l'amore libero?"

Passando davanti all'altare don Camillo si inchinò e strizzò l'occhio al Cristo crocifisso.

"Avete sentito?" e don Camillo ridacchiò. "Gliel'ho dato un colpetto a quei senza Dio!"

"Non dire stupidaggini, don Camillo!" rispose seccato il Cristo. "Se fossero senza Dio non verrebbero qui a far battezzare i figli. Se la moglie di Peppone ti avesse rifilato una sberla, te la saresti guadagnata."

"Se la moglie di Peppone mi dava una sberla, io li prendevo tutt'e tre per il collo e..."

"E?" domandò severo Gesù.

"Niente, si fa per dire" rispose in fretta don Camillo alzandosi.

"Don Camillo, sta' in guardia" lo ammonì Gesù.

Indossati i paramenti, don Camillo si appressò al fonte battesimale.

"Come lo volete chiamare?" chiese don Camillo alla moglie di Peppone.

"Lenin, Libero, Antonio" rispose la moglie di Peppone.

"Vallo a far battezzare in Russia" disse calmo don Camillo rimettendo il coperchio al fonte battesimale.

Don Camillo aveva mani grandi come badili, e i tre se ne andarono senza fiatare. Don Camillo cercò di sgattaiolare in sagristia, ma la voce del Cristo lo bloccò.

"Don Camillo, hai fatto una gran brutta cosa! Va' a richiamare quella gente e battezza il bambino."

"Gesù" rispose don Camillo. "Dovete mettervi in mente che il battesimo non è mica una burletta. Il battesimo è una cosa sacra. Il battesimo..."

"Don Camillo" lo interruppe il Cristo. "A me vuoi insegnare cos'è il battesimo? A me che l'ho inventato? Io ti dico che tu hai fatto una grossa soperchieria, perché se quel bambino, metti il caso, in questo momento muore, la colpa è tua se non ha il libero ingresso in Paradiso!"

"Gesù, non drammatizziamo!" ribatté don Camillo. "Perché dovrebbe morire? È bianco e rosso come una rosa!"

"Non vuol dire!" lo ammonì il Cristo. "Gli può cadere una tegola in testa, gli può venire un colpo apoplettico. Tu lo devi battezzare."

Don Camillo allargò le braccia:

"Gesù, pensateci un momento. Si fosse sicuri che quello poi va all'Inferno, si potrebbe lasciar passare: ma quello, pure essendo figlio di un brutto arnese, può benissimo capitarvi fra capo e collo in Paradiso. E allora, ditemi voi come posso permettere che vi arrivi in Paradiso della gente che si chiama Lenin? Io lo faccio per il buon nome del Paradiso".

"Al buon nome del Paradiso ci penso io" gridò seccato Gesù. "A me interessa che uno sia un galantuomo: che si chiami poi Lenin o Bottone non mi importa niente. Al massimo, tu potevi far presente a quella gente che dare ai bambini nomi strampalati spesso può significare metterli nei pasticci, da grandi."

"Va bene" rispose don Camillo. "Io ho sempre torto. Cercheremo di rimediare."

In quel momento entrò qualcuno. Era Peppone solo, col bambino in braccio. Peppone chiuse la porta col chiavistello.

"Di qui non esco" disse "se mio figlio non è stato battezzato col nome che voglio io."

"Ecco" sussurrò sorridendo don Camillo rivolto al Cristo. "Lo vedete che gente? Uno è pieno delle più sante intenzioni e guardate come lo trattano."

"Mettiti nei suoi panni" rispose il Cristo. "Non sono sistemi da approvare, ma si possono comprendere."

Don Camillo scosse il capo.

"Ho detto che di qui non esco se non mi battezzate il figlio come voglio io!" ripeté Peppone, e, deposto il fagotto col bimbo su una panca, si tolse la giacca, si rimboccò le maniche e avanzò minaccioso.

"Gesù" implorò don Camillo. "Io mi rimetto a voi. Se voi stimate giusto che un vostro sacerdote ceda alle imposizioni dei privati, io cedo. Ad ogni modo domani non lamentatevi se poi mi porteranno un vitello e mi imporranno di battezzarlo. Voi lo sapete: guai a creare dei precedenti."

"Be'" rispose il Cristo. "In questo caso tu devi cercare di fargli capire..."

"E se quello me le dà?"

"Prendile, don Camillo. Sopporta, soffri come ho fatto io."

Allora don Camillo si volse:

"D'accordo, Peppone" disse. "Il bambino uscirà di qui battezzato, però non con quel nome dannato."

"Don Camillo," borbottò Peppone "ricordatevi che ho la pancia delicata per quella palla che mi sono preso in montagna. Non tirate colpi bassi o comincio a lavorare con una panca."

"Sta' tranquillo, Peppone, io te li sistemo tutti al piano superiore" rispose don Camillo collocandogli una sventola a cavalcioni di un'orecchia.

Erano due omacci con le braccia di ferro e volavano sberle che facevano fischiar l'aria. Dopo venti minuti di lotta furibonda e silenziosa, don Camillo sentì una voce alle sue spalle:

"Forza, don Camillo! Tiragli alla mascella!"

Era il Cristo da sopra l'altare. Don Camillo sparò alla mascella, e Peppone rovinò per terra.

Peppone rimase lungo disteso una decina di minuti, poi si rialzò, si massaggiò il mento, si rassettò, si rimise la giacca, si rifece il nodo al fazzoletto rosso, e prese in braccio il bambino.

Vestito dei paramenti d'uso, don Camillo lo aspettava, fermo come un macigno, davanti al fonte battesimale, Peppone si avvicinò lentamente.

"Come lo chiamiamo?" chiese don Camillo.

"Camillo, Libero, Antonio" borbottò Peppone.

Don Camillo scosse il capo.

"Ma no: chiamiamolo invece Libero, Camillo, Lenin" disse. "Sì, anche Lenin; quando hanno un Camillo vicino, i tipi come quello là non hanno niente da fare."

"Amen" borbottò Peppone tastandosi la mascella.

Quando, finito tutto, don Camillo passò davanti all'altare, il Cristo disse sorridendo:

"Don Camillo, bisogna dire la verità: in politica ci sai fare meglio tu di me".

"Anche a cazzotti però" rispose don Camillo con molto sussiego, tastandosi con indifferenza un grosso bernoccolo sulla fronte.

IL PROCLAMA

Sul tardi arrivò in canonica il vecchio Barchini, il cartolaio del paese, il quale, possedendo due casse di caratteri e una pedalina del 1870, aveva scritto sulla bottega "Tipografia". Doveva avere cose grosse da raccontare perché rimase un bel po' nello studiolo di don Camillo.

Quando Barchini se ne fu andato, don Camillo corse a confidarsi col Gesù dell'altare.

"Novità importanti!" esclamò don Camillo. "Domani il nemico manda fuori un manifesto. Lo stampa Barchini che mi ha portato la bozza."

Don Camillo trasse di tasca un foglietto fresco di stampa e lesse ad alta voce:

PRIMO E ULTIMO AVVISO

"*Ancora ieri sera una vile mano anonima ha scritto un'offensivo insulto sul nostro giornale murale.*

"*Stia in gamba quella mano di qualche mascal-*

zone che approfitta dell'ombra per svolgere azione provocatrice, qualora il quale non la smette dovrà poi pentirsene quando sarà ormai irreparabile.
"Ogni pazzienza a un limite.

Il segretario della Sezione
GIUSEPPE BOTTAZZI".

Don Camillo sghignazzò.
"Cosa ve ne pare? Non è un capolavoro? Pensate, domani, che spasso la gente quando vedrà sui muri i manifesti. Peppone che si mette a fare i proclami! Non è roba da crepare dal ridere?"
Il Cristo non rispose, e allora don Camillo si stupì.
"Non avete sentito che stile? Volete che ve lo rilegga?"
"Ho capito, ho capito" rispose il Cristo. "Ognuno si esprime come può. Mica è lecito pretendere che uno il quale ha fatto solo la terza elementare badi alle sfumature stilistiche."
"Signore!" esclamò don Camillo allargando le braccia. "Voi chiamate sfumatura un guazzabuglio di questo genere?"
"Don Camillo: l'azione più misera che si può commettere in una polemica è quella di aggrapparsi agli errori di grammatica e di sintassi dell'avversario. Quelli che contano, nella polemica, sono gli argomenti. Piuttosto, tu devi dirmi che è bruttissimo quel tono di minaccia che ha il manifesto."
Don Camillo ripose in tasca il foglietto.
"È sottinteso" borbottò. "La cosa veramente riprovevole è il tono minaccioso del manifesto. D'altra parte cosa volete aspettarvi da questa gente? Non capiscono che la violenza."

"Eppure," osservò il Cristo "nonostante le sue intemperanze, quel Peppone non mi ha l'aria di essere proprio un soggettaccio."

Don Camillo si strinse nelle spalle.

"È come mettere vino buono dentro una botte marcia patocca. Quando uno entra in certi ambienti e pratica certe idee sacrileghe e certa gentaccia, finisce che si guasta."

Ma il Cristo non parve convinto.

"Io dico che, nel caso di Peppone, non ci si deve fermare alla forma, ma bisogna indagare sulla sostanza. Vedere cioè se il Peppone agisce spinto da naturale malanimo, oppure se agisce sotto l'impulso di una provocazione. Con chi ce l'ha, secondo te?"

Don Camillo allargò le braccia. E chi poteva saperne niente?

"Basterebbe sapere di che genere era l'offesa" insisté il Cristo. "Egli parla di un insulto che qualcuno ha scritto ieri sera sul suo giornale murale. Quando tu, ieri sera, sei andato dal tabaccaio, non sei per caso passato davanti a quel giornale murale? Cerca di ricordarti."

"Effettivamente, sì, ci sono passato" ammise francamente don Camillo.

"Bene. E non ti è capitato di fermarti un momentino a leggere la tabella?"

"Leggere, veramente no: più che altro ho dato una sbirciatina. Ho fatto male?"

"Neanche per sogno, don Camillo. Bisogna sempre tenersi al corrente su quello che dice, scrive e, possibilmente, pensa il nostro gregge. Te lo chiedevo soltanto per sapere se tu hai notato qualche strana scritta, quando ti sei fermato."

Don Camillo scosse il capo.

"Posso garantirvi che, quando mi sono fermato, non ho visto scritto niente di strano sulla tabella!"

Il Cristo rimase qualche istante sopra pensiero.

"E quando te ne sei andato, don Camillo, hai visto se c'era scritto qualcosa di strano?"

Don Camillo si concentrò.

"Ecco" disse alla fine. "Ripensandoci bene, mi pare, quando me ne sono andato, di aver visto che su un foglio c'era scarabocchiato qualcosa in lapis rosso. Compermesso: credo che ci sia gente in canonica."

Don Camillo si inchinò rapidissimamente e fece per sgattaiolare in sagristia, ma la voce del Cristo lo bloccò.

"Don Camillo!"

Don Camillo ritornò indietro lentamente e si fermò imbronciato davanti all'altare.

"E allora?" chiese severo il Cristo.

"E allora, sì" borbottò don Camillo. "Mi è scappato scritto qualcosa... Mi è scappato scritto 'Peppone asino'... Però se aveste letta quella circolare, sono sicuro che anche voi..."

"Don Camillo! Non sai quello che fai tu, e pretendi sapere quello che farebbe il Figlio del tuo Dio?"

"Scusatemi. Ho fatto una fesseria, lo riconosco. D'altra parte Peppone adesso ne fa un'altra mettendo fuori i manifesti con le minacce, e così siamo pari."

"Pari un bel niente!" esclamò il Cristo. "Peppone si è preso dell'asino da te ieri sera e domani si prenderà ancora dell'asino da tutto il paese! Figurati la gente che pioverà qui da tutte le parti per poter sghignazzare sugli strafalcioni del capopopolo Peppone di cui tutti hanno una paura matta! E tutto per colpa tua. Ti pare bello?"

Don Camillo si rinfrancò.

"D'accordo: ma ai fini politici generali..."

"Non mi interessano i fini politici generali!" lo interruppe il Cristo. "Ai fini della carità cristiana l'offrire alla gente motivo di deridere un uomo per il fatto che quest'uomo è arrivato soltanto alla terza elementare, è una grossa porcheria, e tu ne sei la causa, don Camillo!"

"Signore" sospirò don Camillo. "Ditemi voi: cosa posso fare?"

"Mica ho scritto io 'Peppone asino'! Chi fa il peccato faccia la penitenza. Arrangiati, don Camillo!"

Don Camillo si rifugiò in canonica e prese a camminare in su e in giù per la camera. E gli pareva di sentire le risate della gente ferma davanti ai manifesti di Peppone.

"Imbecilli!" esclamò arrabbiatissimo.

Si volse alla statuetta della Madonna.

"Signora," la pregò "aiutatemi voi."

"È un affare di stretta competenza di mio Figlio" sussurrò la Madonnina. "Non posso immischiarmene."

"Metteteci una buona parola."

"Proverò."

Ed ecco: improvvisamente entrò Peppone.

"Sentite" disse Peppone. "Qui la politica non c'entra. Qui si tratta di un cristiano che si trova nei guai e viene a chiedere consiglio a un prete. Posso essere sicuro..."

"So il mio dovere. Chi hai ammazzato?"

"Io non ammazzo, don Camillo" replicò Peppone. "Io, caso mai, quando uno mi pesta troppo i calli, faccio volare sberle fulminanti."

"Come sta il tuo Libero Camillo Lenin?" si informò con aria sorniona don Camillo. E allora Peppone si ricordò della spazzolata che aveva ricevuto il giorno del battesimo, e alzò le spalle.

"Si sa come succede" brontolò. "Le sberle sono merce che viaggia. Sberle vanno e sberle vengono. Ad ogni modo, questa è un'altra questione. Insomma, qui succede che c'è in paese un farabutto, un vigliaccone nero, un Giuda Iscariota dal dente velenoso, il quale, tutte le volte che appiccichiamo al nostro albo una carta con la mia firma di segretario, si diverte a scriverci sopra 'Peppone asino'!"

"Tutto qui?" esclamò don Camillo. "Non mi pare poi una grande tragedia."

"Mi piacerebbe vedere se ragionereste così quando, per dodici settimane di seguito, trovaste scritto sulla tabella delle funzioni: 'Don Camillo asino'!"

Don Camillo disse che quello era un paragone che non stava in piedi. Altro è l'albo di una chiesa, altro è l'albo di una sezione di partito. Altro è dare dell'asino a un sacerdote di Dio, altro è dare dell'asino a un capo di matti scatenati.

"Non hai un'idea di chi possa essere" si informò alla fine.

"È meglio che non l'abbia" rispose truce Peppone. "Se l'avessi, quel barabba viaggerebbe ora con due occhi neri come la sua animaccia. Sono già dodici volte che mi fa lo scherzo, quel saltastrada, e sono sicuro che è sempre lui, e adesso vorrei avvertirlo che la cosa è arrivata al massimo. Che si sappia regolare perché, se lo pizzico, succede il terremoto di Messina. E allora faccio stampare dei manifesti e li appiccico a tutte le cantonate in modo che li vedano lui e la sua banda."

Don Camillo si strinse nelle spalle.

"Mica sono una stamperia" disse. "Cosa c'entro io? Rivolgiti a un tipografo."

"Già fatto" spiegò cupo Peppone. "Ma siccome non mi va di fare la figura dell'asino, voi dovreste dare una guardata alla bozza prima che Barchini stampi il manifesto."

"Ma Barchini non è mica un ignorante, e se ci fosse stato qualcosa di difettoso te lo avrebbe detto."

"Figuriamoci!" sghignazzò Peppone. "Quello è un pretaccio... voglio dire quello è un reazionario nero come la sua animaccia, e anche se vedesse che ho scritto cuore con due q, non fiaterebbe pur di farmi fare una figura magra."

"Ma hai i tuoi uomini" ribatté don Camillo.

"Già, io mi abbasso a farmi correggere il compito dai miei inferiori! E poi, bella roba! Fra tutti non riescono a mettere insieme mezzo alfabeto!"

"Vediamo" disse don Camillo. E Peppone gli porse la bozza.

Don Camillo scorse lentamente le righe di stampa.

"Be', strafalcioni a parte, mi pare un po' troppo forte, come tono."

"Forte?" gridò Peppone. "Ma quello è una canaglia maledetta, un tal farabutto, un tale manigoldo provocatore che per dirgli tutto quello che merita ci vogliono due vocabolari!"

Don Camillo prese la matita e corresse con cura la bozza.

"Adesso ripassati le correzioni a penna" disse quand'ebbe finito.

Peppone guardò con tristezza il foglio pieno di cancellature e di segnacci.

"Pensare che quel vigliacco di Barchini mi aveva detto che tutto era a posto... Quanto vi debbo?"

"Niente. Vedi piuttosto di tenere chiusa la ciabatta. Non ci tengo si sappia che lavoro per l'Agit-Prop."

"Vi manderò delle uova."

* * *

Peppone uscì, e don Camillo, prima di mettersi a letto, andò a salutare il Cristo.

"Grazie di avergli suggerito di venire da me."

"È il meno che potevo fare" rispose sorridendo il Cristo. "Come è andata?"

"Un po' duretta, ma bene. Non sospetta neppure lontanamente che sia stato io ieri sera."

"Invece lo sa benissimo" ribatté il Cristo. "Lo sa benissimo che sei stato tu. Sempre tu tutt'e dodici le volte. Ti ha anche visto un paio di sere. Don Camillo, sta' in gamba: pensaci su sette volte prima di scrivere ancora 'Peppone asino'!"

"Quando uscirò, lascerò sempre a casa la matita" promise solennemente don Camillo.

"Amen" concluse il Cristo sorridendo.

INSEGUIMENTO

Don Camillo si era lasciato un po' andare durante un fervorino a sfondo locale con qualche puntatina piuttosto forte per *quelli là*, e così, la sera dopo, attaccatosi alle corde delle campane perché il campanaro l'avevano chiamato chi sa dove, era successo l'inferno.

Un'anima dannata aveva legato delle castagnole al batacchio delle campane: nessun danno, ma un putiferio di scoppio da far venire il crepacuore.

Don Camillo non aveva aperto bocca. Aveva celebrato la funzione serale in perfetta calma e c'era la chiesa zeppa: non ne mancava uno, di quelli là. Peppone in prima fila, e tutti con una faccia compunta da mettere la frenesia addosso a un santo. Ma don Camillo era un incassatore formidabile, e la gente se ne era andata via delusa.

Chiusa la porta grande, don Camillo s'era buttata addosso la mantella e, prima di uscire, era andato a fare un rapido inchino davanti all'altare.

"Don Camillo," aveva detto il Cristo crocifisso "metti giù."

"Non capisco" aveva protestato don Camillo.

"Metti giù!"

Don Camillo aveva tratto di sotto il mantello un palo e l'aveva deposto davanti all'altare.

"Brutta cosa, don Camillo."

"Gesù, non è mica rovere: è pioppo. Roba leggera, pieghevole..." si era giustificato don Camillo.

"Va' a letto, don Camillo, e non pensare più a Peppone."

Don Camillo aveva allargato le braccia ed era andato a letto con la febbre. Così la sera dopo, quando sul tardi gli comparve davanti la moglie di Peppone, saltò in piedi come gli fosse scoppiata una castagnola sotto.

"Don Camillo" cominciò la donna, che era molto agitata. Ma don Camillo l'interruppe:

"Via di qui, razza sacrilega!"

"Don Camillo, lasciate stare queste stupidaggini! A Castellino c'è quel maledetto che aveva tentato di fare la festa a Peppone! L'hanno messo fuori!"

Don Camillo aveva acceso il sigaro.

"Compagna, a me lo dici? Mica l'ho fatta io l'amnistia. Del resto, che te ne importa?"

La donna si mise a gridare.

"Me ne importa perché lo sono venuti a dire a Peppone e Peppone è partito per Castellino come un dannato. Ha preso su il mitra!"

"Ah, dunque le avete le armi nascoste, è vero?"

"Don Camillo, lasciate stare la politica! Non capite che quello lo ammazza? Se non mi aiutate voi, quello si rovina!"

Don Camillo rise perfidamente:

"Così impara a legare le castagnole al batacchio delle campane. In galera lo voglio vedere morire! Fuori da questa casa!"

Tre minuti dopo, don Camillo, con la sottana legata attorno al collo, arrancava come un ossesso sulla strada per Castellino a cavalcioni della Wolsit da corsa del figlio del sagrestano.

C'era una splendida luna e, a quattro chilometri da Castellino, don Camillo vide un uomo seduto sulla spalletta del ponticello del Fossone. Allora rallentò perché bisogna essere prudenti quando si viaggia di notte. Fermò una decina di metri prima del ponte tenendo a portata di mano un gingilletto che si era trovato in tasca.

"Giovanotto," chiese "avete visto passare un uomo grosso in bicicletta diretto a Castellino?"

"No, don Camillo" rispose tranquillo l'altro.

Don Camillo si avvicinò.

"Sei già stato a Castellino?" si informò.

"No, ci ho ripensato sopra. Non ne vale la pena. È stata quella stupida di mia moglie a farvi scomodare?"

"Scomodare? Figurati, un passeggiatina."

"Però! Che effetto fa un prete in bicicletta da corsa!" sghignazzò Peppone.

Don Camillo, venne a sederglisi vicino.

"Figlio mio, bisogna prepararsi a vederne di tutti i colori a questo mondo."

* * *

Un'oretta dopo, don Camillo era di ritorno e andava a stendere il suo rapportino al Cristo.

"Tutto bene, come mi avevate suggerito voi."

"Bravo, don Camillo. Ma, dimmi un po', ti avevo anche suggerito di prenderlo per i piedi e buttarlo dentro nel fosso?"

Don Camillo allargò le braccia.

"Veramente non ricordo bene. Il fatto è che a lui non gli andava molto di vedere un prete in bicicletta da corsa e allora ho fatto in modo che non mi vedesse più."

"Capisco. È già tornato?"

"Arriverà fra poco. Vedendolo cadere nel fosso ho pensato che ritornando su un po' bagnato si sarebbe trovato impicciato con la bicicletta, e allora ho pensato di tornare solo con tutt'e due le biciclette."

"È stato un pensiero molto gentile, don Camillo" approvò il Cristo molto gravemente.

Peppone si affacciò verso l'alba alla porta della canonica. Era bagnato fradicio, e don Camillo gli chiese se piovesse.

"Nebbia" rispose Peppone, a denti stretti. "Posso prendere la mia bicicletta?"

"Figurati, è lì."

Peppone guardò la bicicletta.

"Non vi risulta che legato alla canna ci fosse per caso un mitra?"

Don Camillo allargò le braccia sorridendo.

"Mitra? Che roba è?"

"Io" disse Peppone sulla porta "ho fatto un solo errore nella mia vita. Quello di legarvi delle castagnole ai batacchi delle campane. Dovevo legarci mezza tonnellata di dinamite."

"Errare humanum est" osservò don Camillo.

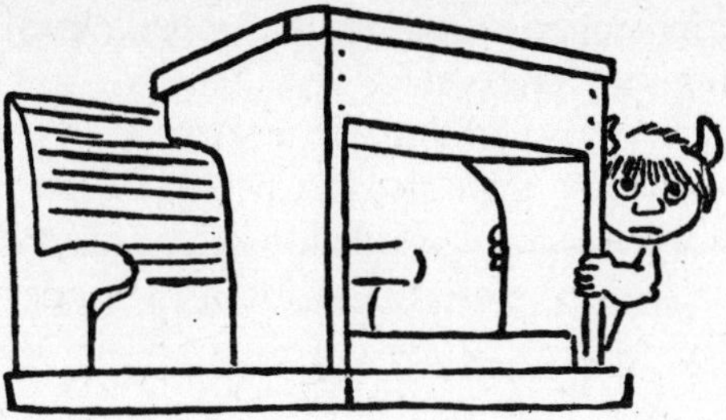

SCUOLA SERALE

La squadra degli uomini intabarrati prese cauta la via dei campi. Era buio profondo, ma tutti conoscevano quella terra zolla per zolla e marciavano sicuri. Arrivarono dietro una piccola casa isolata, fuori del paese mezzo miglio, e scavalcarono la siepe dell'orto.

Attraverso le gelosie di una finestra del primo piano filtrava un po' di luce.

"Andiamo bene" sussurrò Peppone che aveva il comando della piccola spedizione. "È ancora alzata. Il colpo è riuscito. Bussa tu, Spiccio."

Uno alto e ossuto dalla faccia decisa si avanzò e bussò un paio di colpi alla porta.

"Chi è?" disse dal di dentro una voce.

"Scartazzini" rispose l'uomo.

Di lì a poco la porta si aperse e apparve una vecchia piccola dai capelli bianchi come la neve, che reggeva in mano una lucernetta. Gli altri uscirono dall'ombra e vennero davanti alla porta.

"Chi è tutta quella gente?" chiese la vecchia sospettosa.

"Sono con me" spiegò lo Spiccio. "Tutti amici. Dobbiamo parlarle di cose importanti."

Entrarono tutti e dieci in una saletta pulita, e ristettero muti, accigliati e intabarrati davanti al tavolino al quale la vecchia era andata a sedersi. La vecchia inforcò gli occhiali e guardò le facce che spuntavano dai tabarri neri.

"Mmm!" borbottò. Li conosceva tutti a memoria dal principio alla fine, quei tipi. Aveva ottantasei anni e aveva cominciato a insegnare l'abbiccì in paese quando ancora l'abbiccì era roba da grande città. Aveva insegnato ai padri, ai figli e ai figli dei figli. Aveva pestato bacchettate sulle zucche più importanti del paese. Da un pezzo s'era ritirata dall'insegnamento e viveva sola in quella remota casetta, ma avrebbe potuto lasciare spalancate le porte perché la "signora Cristina" era un monumento nazionale e nessuno avrebbe osato toccarle un dito.

"Cosa c'è?" chiese la signora Cristina.

"È successo un fatto" spiegò lo Spiccio. "Ci sono state le elezioni comunali e hanno vinto i rossi."

"Brutta gente i rossi" commentò la signora Cristina.

"I rossi che hanno vinto siamo noi" continuò lo Spiccio.

"Brutta gente lo stesso!" insisté la signora Cristina. "Nel 1901 quel cretino di tuo padre voleva che togliessi il Crocifisso dalla scuola."

"Altri tempi" disse lo Spiccio. "Adesso è diverso."

"Meno male" borbottò la vecchia. "E allora?"

"Allora il fatto è che abbiamo vinto noi, ma ci sono anche due della minoranza, due dei neri."

"Neri?"

"Sì, due reazionari: Spilletti e il cavalier Bignini..."

La signora Cristina ridacchiò:

"Quelli, se siete rossi, vi faranno diventare gialli dall'itterizia! Figurati con tutte le stupidaggini che direte!"

"Per questo siamo qui" borbottò lo Spiccio. "Noi non possiamo che venire da lei, perché soltanto di lei possiamo fidarci. Lei, si capisce, pagando, ci deve aiutare."

"Aiutare?"

"Qui c'è tutto il consiglio comunale. Noi veniamo per i campi la sera tardi, e lei ci fa un po' di ripasso. Ci riguarda le relazioni che dovremo leggere, ci spiega le parole che non riusciamo a capire. Noi sappiamo quello che vogliamo e non ci sarebbe bisogno di tante poesie, ma con quelle due carogne bisogna parlare in punta di forchetta o ci fanno passare per stupidi davanti al popolo."

La signora Cristina scosse gravemente il capo.

"Se voi invece di fare i mascalzoni aveste studiato quando era ora, adesso..."

"Signora, roba di trent'anni fa..."

La signora Cristina inforcò gli occhiali, ed eccola col busto diritto, come ringiovanita di trent'anni. E anche gli altri erano ringiovaniti di trent'anni.

"Seduti" disse la signora Cristina. E tutti si accomodarono su sedie e panchette.

La signora Cristina alzò la fiamma della lucerna e passò in rassegna le facce dei dieci: appello senza parole. Ogni viso un nome e il ricordo di una fanciullezza.

Peppone era in un angolo buio, messo un po' di traverso.

La signora Cristina alzò la lucerna. Poi rimise giù la lucerna e alzò il dito ossuto.

"Tu, vattene!" disse con voce dura.

Lo Spiccio tentò di dire qualcosa, ma la signora Cristina scosse il capo.

"In casa mia Peppone non deve neanche entrarci in fotografia!" esclamò. "Troppe me ne hai fatte, giovanotto. Troppe e troppo grosse! Fuori e non farti più vedere!"

Lo Spiccio allargò le braccia desolato.

"Signora Cristina, ma come si fa? Peppone è il sindaco!"

La signora Cristina si alzò e brandì minacciosa una lunga bacchetta.

"Sindaco o non sindaco, via di qui o ti do tante bacchettate che ti pelo la zucca."

Peppone si alzò.

"Ve l'avevo detto?" disse uscendo. "Troppe ne ho fatte."

"E ricordati che qui dentro non ci metti più piede neanche se tu diventassi ministro dell'istruzione!" lo minacciò la signora Cristina, rimettendosi a sedere. "Asino!"

* * *

Don Camillo nella chiesa deserta illuminata soltanto da due ceri dell'altare stava chiacchierando col Cristo crocifisso.

"Non è certo per criticare il vostro operato" concluse a un bel momento. "Ma io non avrei permesso che un Peppone diventasse sindaco con una giunta nella quale soltanto due persone sanno correttamente leggere e scrivere."

"La cultura non conta un bel niente, don Camillo" rispose sorridendo il Cristo. "Quelle che contano sono le idee. I bei discorsi non concludono niente se sotto le belle parole non ci sono idee pratiche. Prima di dare un giudizio mettiamoli alla prova."

"Giustissimo" approvò don Camillo. "Io dicevo questo semplicemente perché, se avesse vinto la lista dell'avvocato, avevo già l'assicurazione che il campanile sarebbe stato rimesso a posto. Ad ogni modo se la torre crollerà, in compenso sorgerà in paese una magnifica casa del popolo con sale da ballo, vendita di liquori, sale per il gioco d'azzardo, teatro per spettacoli di varietà..."

"E serraglio per metterci dentro i serpenti velenosi come don Camillo" concluse il Cristo.

Don Camillo abbassò il capo. Gli dispiaceva di essersi dimostrato così maligno. Alzò la testa.

"Voi mi giudicate male" disse. "Voi sapete cosa significhi per me un sigaro. Ebbene, ecco: questo è l'unico sigaro che io posseggo, e guardate quel che ne faccio."

Trasse di tasca un sigaro e lo sbriciolò con l'enorme mano.

"Bravo" disse il Cristo. "Bravo don Camillo. Accetto la tua penitenza. Però adesso tu mi fai vedere a buttar via le briciole perché tu saresti capace di mettertele in tasca e fumartele poi nella pipa."

"Ma qui siamo in chiesa" protestò don Camillo.

"Don Camillo non ti preoccupare. Butta il tabacco in quell'angolo."

Don Camillo eseguì sotto lo sguardo compiaciuto del Cristo, ed ecco si udì bussare alla porticina della sagristia ed entrò Peppone.

"Buona sera, signor sindaco" esclamò don Camillo con molta deferenza.

"Sentite" disse Peppone. "Se un cristiano ha un dubbio su una cosa che ha fatto e viene da voi a raccontarvela, se vi accorgete che quello ha commesso degli errori, voi glieli fate rilevare o potete anche infischiarvene?"

Don Camillo si seccò.

"Come osi mettere in dubbio la dirittura di un sacerdote? Il primo dovere di un sacerdote è quello di far rilevare chiaramente tutti gli errori che il penitente ha commesso!"

"Bene" esclamò Peppone. "Siete pronto a raccogliere la mia confessione?"

"Sono pronto."

Peppone trasse di tasca un grosso scartafaccio e cominciò a leggere: "*Cittadini, nel mentre salutiamo la vittoria affermativa della lista...*"

Don Camillo lo interruppe con un gesto e andò a inginocchiarsi davanti all'altare.

"Gesù," mormorò "io non rispondo più delle mie azioni!"

"Ne rispondo io" rispose il Cristo. "Peppone ti ha battuto e tu devi accusare onestamente il colpo e comportarti secondo i tuoi impegni."

"Gesù," insistette don Camillo "vi rendete conto che mi fate lavorare per l'Agit-Prop?"

"Tu lavori per la grammatica, la sintassi e la ortografia, le quali cose non hanno niente di diabolico né di settario."

Don Camillo inforcò gli occhiali, impugnò il lapis e rimise in piedi i periodi traballanti del discorso che Peppone doveva leggere il giorno dopo. Peppone rilesse gravemente.

"Bene" approvò. "L'unica cosa che non capisco è questa. Dove io dicevo: '*È nostro intendimento fare ampliare l'edificio scolastico e ricostruire il ponte sul Fossalto*' voi avete corretto: '*È nostro intendimento fare ampliare l'edificio scolastico, far riparare la torre della chiesa e far ricostruire il ponte sul Fossalto*': perché?"

"È una questione di sintassi" spiegò gravemente don Camillo.

"Beati voi che avete studiato il latino e capite tutte le sfumature della lingua" sospirò Peppone. "E così," aggiunse "anche la speranza che vi caschi in testa la torre sfuma."

Don Camillo allargò le braccia.

"Bisogna inchinarsi alla volontà di Dio."

Quando rientrò dopo aver accompagnato Peppone alla porta, don Camillo venne a salutare il Cristo.

"Bravo, don Camillo" gli disse sorridendo il Cristo. "Ti avevo giudicato male, e mi dispiace che tu abbia rotto l'ultimo tuo sigaro. È una penitenza che non meritavi. Però, siamo sinceri: è stato ben villano quel Peppone a non offrirti neppure un sigaro, dopo tutta la tua fatica!"

"E va bene" sospirò don Camillo cavando dalla tasca un sigaro e accingendosi a stritolarlo nella grossa mano.

"No, don Camillo" disse il Cristo sorridendo. "Vattelo a fumare in pace. Te lo sei meritato."

"Ma..."

"No, don Camillo, non l'hai rubato. Peppone ne aveva due nel taschino, di sigari. Peppone è comunista: prelevandone destramente uno, tu non hai fatto che prenderti la tua parte."

"Nessuno meglio di voi sa queste cose" esclamò don Camillo con molto rispetto.

IN RISERVA

Don Camillo tutte le mattine andava a misurare la famosa crepa della torre, e ogni volta era la stessa storia: la crepa non si allargava, ma neppure si restringeva. E allora perdette la calma, e un giorno mandò il sagrestano in comune.

"Va' a dire al sindaco che venga subito a vedere questo guaio. Spiegagli che è una cosa grave."

Il sagrestano andò e ritornò.

"Ha detto il sindaco Peppone che vi crede sulla parola che sia una roba grave. Ad ogni modo ha detto che, se proprio ci tenete a fargli vedere la crepa, gli portiate la torre in municipio. Lui riceve fino alle cinque."

Don Camillo non batté ciglio: si limitò a dire, dopo la funzione serale:

"Se domattina Peppone o qualcuno della sua banda hanno il coraggio di farsi vedere a messa, assisteremo a cose da cinematografo. Ma lo sanno, hanno paura e non si faranno vedere".

La mattina dopo non c'era l'ombra di un "rosro" in chiesa, ma cinque minuti prima che cominciasse la messa si sentì sul sagrato risuonare il passo cadenzato di una formazione in marcia. Inquadrati perfettamente tutti i "rossi" non solo del paese ma delle frazioni vicine, tutti, persino Bilò il calzolaio che aveva una gamba di legno e Roldo dei Prati che aveva una febbre da cavallo, marciavano fieramente verso la chiesa con Peppone in testa che dava l'un-dué.

Compostamente presero posto in chiesa, tutti in blocco granitico e tutti con una faccia feroce da corazzata Potemkin.

Don Camillo, arrivato al discorsetto, illustrò con bel garbo la parabola del buon Samaritano, e terminò rivolgendo un breve fervorino ai fedeli.

"Come sanno tutti, meno coloro che dovrebbero saperlo, una incrinatura pericolosa sta minando la saldezza della torre. Mi rivolgo quindi a voi, miei cari fedeli, perché veniate in aiuto alla casa di Dio. Dicendo 'fedeli' io intendo rivolgermi agli onesti i quali vengono qui per appressarsi a Dio, e non certo ai faziosi che vengono qui per fare sfoggio della loro preparazione militare. A costoro ben poco può importare se la torre crolla."

Finita la messa, don Camillo si insediò a un tavolino presso la porta della canonica e la gente sfilò davanti a lui, ma nessuno andò via, e tutti, fatta l'offerta, ristettero sulla piazzetta per vedere come andava a finire. E andò a finire che arrivò Peppone seguito dal battaglione perfettamente inquadrato che fece un formidabile alt davanti al tavolino.

Peppone si avanzò fiero.

"Da questa torre, queste campane hanno salutato ieri l'alba della liberazione, e da questa torre queste stesse campane dovranno salutare domani l'alba radiosa della rivoluzione proletaria!" disse Peppone a don Camillo. E gli mise davanti tre grandi fazzoletti rossi pieni di soldi.

Poi se ne andò a testa alta seguito dalla banda. E Roldo dei Prati crepava per la febbre e faceva fatica a rimanere in piedi, ma anche lui aveva la testa alta, e Bilò lo zoppo quando passò davanti al tavolino di don Camillo marcò fiero il passo con la zampa di legno.

Quando don Camillo portò a far vedere al Cristo la cesta piena di soldi e disse che ce n'era d'avanzo per accomodare la torre, il Cristo sorrise sbalordito.

"Avevi ragione tu, don Camillo."

"Si capisce" rispose don Camillo. "Perché voi conoscete l'umanità, ma io conosco gli italiani."

Fin qui don Camillo si comportò bene. Sbagliò invece quando mandò a dire a Peppone d'aver molto apprezzata la preparazione militare dei suoi, ma che, secondo lui, doveva esercitarli di più nel dietro front e nel passo di corsa perché ne avrebbero avuto un gran bisogno il giorno della rivoluzione proletaria. Questo non fu bene e Peppone aspettò don Camillo al varco.

* * *

Don Camillo era un perfetto galantuomo, ma possedeva oltre a una formidabile passione per la caccia, una splendida doppietta e delle mirabili cartucce Walsrode. Oltre a questa la riserva del barone Stocco era a soli cinque chilometri dal paese e costituiva una vera provocazione perché, non soltanto la selvaggina, ma persino le galline dei paraggi avevano imparato che bastava andarsi a rifugiare dietro quella siepe di rete metallica per poi poter sghignazzare in faccia a chi voleva tirar loro il collo.

Quindi niente di strano se, una sera, don Camillo - con la sottana in un enorme paio di brache di fustagno e con un cappellaccio di feltro sulla zucca - si trovò dentro la riserva del barone. La carne è debole e più debole ancora la carne dei cacciatori. E niente di strano se a don Camillo scappò un doppietto che fulminò una lepre lunga un metro. Vistala lì per terra, la mise nel carniere e già si accingeva a battere in ritirata quando si trovò davanti improvvisamente qualcuno, e allora, calcatosi il cappello fin sugli occhi, gli sparò una zuccata sullo stomaco per mandarlo a gambe all'aria perché non era bello che in paese si sapesse che il parroco era stato sorpreso da un guardacaccia a cacciare di frodo in riserva.

Il guaio è che anche l'altro ebbe la stessa idea della zuccata e così le due zucche si incontrarono a mezza strada e fu una botta così potente che li mandò a sedere di rimbalzo per terra col terremoto in testa.

"Una zucca dura come quella non può appartenere che al nostro beneamato signor sindaco" brontolò don Camillo quando gli si fu snebbiata la vista.

"Una zucca come quella non può appartenere che al nostro beneamato arciprete" rispose Peppone grattandosi in testa.

Anche Peppone cacciava di frodo in quei paraggi e aveva anche lui un diavolaccio di lepre nel carniere e ora guardava beffardo don Camillo.

"Non avrei mai creduto che proprio colui il quale ci predica il rispetto per la roba altrui," disse Peppone "tagliasse le siepi delle riserve per fare il bracconiere."

"E io non avrei mai creduto che proprio il primo cittadino, il compagno sindaco..."

"Sindaco, ma compagno" lo interruppe Peppone. "Quindi rovinato dalle teorie infernali che vogliono l'equa distribuzione dei beni e perciò coerente alle sue idee molto di più del reverendo don Camillo, il quale invece..."

Qualcuno si avvicinava, stava già a pochi passi ed era impossibile darsela a gambe senza rischiare di prendersi una schioppettata, perché questa volta si trattava proprio di un guardacaccia.

"Bisogna fare qualcosa!" sussurrò don Camillo. "Se ci trovano qui, succede uno scandalo!"

"Non mi interessa" rispose tranquillo Peppone. "Io rispondo sempre delle mie azioni."

I passi si avvicinavano e don Camillo si addossò a un grosso tronco. Peppone non si mosse e anzi, quando apparve il guardacaccia con lo schioppo imbracciato, lo salutò:

"Buona sera".

"Che fate qui?" chiese il guardacaccia.

"Raccolgo funghi."

"Con lo schioppo?"

"È un sistema come un altro."

Il sistema per rendere meno pericolosi i guardacaccia non è molto complicato. Trovandosi alle spalle di un guardacaccia, basta avvolgergli improvvisamente la testa in un tabarro e picchiargli un pugno in testa. Poi basta approfittare del momentaneo stordimento del personaggio per raggiungere la siepe e scavalcarla. Una volta fuori tutto è a posto.

Don Camillo e Peppone si ritrovarono seduti dietro un cespuglio lontano un miglio dalla riserva.

"Don Camillo," sospirò Peppone "abbiamo fatto una gran brutta cosa. Abbiamo alzato le mani su un tutore dell'ordine! È un delitto."

Don Camillo, che era stato lui ad alzarle, le mani, sudava freddo.

"La coscienza mi rimorde" continuò l'infame. "Io non avrò più pace pensando a questa orribile cosa. Come troverò il coraggio di presentarmi a un ministro di Dio per chiedere perdono del mio misfatto? Sia maledetto il giorno in cui ho prestato orecchio alle infami lusinghe del verbo moscovita dimenticando i sacri precetti della carità cristiana!"

Don Camillo era tanto umiliato che aveva voglia di piangere. D'altra parte aveva anche una voglia matta di dare un pugno sulla zucca di quel perverso e siccome Peppone lo capì smise la lagna.

"Maledetta tentazione!" gridò Peppone traendo dal carniere la lepre e scagliandola lontano.

"Maledetta, sì" gridò don Camillo. E tratta la sua lepre la buttò via in mezzo alle neve allontanandosi a testa bassa. Peppone lo seguì fino alle Gaggie poi voltò a destra.

"Scusate" disse Peppone fermandosi. "Sapreste indicarmi un buon parroco delle vicinanze per andare a scaricarmi di questo peccato?"

Don Camillo strinse i pugni e tirò diritto.

Quando ebbe trovato il coraggio di ripresentarsi al Cristo dell'altare, don Camillo allargò le braccia.

"Non l'ho fatto per me" disse. "L'ho fatto semplicemente perché, se si fosse saputo che io caccio di frodo, più che me avrebbe avuto un danno la Chiesa." Ma il Cristo rimase muto e in questi casi a don Camillo veniva la febbre quartana e si metteva a pane e acqua per giorni e giorni fino a quando, impietosito, il Cristo non gli diceva: "Basta".

Quella volta, prima che il Cristo gli dicesse "Basta" don Camillo stette a pane ed acqua per sette giorni e, proprio la sera del settimo, quando ormai per rimanere in piedi doveva appoggiarsi ai muri e la fame gli urlava nello stomaco, Peppone venne a confessarsi.

"Ho contravvenuto alla legge e alla carità cristiana" disse Peppone.

"Lo so" rispose don Camillo.

"Per di più, appena voi vi siete allontanato, sono tornato indietro, mi sono preso tutte e due le lepri e me le sono cucinate una alla cacciatora e una in salmì."

"Me lo immaginavo" rispose don Camillo in un soffio. E, quando poi passò davanti all'altare, il Cristo gli sorrise, non tanto in considerazione dei sette giorni di digiuno, quanto in considerazione del fatto che don Camillo rispondendo "Me lo immaginavo" non sentì il desiderio di pestare la zucca di Peppone, anzi si vergognò profondamente ricordandosi che, quella sera, aveva avuto per un istante la tentazione di tornare indietro per fare la stessa cosa.

"Povero don Camillo!" sussurrò il Cristo commosso.

E don Camillo allargò le braccia come per dire che lui faceva tutto il possibile e che, se qualche volta sbagliava, non era per cattiveria.

"Lo so, lo so, don Camillo" rispose il Cristo. "Ora vatti pure a mangiare la tua lepre che Peppone ti ha portata bell'e cucinata in canonica."

INCENDIO DOLOSO

Era una notte piovosa, quando improvvisamente la casa vecchia cominciò a bruciare.

La casa vecchia era una antica bicocca abbandonata, in cima a un montarozzo, e la gente si faceva scrupolo di avvicinarvisi anche di giorno perché dicevano che era piena di vipere e di fantasmi. La cosa strana stava nel fatto che la casa vecchia consisteva in una gran macchina di sassi, perché il legno, anche il pezzetto più minuto, che era rimasto da quando l'avevano abbandonata portandosi via tutti gli infissi, se l'era mangiato l'aria. E invece adesso la bicocca bruciava come un falò.

Molta gente scese nella strada e uscì dal paese a vedere, e non c'era uno che non si meravigliasse.

Arrivò anche don Camillo, il quale si mise nel crocchio che stava infilando la carrareccia che conduceva alla casa vecchia.

"Sarà qualche bella testa rivoluzionaria che ha riempito di paglia la baracca e poi le ha dato fuoco per festeggiare qualche data importante" disse ad alta voce don Camillo facendosi largo a spintoni e mettendosi in testa al branco. "Cosa ne dice il signor sindaco?"

Peppone non si volse neppure.

"Cosa vuol che ne sappia io?" brontolò.

"Be', come sindaco dovresti saper tutto" ribatté don Camillo che ci prendeva un gusto matto. "Ricorre oggi forse qualcosa di storico?"

"Non lo dica neanche per ischerzo o domattina il paese dirà che l'abbiamo organizzata noi questa maledetta faccenda" interruppe il Brusco che, assieme a tutti i capoccia rossi, marciava a fianco di Peppone.

La carrareccia, finite le due siepi che la fiancheggiavano, sfociava in un grande pianoro pelato come la miseria, al centro del quale c'era il breve montarozzo che faceva da basamento alla casa vecchia. La distanza dalla bicocca era di trecento metri e si vedeva la bicocca bruciare come una torcia.

Peppone si fermò e la gente si allargò a destra e a sinistra.

Una folata di vento portò una nuvola di fumo verso il gruppo.

"Altro che paglia: questo è petrolio."

La gente cominciò a commentare il fatto curioso e qualcuno si mosse per proseguire, ma furono fermati da grandi urla.

"Non fate stupidaggini!"

Truppe si erano fermate a lungo nel paese e nei dintorni sulla fine della guerra: si poteva trattare di serbatoi di nafta o benzina messi lì da qualche reparto, oppure nascosti da qualcuno che li aveva rubati. Non si sa mai.

Don Camillo si mise a ridere.

"Non facciamo dei romanzi! A me la faccenda non mi convince e voglio andare a vedere coi miei occhi di che cosa si tratta."

Si staccò deciso dal gregge e si avviò con passo rapido verso la bicocca. Ormai aveva percorso un centinaio di metri quando Peppone con quattro zampate lo raggiunse.

"Vada indietro, lei!"

"E con quale diritto ti impicci dei fatti miei?" rispose brusco don Camillo gettandosi indietro il cappello e mettendosi i grossi pugni sui fianchi.

"Gielo ordino come sindaco! Io non posso permettere che un mio cittadino si esponga stupidamente al pericolo."

"E quale pericolo?"

"Non sente che puzzo di petrolio e benzina? Cosa sa lei che diavoleria ci sia là dentro?"

Don Camillo lo guardò sospettoso.

"E tu cosa ne sai?" chiese.

"Io? Io non ne so niente, ma ho il dovere di metterla in guardia perché come c'è il petrolio, là dentro, ci potrebbe essere altra roba."

Don Camillo si mise a ridere.

"Ho capito. Sai cos'è la faccenda? Che ti ha preso la fifa e adesso ti secca di far vedere ai tuoi gregari che il loro capo prende lezioni di coraggio civile da un povero pretonzolo reazionario come è don Camillo."

Peppone strinse i pugni.

"I miei uomini mi hanno visto lavorare in montagna e..."

"Adesso si tratta di lavorare in pianura, compagno sindaco. La fifa è differente al piano e al monte."

Peppone si sputò nelle mani e, gonfiato l'ampio torace, si avviò verso l'incendio con passo deciso. Dopo cinquanta metri don Camillo, che era stato a guardarlo a braccia conserte, scattò e ben presto lo raggiunse.

"Alt!" disse arraffandolo ad un braccio.

"Alt un corno!" gridò Peppone divincolandosi. "Lei vada a inaffiare i suoi gerani: io continuo. Si vedrà adesso chi avrà paura fra me e lei."

Don Camillo avrebbe voluto sputarsi nelle mani, ma non lo fece perché si ricordò che era l'arciprete. Si limitò a gonfiare anche lui il torace e a stringere i pugni, e si avviò.

Camminarono a fianco a fianco, Peppone e don Camillo, e la distanza diminuiva e già si sentiva il riverbero della fiamma, e passo passo stringevano sempre di più i denti e i pugni, studiandosi con la coda dell'occhio, sperando ognuno che l'altro si fermasse, ma decisi tutt'e due a fare ognuno un passo più avanti dell'altro.

Ottanta, sessanta, cinquanta metri.

"Alt!" disse una voce alla quale era impossibile non obbedire. E i due si arrestarono nello stesso identico istante, fecero dietro front, poi scattarono di corsa come fulmini.

Dieci secondi dopo uno scoppio tremendo squarciava il silenzio mentre la bicocca saltava in aria aprendosi come un fiore di fuoco.

Si ritrovarono seduti per terra in mezzo alla strada e non c'era più anima viva perché tutti erano schizzati verso il paese come lepri.

Tornarono per una scorciatoia e camminarono a fianco a fianco in silenzio. A un tratto Peppone borbottò:

"Sarebbe stato molto meglio che l'avessi lasciata andare avanti".

"È quello che penso anch'io" rispose don Camillo. "Magnifica occasione perduta."

"Se io l'avessi lasciata andare avanti," continuò Peppone "avrei avuto il piacere di vedere il più nero reazionario del mondo saltare in aria."

"Non credo" rispose senza voltarsi don Camillo. "A duecento metri mi sarei fermato."

"E perché?"

"Perché sapevo che nella grotta sotto la casa vecchia, c'erano sei bidoni di benzina, novantacinque mitra, duecentosettantacinque bombe a mano. due casse di munizioni, sette mitragliatrici e tre quintali di tritolo."

Peppone si fermò e lo guardò con occhi sbarrati.

"Niente di strano!" spiegò don Camillo. "Prima di dar fuoco alla benzina ho fatto l'inventario."

Peppone strinse i pugni.

"Io dovrei ammazzarla adesso!" urlò digrignando i denti.

"Lo capisco, Peppone, ma è difficile ammazzarmi."

Ripresero a camminare. Dopo un po' Peppone si fermò.

"Ma allora," esclamò "lei lo sapeva che pericolo c'era, eppure è arrivata fino a cinquanta metri e se non ci avessero dato l'alt avrebbe continuato!"

"Si capisce. Lo sapevo come lo sapevi tu" rispose don Camillo. "Qui era in ballo il nostro coraggio personale."

Peppone tentennò la testa:

"Però non c'è niente da dire: siamo in gamba tutt'e due. Peccato che lei non sia dei nostri".

"È quello che penso anch'io: peccato che tu non sia dei nostri."

Davanti alla canonica si lasciarono.

"In fondo, lei mi ha fatto un piacere" disse Peppone. "Tutta quella maledetta mercanzia mi stava sulla coscienza come la spada di Damocle."

"Va' adagio con le citazioni storiche, Peppone" rispose don Camillo.

"Però," continuò Peppone "lei ha detto che le mitragliatrici erano sette e invece erano otto. Chi avrà preso l'altra?"

"Non ti preoccupare" rispose don Camillo. "L'ho presa io. Quando scoppierà la rivoluzione proletaria devi girare alla larga dalla canonica."

"Ci rivedremo all'inferno" borbottò Peppone andandosene.

Don Camillo andò a inginocchiarsi davanti al Cristo all'altare.

"Vi ringrazio" disse. "Vi ringrazio di averci dato l'alt! Se voi non aveste dato l'alt sarebbe stato un pasticcio!"

"Ma no" rispose sorridendo il Cristo. "Sapendo a cosa andavi incontro, il continuare avrebbe costituito per te un suicidio e tu saresti tornato indietro lo stesso, don Camillo."

"Lo so, ad ogni modo non bisogna mai fidarsi troppo della propria fede. Alle volte l'orgoglio ci rovina."

"Piuttosto, com'è quella storia della mitragliatrice? Tu avresti preso una simile macchina maledetta?"

"No" rispose don Camillo. "Otto erano e otto sono saltate in aria. Ma è utile che quelli là credano che qui dentro ci sia una mitragliatrice."

"Bene" disse il Cristo. "Bene se fosse vero. Il guaio è che tu, quel maledetto arnese te lo sei preso sul serio. Perché sei così bugiardo, don Camillo?"

Don Camillo allargò le braccia.

IL TESORO

Arrivò in canonica lo "Smilzo", un giovane ex partigiano che faceva da portaordini a Peppone quando Peppone lavorava in montagna, e adesso l'avevano assunto come messo in comune. Aveva una gran lettera di lusso, in carta a mano con stampa in gotico e l'intestazione del partito.

"*La Signoria Vostra è invitata a onorare della Sua presenza la cerimonia a sfondo sociale che si svolgerà domattina alle ore 10 in Piazza della Libertà. Il Segretario della Sezione compagno Bottazzi Sindaco Giuseppe.*"

Don Camillo guardò in faccia lo Smilzo.

"Di' al signor compagno Peppone sindaco Giuseppe che io non ho nessuna voglia di venire a sentire le solite stupidaggini contro la reazione e i capitalisti. Le so già a memoria."

"No," spiegò lo Smilzo "niente discorsi politici. Roba di patriottismo, a sfondo sociale. Se dite di no significa che non capite niente della democrazia."

Don Camillo tentennò gravemente il capo.

"Se le cose stanno così," esclamò "non parlo più."

"Bene. Dice il capo che veniate in divisa con gli arnesi."

"Gli arnesi?"

"Sì, la secchia e il pennello: c'è da benedire roba."

Lo Smilzo parlava in questo modo a don Camillo appunto in quanto era lo Smilzo, uno cioè che, per la sua taglia speciale e per la sua sveltezza diabolica, in montagna poteva passare tra palla e palla senza scalfirsi. Così, quando il grosso libro lanciato da don Camillo arrivò nel punto dove c'era la testa dello Smilzo, lo Smilzo era già fuori della canonica e pigiava sui pedali della sua bicicletta.

Don Camillo si alzò, raccolse il libro e andò a sfogare il suo risentimento col Cristo dell'altare.

"Gesù," disse "possibile che non si riesca a sapere cosa combineranno domani quelli là? Non ho mai visto una cosa tanto misteriosa. Cosa vorranno dire tutti quei preparativi? Quelle fronde che stanno piantando tutto attorno al prato che sta tra la farmacia e la casa dei Baghetti? Che razza di diavoleria è quella?"

"Figlio mio, se fosse una diavoleria, per prima cosa non la farebbero all'aperto e secondariamente non ti chiamerebbero per benedirla. Abbi pazienza fino a domani."

Don Camillo, la sera andò a dare un'occhiata, ma non c'erano altro che fronde e festoni attorno al prato e nessuno riusciva a capire niente.

Quando la mattina partì seguito da due chierichetti gli tremavano le gambe. Sentiva che c'era sotto qualcosa che non funzionava. C'era sotto il tradimento.

Ritornò un'ora dopo disfatto, con la febbre addosso.

"Cos'è successo?" gli chiese il Cristo dell'altare.

"Una cosa da far rizzare i capelli" balbettò don Camillo. "Una cosa orrenda. Banda, inno di Garibaldi, discorso di Peppone e posa della prima pietra della 'Casa del popolo'. E io ho dovuto benedire la prima pietra. Peppone schiattava di soddisfazione. Quel farabutto mi ha invitato a dire due parole e così ho dovuto fare anche il discorsetto di circostanza perché è sì una roba del partito, ma il mascalzone l'ha presentata come opera pubblica!"

Don Camillo passeggiò in su e in giù per la chiesa deserta. Poi si fermò davanti al Cristo.

"Uno scherzo" esclamò. "Sale di ritrovo e di lettura, biblioteca, palestra, ambulatorio e teatro. Un grattacielo di due piani, con annesso campo sportivo e gioco delle bocce. Il tutto per la miserabile somma di dieci milioni."

"Non è caro, dato i prezzi attuali" osservò il Cristo.

Don Camillo si accasciò su una panca.

"Gesù" sospirò dolorosamente. "Perché mi avete fatto questo dispetto?"

"Don Camillo, tu sragioni!"

"No: non sragiono. Sono dieci anni che vi prego in ginocchio di farmi trovare un po' di quattrini per impiantare una bibliotechina, una sala di ritrovo per i ragazzi, un campo di gioco per i bambini, con la giostra e l'altalena e magari una piccola piscinetta come c'è a Castellina. Sono dieci anni che mi arrabatto facendo complimenti a degli sporcaccioni di spilorci proprietari che prenderei volentieri a sberle tutte le volte che li incontro; avrò combinato duecento lotterie, avrò bussato a duemila porte e non sono riuscito a niente. Arriva un pezzo di farabutto scomunicato, ed ecco dieci milioni piovergli in tasca dal cielo."

Il Cristo scosse il capo.

"Non gli sono piovuti dal cielo" rispose. "Se li è trovati in terra. Io non c'entro, don Camillo. È frutto della sua iniziativa personale."

Don Camillo allargò le braccia.

"Allora la cosa è semplice: significa che io sono un povero stupido."

Don Camillo andò a camminare ruggendo nel suo camerone in canonica. Escluse il fatto che Peppone si fosse procurato i dieci milioni assaltando la gente per la strada o scassinando la cassaforte di una banca.

"Quello, nei giorni della liberazione, quando è arrivato giù dalla montagna e sembrava che dovesse esserci la rivoluzione proletaria da un momento all'altro, ha sfruttato la fifa di quei vigliacchi di signori e ha spillato loro quattrini."

Poi pensò che, in quei giorni, di signori non ce n'era uno in paese, mentre invece c'era un reparto inglese arrivato assieme agli uomini di Peppone. Gli inglesi si erano insediati nelle case dei signori, prendendo il posto dei crucchi, i quali, essendo stati fermi in paese un bel pezzo, avevano ripulito razionalmente le case dei signori di tutte le cose migliori. Quindi non c'era neppure da pensare che Peppone si fosse procurato i dieci milioni razziando.

Forse i soldi venivano dalla Russia? Si mise a ridere: figuriamoci se i russi hanno in mente Peppone!

"Gesù" andò a implorare alla fine don Camillo. "Non puoi dirmi dove Peppone ha trovato i quattrini?"

"Don Camillo" rispose sorridendo il Cristo. "Mi prendi forse per un agente investigativo? Perché chiedere a Dio quale sia la verità, quando la verità è dentro di te? Cercala, don Camillo. Intanto, per distrarti un po', perché non fai un giro fino alla città?"

La sera dopo, ritornando dalla gita in città, don Camillo si presentò al Cristo in uno stato di impressionante agitazione.

"Che ti succede, don Camillo?"

"Una cosa pazzesca!" esclamò don Camillo ansimando. "Ho incontrato un morto! A faccia a faccia, nella strada!"

"Don Camillo, calmati e ragiona: di solito i morti che si incontrano a faccia a faccia, nella strada, sono dei vivi."

"Lo escludo" gridò don Camillo. "Quello è un morto-morto, perché l'ho portato io stesso al cimitero."

"Se è così," rispose il Cristo "non dico più niente. Sarà un fantasma."

Don Camillo alzò le spalle.

"Ma no! I fantasmi esistono soltanto nella zucca delle donnette stupide!"

"E allora?"

"Già" borbottò don Camillo.

Don Camillo raccolse le idee. Il morto era un giovanotto magro, uno non del paese, che era sceso giù dai monti assieme agli uomini di Peppone. Era ferito alla testa e malconcio e lo avevano sistemato al pianterreno della villa Docchi, che era stata la sede del comando crucco, e che ora era diventata la sede del comando inglese. Nella stanza attigua a quella del malato, Peppone aveva sistemato il suo ufficio-comando.

Don Camillo ricordava benissimo: la villa era circondata da tre ordini di sentinelle inglesi e non entrava né usciva una mosca, perché vicino si combatteva ancora e gli inglesi ci tengono particolarmente alla propria pelle.

Ciò era successo la mattina: la notte stessa il giovanotto ferito era morto; Peppone mandò a chiamare don Camillo verso la mezzanotte, ma quando don Camillo arrivò, il ragazzo era già freddo. Gli inglesi non volevano morti in casa e, verso il mezzogiorno, la bara contenente il povero ragazzo usciva dalla villa portata a braccia da Peppone e dai suoi tre più fidi, e coperta da un drappo tricolore: un reparto armato di inglesi, bontà loro, aveva reso gli onori.

Don Camillo ricordava che la cerimonia funebre era stata commoventissima: tutto il paese dietro al feretro posto su un affusto da cannone.

E il discorso, al cimitero, prima che la bara venisse calata nella fossa, l'aveva fatto proprio lui, don Camillo, e la gente piangeva. Anche Peppone, che era in prima fila, singhiozzava.

"Quando mi ci metto, io so parlare" si compiacque don Camillo rievocando questo episodio. Poi riprese il filo logico del suo discorso e concluse:

"E con tutto questo, io sono pronto a giurare che il giovanotto magro che ho incontrato oggi in città, è quello che ho portato alla sepoltura".

Sospirò.

"Così è la vita!"

Il giorno dopo don Camillo andò a trovare nella sua officina Peppone che lavorava sdraiato sotto una automobile.

"Buon dì, compagno sindaco. Sono venuto per dirti che da due giorni sto ripensando alla descrizione della tua casa del popolo."

"Che ve ne pare?" ghignò Peppone.

"Magnifica. Mi ha fatto decidere a mettere in piedi quel localetto con piscina, giardino, campo di giochi, teatrino eccetera, che, come sai, ho in testa da tanti anni. Farò la posa della prima pietra la domenica ventura. Ci terrei molto che venissi anche tu, come sindaco."

Peppone uscì di sotto la vettura e si pulì con la manica della tuta la faccia unta.

"Volentieri: cortesia per cortesia."

"Bene. Nel frattempo cerca di stringere un tantino il progetto della tua casa. È troppo grossa, per il mio temperamento."

Peppone lo guardò sbalordito.

"Don Camillo, siete svanito?"

"Non più di quella volta quando ho fatto una funzione funebre con discorso patriottico a una cassa da morto che non doveva essere chiusa bene perché ieri ho incontarto il cadavere a spasso in città."

Peppone digrignò i denti.

"Cosa vorreste insinuare?"

"Niente: che quella cassa alla quale gli inglesi hanno presentato le armi e che io ho benedetto, era piena di roba trovata da te nella cantina della villa Docchi dove prima c'era il comando tedesco. E il morto era vivo e nascosto in solaio."

"Ah!" urlò Peppone "ci siamo con la solita storia! Si tenta di infamare il movimento partigiano!"

"Lascia stare i partigiani, Peppone. A me non mi freghi."

E se ne andò mentre Peppone borbottava oscure minacce.

La sera stessa don Camillo lo vide arrivare in canonica accompagnato dal Brusco e da altri due pezzi grossi. Quelli stessi che avevano portato la bara.

"Lei" disse cupo Peppone "ha poco da insinuare. Era tutta roba rubata dai tedeschi, argenteria, macchine fotografiche, stumenti, oro, eccetera. Se non la prendevamo noi, la prendevano gli inglesi. Era l'unico modo per farla uscire. Qui ho ricevute e testimonianze: nessuno ha toccato una lira. Dieci milioni sono stati ricavati e dieci milioni saranno spesi per il popolo."

Il Brusco, che era focoso, si mise a gridare che questa era la verità e che lui, caso mai, sapeva benissimo come va trattata certa gente.

"Anch'io" rispose calmo don Camillo. E lasciò cadere il giornale che teneva sciorinato davanti, e allora si vide che, sotto l'ascella destra, don Camillo teneva il famoso mitra che era stato un tempo di Peppone.

Il Brusco impallidì e fece un salto indietro e Peppone allargò le braccia.

"Don Camillo, non mi pare che sia il caso di litigare."

"Neanche a me" rispose don Camillo. "Tanto più che sono perfettamente d'accordo con voi: dieci milioni di ricavo e dieci milioni debbono andare al popolo. Sette con la vostra casa del popolo e tre col mio ritrovo-giardino per i figli del popolo. Sinite parvulos venire ad me: io chiedo soltanto la mia spettanza."

I quattro si consultarono a bassa voce, poi Peppone parlò:

"Se non aveste quel maledetto arnese fra le mani vi risponderei che questo è il più vile ricatto dell'universo".

La domenica seguente il sindaco Peppone presenziò con tutte le autorità alla posa della prima pietra del ritrovo-giardino di don Camillo. E fece anche un discorsetto. Però trovò modo di sussurrare a don Camillo:

"Questa prima pietra forse sarebbe stato meglio legarvela al collo e poi buttarvi in Po".

Don Camillo, la sera andò a riferire al Cristo dell'altare. "Cosa ne dite?" chiese alla fine.

"Quel che ti ha risposto Peppone: se tu non avessi quel maledetto arnese tra le mani direi che questo è il più vile ricatto del mondo."

"Ma io tra le mani non ho che l'assegno che mi ha consegnato Peppone" protestò don Camillo.

"Appunto" sussurrò il Cristo. "Con questi tre milioni farai troppe cose buone e belle, don Camillo, perché io possa maltrattarti."

Don Camillo si inchinò e andò a letto a sognare un giardino pieno di bambini, un giardino con giostra e altalena, e sull'altalena c'era il figlio più piccolo di Peppone che cinguettava come un uccelletto.

RIVALITÀ

Arrivò uno importante dalla città, e la gente accorse da tutte le frazioni. Quindi Peppone stabilì che il comizio si tenesse nella piazza grande, e non solo fece drizzare un bel palco pavesato di rosso, ma si procurò anche uno di quei camioncini che hanno sul tetto quattro grandi trombe, e, dentro, tutto il meccanismo elettrico per ampliare la voce.

Così, il pomeriggio di quella domenica, la piazza era zeppa, e la gente riempiva anche il sagrato che confinava appunto con la piazza.

Don Camillo aveva bloccato tutte le porte e si era ritirato in sagristia, per non veder nessuno, non sentir nessuno e non farsi sangue cattivo. E sonnecchiava, quando una voce che pareva quella della collera divina lo fece sussultare: "*Compagni!...*"

Come se i muri neanche esistessero.

Don Camillo andò a sfogare la sua indignazione col Cristo dell'altar maggiore.

"Debbono aver puntato una delle loro maledette trombe proprio contro di noi" esclamò. "Questa è una violazione di domicilio bella e buona."

"Cosa vuoi farci, don Camillo? È il progresso" rispose il Cristo.

Dopo una premessa generica, l'oratore era entrato subito nel vivo della faccenda e, siccome era un estremista, tirava giù di grosso.

"*Bisogna rimanere nella legalità e ci rimarremo! A costo di dover imbracciare il mitra e di dover appiccicare al muro tutti i nemici del popolo!...*"

Don Camillo scalpitava come un cavallo.

"Gesù, sentite che roba?"

"Sento, don Camillo: sento, purtroppo."

"Gesù, perché non gli sparate un fulmine in mezzo a quella marmaglia?"

"Don Camillo, rimaniamo nella legalità: se per far capire a uno che sbaglia tu lo stendi con una schioppettata, mi vuoi dire a che scopo io mi sarei fatto mettere in croce?"

Don Camillo allargò le braccia.

"Avete ragione. Non ci rimane che aspettare che mettano in croce anche noi."

Il Cristo sorrise.

"Se invece di parlare e poi pensare a quello che hai detto, tu prima pensassi a quello che devi dire e poi parlassi, eviteresti di pentirti di aver detto delle sciocchezze."

Don Camillo abbassò il capo.

"*...in quanto poi a coloro che, nascondendosi nell'ombra del crocifisso, tentano di disgregare col* *veleno della loro ambigua parola la massa dei lavoratori...*" La voce dell'altoparlante, portata dal vento, riempì la chiesa e fece tremolare i vetri rossi, gialli e blu delle finestrine gotiche.

Don Camillo afferrò un grosso candelabro di bronzo e, impugnandolo come una clava, si avviò a denti stretti verso la porta.

"Don Camillo, fermati!" gridò il Cristo. "Tu non uscirai di qui fino a quando tutti non se ne saranno andati."

"Va bene" rispose don Camillo rimettendo a posto il candelabro. "Obbedisco."

Passeggiò in su e in giù per la chiesa, poi si fermò davanti al Cristo.

"Qui dentro però posso fare quel che voglio?"

"Naturalmente, don Camillo; sei in casa tua e puoi fare quel che vuoi. Meno che metterti alla finestra e sparare schioppettate sulla gente."

Tre minuti dopo don Camillo, saltabeccando allegramente nella cella campanaria della torre, stava eseguendo il più infernale *carillon* che mai fosse stato udito nel paese.

L'oratore dovette interrompersi e si volse ai capoccia del paese che stavano sul palco dietro a lui.

"Bisogna farlo smettere" gridò indignato.

Peppone approvò gravemente tentennando il capo.

"Giusto" disse. "I sistemi per farlo smettere sono due: o far brillare una mina sotto la torre, o prenderla a cannonate."

L'oratore gli ordinò di non dire sciocchezze. Che diamine, ci voleva poco a sfondare la porta della torre e a salire!

"Relativamente" spiegò calmo Peppone. "Si sale con scalette a pioli che corrono da pianerottolo a pianerottolo: vedi, compagno, quella roba che spunta dal finestrone a sinistra della cella campanaria? Sono tutte le scalette che il campanaro salendo ha ritirato. Chiusa la botola dell'ultimo pianerottolo il campanaro è isolato dal mondo."

"Si potrebbe provare a sparare contro le finestre del campanile!" propose lo Smilzo.

"Sì" approvò Peppone. "Però bisognerebbe avere la garanzia di farlo fuori al primo colpo altrimenti comincia a sparare lui, e allora sono pasticci."

Le campane tacquero e l'oratore riprese a parlare, e tutto andò bene fino a quando non gli scappò detto qualcosa che a don Camillo non andava. Perché immediatamente don Camillo cominciò il contraddittorio con le campane, e poi smise di scampanare e poi ancora scampanò quando l'oratore uscì dal seminato. E così via fino al pistolotto finale che fu di semplice intonazione patetica e patriottica e venne perciò rispettato dal "minculpop" campanario.

La sera Peppone incontrò don Camillo.

"State in gamba, don Camillo, che, a forza di provocare, finirete male."

"Nessuna provocazione" rispose calmo don Camillo. "Voi suonate le vostre trombe e noi suoniamo le nostre campane. Questa è la democrazia, compagno. Se invece deve essere permesso a uno solo di suonare, questa è dittatura."

Peppone incassò, ma una mattina don Camillo trovò piazzati davanti alla chiesa, mezzo metro oltre la linea che divideva il sagrato dalla piazza, una giostra, un'altalena, tre tiri al bersaglio, un otto volante, una pista elettrica, il "muro della morte" e un numero imprecisato di altri baracconi.

Quelli del parco divertimenti gli fecero vedere tanto di permesso firmato dal sindaco, e don Camillo si limitò a ritirarsi in canonica.

La sera stessa cominciò l'inferno: organetti, altoparlanti, scoppi, urla, canti, campanelle, fischi, boati, muggiti.

Don Camillo andò a protestare davanti al Cristo.

"Questa è mancanza di rispetto alla casa di Dio" esclamò.

"C'è qualcosa di immorale, di scandaloso?" si informò il Cristo.

"No: giostre, altalene, automobilette, roba più che altro da ragazzi."

"E allora questa è semplicemente democrazia."

"E questo baccano dannato?" chiese don Camillo.

"Anche il baccano è democrazia purché stia nella legalità: oltre il sagrato comanda il sindaco, figlio mio."

La canonica era trenta metri più avanti della chiesa ed aveva il lato lungo a filo della piazza. E proprio sotto la finestra che dava sulla piazza, avevano sistemato una macchina che incuriosì subito don Camillo. Una colonnetta alta un metro con una specie di fungo imbottito di pelle ficcato in cima. Dietro, un'altra colonnina più smilza e più alta con un grande quadrante segnato da 1 a 1000. Un misuratore di forza: si dava un pugno sulla testa del fungo e la lancetta segnava la forza. Don Camillo, sbirciando attraverso lo spiraglio delle gelosie, cominciò a divertirsi. Alle undici di sera il punto massimo totalizzato era 750 e lo segnò Badile, il vaccaro dei Gretti che aveva dei pugni che parevano sacchi di patate. Poi improvvisamente, attorniato dal suo stato maggiore, arrivò il compagno Peppone.

La gente corse tutta a vedere, e tutti gridavano "Forza, forza!" e Peppone allora si tolse la giacca, si rimboccò le maniche, e si piantò davanti alla macchina misurando col pugno la distanza. Si fece silenzio e anche a don Camillo venne il batticuore.

Il pugno balenò nell'aria e si abbatté sul fungo.

"Novecentocinquanta!" urlò il padrone della macchina. "Soltanto nel '39 a Genova, ho visto totalizzare questo punto da uno scaricatore di porto!" La folla urlò d'entusiasmo.

Peppone si rimise la giacca poi alzò la testa e guardò la finestra dietro la quale era rimpiattato don Camillo.

"Se a qualcuno interessa," disse forte "tenga presente che a quota 950 tira brutta aria!"

Tutti guardarono la finestra di don Camillo e sghignazzarono. Don Camillo andò a letto con le gambe che gli tremavano. La sera dopo egli era ancora lì, rimpiattato dietro la finestra e aspettò, fremendo, le undici. Allora arrivò Peppone con lo stato maggiore, si tolse la giacca si rimboccò le maniche e sparò il cazzotto sul fungo.

"Novecentocinquantuno!" urlò la folla. E tutti guardarono sghignazzando verso la finestra di don Camillo. Guardò in su anche Peppone.

"Se a qualcuno interessa," disse forte "tenga presente che a quota 951 tira brutta aria!"

Don Camillo si mise a letto con la febbre. Il giorno dopo andò a inginocchiarsi davanti al Cristo.

"Gesù," sospirò "quello mi tira al precipizio!"

"Sii forte e resisti, don Camillo."

Alla sera don Camillo si avviò verso lo spiraglio della finestra come al patibolo. Ormai la voce si era sparsa e c'era tutto il paese a veder lo spettacolo. E quando apparve Peppone, si sentì serpeggiare un mormorio: "Eccolo!"

Peppone guardò in su, beffardo, si tolse la giacca, alzò il pugno e la gente ammutolì.

"Novecentocinquantadue!"

Don Camillo vide un miliardo di occhi fissi alla sua finestra e allora perdette il lume della ragione, e si buttò fuori della stanza.

"Se a qualcuno..."

Peppone non fece in tempo a finire la frase dell'aria cattiva che tira a quota 952: davanti a lui già stava don Camillo.

La folla mugolò, poi tacque.

Don Camillo gonfiò il torace, si piantò saldo sulle gambe, buttò via il cappello e si segnò. Poi alzò il pugno formidabile e sparò una mazzata sul fungo.

"Mille!" urlò la folla.

"Se a qualcuno gli interessa, sappia che a quota 1000 tira brutta aria!" disse don Camillo.

Peppone era diventato pallido e gli uomini del suo stato maggiore lo sbirciavano tra delusi e offesi. Altra gente ghignava contenta.

Peppone guardò negli occhi don Camillo, si ritolse la giacca, si piazzò davanti alla macchina e alzò il pugno.

"Gesù" sussurrò in fretta don Camillo.

Il pugno di Peppone balenò nell'aria.

"Mille!" urlò la folla. E lo stato maggiore di Peppone fece un balzo di gioia.

"A quota 1000 tira brutta aria per tutti" concluse lo Sghembo. "Meglio rimanere al piano."

Peppone si allontanò trionfante da una parte e don Camillo trionfante dall'altra.

"Gesù" disse don Camillo quando fu davanti al Cristo. "Ti ringrazio. Ho avuto una paura matta."

"Di non far mille?"

"No, che non facesse mille anche quel testone là. L'avrei avuto sulla coscienza."

"Lo sapevo e l'ho aiutato io" rispose sorridendo il Cristo. "Del resto anche Peppone, appena ti ha visto, ha avuto una paura matta che non riuscissi a fare novecentocinquantadue anche tu."

"Sarà" borbottò don Camillo al quale ogni tanto piaceva fare lo scettico blu.

SPEDIZIONE PUNITIVA

I braccianti si riunirono in piazza e cominciarono a far fracasso perché volevano lavoro dal comune, ma il comune non aveva soldi, e allora il sindaco Peppone si affacciò al balcone del municipio e gridò che stessero calmi perché ci avrebbe pensato lui.

"Pigliate macchine, motociclette, camion e birocci e portatemeli qui tutti fra un'ora!" ordinò Peppone ai capoccia riuniti nel suo ufficio.

Ci vollero invece tre ore, ma alla fine tutti i più facoltosi proprietari terrieri e affittuari del comune erano radunati, pallidi e sbigottiti, nella sala del consiglio, e giù da basso la folla rumoreggiava.

Peppone fu spiccio.

"Io arrivo fin dove posso arrivare" disse brusco. "La gente che ha fame vuole pane, non belle parole: o voi cacciate fuori mille lire per ettaro, nel qual caso si fa lavorare la gente per l'utilità pubblica, o io come sindaco e come capo delle masse operaie, me ne lavo le mani."

Il Brusco si affacciò al balcone e spiegò alla gente che il sindaco aveva detto questo e quest'altro. Avrebbe poi riferito le risposte degli agrari. E la gente rispose con un urlo che fece impallidire i prelevati.

La discussione non durò molto, e una buona metà firmò l'impegno di offrire spontaneamente tanto per ettaro, e pareva che dovessero firmare tutti, quando, arrivati al vecchio Verola, l'affittuario di Campolungo, l'affare si bloccò.

"Non firmo neanche se mi ammazzate" disse il Verola. "Quando ci sarà la legge, allora pagherò. Adesso di soldi non ne do."

"Ve li verremo a prendere" gridò il Brusco.

"Sì, sì" borbottò il vecchio Verola, il quale, a Campolungo, tra figli, figli dei figli, mariti delle figlie e nipoti poteva mettere assieme una quindicina di schioppi di buona mira. "Sì, sì: la strada la sapete."

Quelli che avevano firmato si morsero le mani per la rabbia e gli altri dissero:

"Se non firma Verola, non firmiamo neanche noi".

Il Brusco riferì a quelli della piazza, e quelli della piazza urlarono che, o buttavano giù il Verola o sarebbero saliti loro a prenderlo. Ma Peppone allora si fece al balcone e disse che non facessero stupidaggini.

"Con quello che abbiamo ottenuto possiamo andare avanti tranquilli due mesi. Intanto, senza uscire dalla legalità, come abbiamo fatto fino ad ora, troveremo il modo di convincere il Verola e gli altri."

Tutto andò liscio, e Peppone in persona riaccompagnò in macchina il Verola per convincerlo. Ma per tutta risposta, quando scese davanti al ponticello di Campolungo, il vecchio disse:

"A settant'anni c'è una sola paura: quella di dover campare ancora molto".

Dopo un mese, si era allo stesso punto di prima e la gente s'inviperiva sempre di più, ed ecco che, una notte, successe il fatto.

Don Camillo fu avvertito subito la mattina presto e corse a Campolungo in bicicletta. Trovò tutti i Verola riuniti in un campo, in fila, che guardavano per terra muti come sassi e a braccia conserte.

Don Camillo si fece avanti e rimase senza fiato: mezzo filare di viti era stato tagliato al piede e i tralci abbandonati fra l'erba parevano bisce nere; e su un olmo c'era inchiodato un cartello "Primo avviso".

A un contadino tagliategli magari una gamba piuttosto che tagliargli una vite: gli fate meno male. Don Camillo ritornò a casa atterrito come se avesse visto mezzo filare di assassinati.

"Gesù," disse al Cristo "qui non c'è che una cosa: trovarli e impiccarli."

"Don Camillo," rispose il Cristo "dimmi un po': se ti duole la testa, tu te la tagli per guarire il male?"

"Però le vipere velenose si schiacciano!" gridò don Camillo.

"Quando il Padre mio ha creato il mondo, ha fatto una distinzione precisa fra animali e uomini. Il che significa che tutti coloro che appartengono alla categoria degli uomini rimangono sempre uomini, qualunque cosa essi facciano, e vanno perciò trattati da uomini. Altrimenti, invece di scendere in terra per redimerli facendomi mettere in croce, non sarebbe stato molto più semplice annientarli?"

Quella domenica don Camillo parlò in chiesa delle viti assassinate come se le avessero tagliate a suo padre che era contadino.

Si commosse, divenne lirico. Ma quando, a un tratto, vide Peppone tra i fedeli diventò sarcastico: "Ringraziamo l'Eterno il quale ha collocato il sole alto nel cielo e intoccabile, altrimenti qualcuno, per far dispetto all'avversario politico venditore di occhiali affumicati, già l'avrebbe spento. Ascolta, popolo, il verbo dei tuoi capi: essi posseggono la vera saggezza. Essi ti insegnano che, per punire il calzolaio esoso, tu devi tagliarti i piedi!"

E continuò a fissare Peppone come se il discorso lo facesse soltanto per lui.

Verso sera Peppone apparve in canonica cupo.

"Voi," disse "ce l'avevate con me stamattina?"

"Io ce l'ho semplicemente con quelli che mettono nella testa della gente certe teorie" rispose don Camillo.

Peppone strinse i pugni.

"Don Camillo, voi non avrete forse l'idea che sia stato io a insegnare a quelli là di andare a tagliare le viti del Verola?"

Don Camillo scosse il capo.

"No. Tu sei un violento, ma non sei un vile. Ma sei tu che scateni questa gente."

"Io cerco di frenarla, invece, ma la gente mi scappa."

Don Camillo si alzò e andò a piantarsi a gambe large davanti a Peppone.

"Peppone," disse "tu sai chi è stato a tagliare le viti!"

"Non so niente!" esclamò Peppone.

"Tu sai chi è stato, Peppone, e se tu non sei diventato l'ultimo dei farabutti o degli imbecilli, sai pure che il tuo dovere è di denunciarli."

"Io non so niente" insisté Peppone.

"Non solo per il danno morale e materiale prodotto dalle trenta viti tagliate, tu devi parlare. È come un punto che si rompe in una maglia: o lo fermi subito o domani la tua maglia sarà distrutta. Tu che sai e non intervieni sei come l'uomo che vede il mozzicone acceso nel fienile e non lo spegne. Fra poco tutta la casa sarà distrutta per colpa tua! Non per colpa di chi, anche dolosamente, ha gettato il mozzicone."

Peppone insisté che non sapeva niente, ma don Camillo lo incalzava e gli toglieva il fiato, e alla fine si arrese.

"Non parlo nemmeno se mi scannate! Nel mio partito c'è fior di galantuomini e per tre mascalzoni..."

"Ho capito" lo interruppe don Camillo.

"Se domani si sapesse una cosa simile, gli altri diventerebbero talmente aggressivi e spavaldi che ci sarebbe da fare alle schioppettate."

Don Camillo passeggiò a lungo in su e in giù, e infine si fermò.

"Ammetti almeno che quei farabutti meritano una punizione? Ammetti che bisogna fare in modo che essi non ripetano il crimine che hanno commesso?"

“Sarei un maiale se non lo ammettessi.”

“Va bene” concluse don Camillo. “Aspettami.”

Venti minuti dopo don Camillo rientrò vestito di fustagno, alla cacciatora, con stivaloni ai piedi e in testa un berrettaccio.

“Andiamo” disse intabarrandosi.

“Dove?”

“Alla casa del primo dei tre. Ti spiego lungo la strada.”

Era una sera buia e piena di vento e non c'era un'anima per le strade. Giunto nei pressi di una casa isolata, don Camillo si imbacuccò con lo sciarpone fino agli occhi e si nascose nel fossato. Peppone invece andò avanti, bussò, entrò e, dopo un po', ritornò assieme a un uomo. Al momento giusto don Camillo saltò su dal fosso.

“Mani in alto” disse cacciando fuori il mitra. I due alzarono le braccia. Don Camillo buttò loro in faccia la luce di una lampadina elettrica.

“Tu fila senza voltarti” disse a Peppone. E Peppone filò.

Don Camillo spinse l'altro in mezzo a un campo, lo fece sdraiare faccia a terra e, tenendo il mitra con la sinistra, con la destra gli pitturò sul sedere dieci nerbate da far levare il pelo a un ippopotamo.

“Primo avviso” spiegò. “Hai capito?”

L'altro fece di sì con la testa.

Don Camillo trovò Peppone che lo aspettava al posto convenuto.

Il secondo fu più facile da accalappiare perché, mentre don Camillo, nascosto dietro la casetta del forno, architettava con Peppone un piano diverso dal primo, l'uomo uscì per attingere un secchio d'acqua e don Camillo lo colse al volo. Finita la lavorazione, anche il secondo prese buona nota che si trattava del primo avviso e disse che aveva capito.

Don Camillo aveva il braccio indolenzito perché aveva fatto le cose con coscienza e si sedette dietro una macchia a fumare un mezzo toscano assieme a Peppone.

Poi il senso del dovere lo riprese e spense il toscano contro la corteccia di un albero.

"E adesso dal terzo" disse alzandosi.

"Il terzo sono io" rispose Peppone.

Don Camillo si sentì mancare il fiato.

"Il terzo sei tu?" balbettò. "E perché?"

"Se non lo sapete voi che siete in collegamento col Padreterno come volete che faccia a saperlo io?" gridò Peppone.

Poi buttò via il tabarro, si sputò nelle mani e abbrancò con rabbia il tronco di un albero.

"Picchia, prete maledetto!" gridò a denti stretti. "Picchia, o picchio io!"

Don Camillo scosse il capo e si allontanò senza parlare.

* * *

"Gesù" disse don Camillo costernato quando fu davanti all'altare. "Non avrei mai immaginato che Peppone..."

"Don Camillo, quello che tu hai fatto stasera è orrendo" lo interruppe il Cristo. "Io non ammetto che un mio sacerdote si metta a fare delle spedizioni punitive."

"Gesù, perdonate al vostro indegno figlio"

sussurrò don Camillo. "Perdonate a me come l'Eterno Padre ha perdonato a voi quando avete preso a nerbate i mercanti che contaminavano il Tempio."

Don Camillo," disse il Cristo rasserenato "voglio sperare che adesso non mi rimprovererai un passato di squadrista!"

"Don Camillo prese a camminare cupo per la chiesa deserta. Era offeso, umiliato: la faccenda di Peppone assassino di viti non gli andava giù.

"Don Camillo" lo chiamò il Cristo. "Perché ti rodi? Peppone ha confessato e si è pentito. Il cattivo sei tu che non lo assolvi. Don Camillo, fa' il tuo dovere."

* * *

Solo nella officina deserta, Peppone con la testa tuffata nel cofano di un camion, stava avvitando con rabbia un bullone, quando entrò don Camillo. Peppone rimase curvo sul motore, e don Camillo gli pitturò dieci nerbate in fondo alla schiena.

"Ego te absolvo" disse appioppandogli una pedata extra. "E così impari a darmi del prete maledetto."

"A buon rendere" disse Peppone a denti stretti, sempre con la testa nel cofano del camion.

"L'avvenire è nelle mani di Dio" sospirò don Camillo.

Uscendo buttò il nerbo lontano e, la notte, sognò che, ricadendo, il nerbo si conficcava per terra e subito metteva fronte e fiori e pampini e ben presto si caricava di grappoli d'uva dorata.

LA BOMBA

Erano i giorni in cui al parlamento e sulle gazzette i politici si prendevano per i capelli a causa di quel famoso articolo 4 che poi diventò 7, e siccome vedeva in ballo chiesa e religione, don Camillo non aveva esitato a buttarsi fino al collo nella faccenda.

Quando era sicuro di lavorare per una causa giusta, don Camillo procedeva come un carro armato, e così, siccome gli altri facevano invece soprattutto una questione di partito e vedevano l'approvazione dell'articolo come una vittoria del più potente avversario politico, i rapporti fra don Camillo e i rossi erano molto tesi e tirava aria di legnate.

"Noi vogliamo che il giorno in cui sarà bocciato l'articolo sia di gioia per tutti" aveva detto Peppone ai suoi durante una riunione. "Quindi parteciperà ai festeggiamenti anche il nostro reverendissimo arciprete..."

E aveva impartito direttive per la confezione di un magnifico don Camillo in paglia e stracci da portare in gran pompa a suon di musica al camposanto, con scritto sulla pancia, grosso così: "Articolo 4".

Naturalmente don Camillo lo aveva saputo subito e si era fatto premura di mandare qualcuno a chiedere a Peppone se, avendo egli don Camillo stabilito di aprire un circolo per le donne cattoliche nella sede della Sezione, il compagno Peppone era disposto a cedergli i locali subito anziché aspettare il giorno dell'approvazione dell'articolo.

La mattina dopo comparivano sul sagrato il Brusco e altri cinque o sei della ghenga, i quali cominciavano a discutere ad alta voce indicando con grandi gesti or questa or quella parte della canonica.

"Ecco, io direi di fare il salone da ballo utilizzando tutto il pianterreno e impiantando il buffet al primo piano."

"Volendo, si potrebbe aprire una porta nel muro divisorio e collegare il pianterreno con la cappella di Sant'Antonio, tirar su una parete per isolarla dalla chiesa e impiantare il buffet nella cappella."

"Troppo complicato. Piuttosto, dove lo si sistema l'alloggio dell'arciprete? In cantina?"

"Troppo umido, poveretto. Meglio in solaio..."

"Lo si potrebbe anche impiccare al palo della luce..."

"Ma no! In paese ci sono ancora tre o quattro cattolici e bisogna accontentarli anche loro.

Lasciamoglielo il prete: tanto, che fastidio dà, poveretto?"

Don Camillo ascoltava nascosto dietro le gelosie di una finestra del primo piano e aveva il cuore che batteva in testa come un "18 BL" in salita. E alla fine non ne poté più e, spalancate le imposte, si affacciò con la doppietta aperta nella sinistra e con una scatola di cartucce nella destra.

"Tu, Brusco, che te ne intendi" disse don Camillo. "Per tirare ai beccaccini che misura di pallini adopereresti?"

"Dipende" disse il Brusco tagliando alla svelta la corda assieme a tutta la compagnia.

Le cose stavano a questo punto, quando improvvisamente arrivò il giornale con la notizia dell'articolo 7 approvato e del sì dell'estrema sinistra.

Don Camillo giunse di corsa davanti all'altare sventolando il giornale, ma il Cristo non lo lasciò parlare.

"So tutto, don Camillo" disse il Cristo. "Adesso mettiti il tabarro e va' a fare una bella passeggiata per i campi. Torna stasera e guardati bene dal passare dal paese e specialmente davanti alla sede di quelli là."

"Credete forse che io abbia paura?" protestò don Camillo.

"Tutt'altro, don Camillo. Anzi è appunto perché non ci tengo che tu vada a chiedere a Peppone a che ora è il funerale dell'articolo 7, e se poi ha deciso di fare il buffet al pianterreno o al primo piano della canonica."

Don Camillo allargò le braccia.

"Gesù" disse nobilmente offeso. "Voi state facendo il processo alle intenzioni! Io non pensavo neppure lontanamente... D'altra parte dovete considerare che il signor Peppone..."

"Ho considerato tutto, don Camillo, e ho concluso che l'unica cosa che tu devi fare è una passeggiata in mezzo ai campi."

"Sia fatta la vostra volontà" disse don Camillo.

Don Camillo ritornò verso sera.

"Bravo, don Camillo" disse il Cristo quando lo vide apparire. "È andata bene la passeggiata?"

"Benissimo" rispose don Camillo. "Vi sono molto grato del vostro consiglio. Ho passato una meravigliosa giornata a cuore sgombro e con l'animo leggero come l'ombra di una farfalla. Ci si sente più buoni quando si è a contatto con la natura. Come sembrano spregevole cosa, allora, i nostri risentimenti, i nostri odi, le nostre gelosie di piccoli uomini!"

"Proprio così, don Camillo" approvò gravemente il Cristo. "Proprio così."

"Se la cosa non vi infastidisce," disse don Camillo "potrei fare una capatina di un minuto fino al tabaccaio per un sigaro? Scusate la mia improntitudine, ma sento di meritarmelo."

"Te lo meriti senz'altro, don Camillo. Va' pure. Però ti sarei grato se tu mi accendessi prima di uscire quel cero lì a sinistra. Mi fa malinconia il vederlo spento."

"Se non volete altro!" esclamò don Camillo frugandosi nelle tasche per trovare i fiammiferi.

"Non sciupare i fiammiferi!" lo ammonì il Cristo. "Prendi un pezzetto di carta e accendilo alla fiamma di quel cero lì dietro di te."

"Adesso trovare un pezzo di carta sarà un po' difficile..."

"Ma, don Camillo," esclamò il Cristo sorridendo "tu mi stai perdendo la memoria. Non ti ricordi più che hai in tasca una lettera che tu volevi stracciare? Bruciala, invece: un viaggio e due servizi."

"Già, è vero" riconobbe don Camillo a denti stretti. E cacciò di tasca una lettera e l'avvicinò alla fiamma del cero, e presto la lettera divampò. E la lettera era indirizzata a Peppone, e dentro c'era scritto se, adesso che i rossi dell'estrema sinistra avevano approvato all'unanimità l'articolo 7, il compagno Peppone desiderasse nominare un consiglio di gestione per la chiesa, allo scopo di amministrare i peccati della parrocchia e di stabilire, di comune accordo col titolare don Camillo, le penitenze da assegnare di volta in volta ai peccatori. Che lui, don Camillo, era pronto ad ascoltare ogni sua richiesta e sarebbe stato felicissimo se il compagno Peppone o il compagno Brusco avessero acconsentito a tenere alcune prediche ai fedeli in occasione della Santa Pasqua. Egli, don Camillo, per ricambiare la cortesia, avrebbe spiegato ai compagni il segreto e profondo senso religioso e cristiano delle teorie marxistiche.

"Adesso puoi andare, don Camillo" disse il Cristo quando la lettera fu ridotta in cenere. "Così eviti il pericolo che, trovandoti dal tabaccaio, in un momento di disattenzione non ti venga fatto di appiccicare un francobollo sulla busta e di imbucare poi la lettera."

Don Camillo andò invece a letto brontolando che, allora, era peggio di quando c'era il ministero della cultura popolare.

*   *   *

Si era ormai sotto Pasqua: radunati in sede tutti i capoccia del capoluogo e delle frazioni, Peppone stava sudando come un maledetto per spiegare come i compagni deputati avessero fatto benissimo a votare per l'approvazione dell'articolo 7. "Prima di tutto è per non turbare la pace religiosa del popolo, come ha detto il Capo, il quale sa benissimo quello che dice e non ha bisogno che glielo insegniamo noi. Secondariamente per evitare che la reazione sfrutti la faccenda piagnucolando sulla triste sorte di quel povero vecchio del Papa, che noi cattivoni vogliamo mandare ramingo per il mondo, come ha detto il segretario del partito, il quale è uno che ha la testa sulle spalle e dentro la testa un cervello grosso così. Terzo perché il fine giustifica i mezzi come dico io che non sono uno stupido, il quale affermo che, per arrivare al potere, tutto fa brodo. E quando saremo al potere, i reazionari clericali dell'articolo 7 sentiranno il sapore dell'articolo 8."

Così concluse Peppone e, afferrato sulla scrivania un cerchietto di ferro che fungeva da portacarte, lo torse con le manacce sì da foggiarlo a 8, e tutti capirono cosa voleva dire Peppone e urlarono d'entusiasmo.

Peppone si asciugò il sudore: l'idea di mettere sul tavolo il cerchietto di ferro e di usarlo ai fini della battuta dell'articolo 8 era stata eccellente.

Era soddisfatto e concluse:

"Per il momento calma perfetta. Però sia ben chiaro che, articolo 7 o no, noi continuiamo per il nostro cammino senza deflettere di un milionesimo di millimetro e non tollereremo nessuna benché minimissima interferenza estranea! Nessuna".

In quel preciso istante la porta dello stanzone si spalancò ed entrò don Camillo con l'aspersorio in mano, seguito dai due chierichetti col secchiello dell'acqua santa e la sporta per le uova.

Cadde un silenzio di gelo. Senza dire una parola, don Camillo si avanzò di qualche passo e asperse d'acqua santa tutti i presenti. Poi consegnò l'aspersorio a un chierichetto e fece il giro ficcando in mano a ciascuno dei presenti un santino.

"No, a te un'immagine di Santa Lucia," disse don Camillo arrivato a Peppone "così ti conserverà la vista, compagno."

Poi spruzzò abbondantemente d'acqua santa il grande ritratto del Capo accennando un piccolo inchino e uscì chiudendo la porta. E fu come se fosse passato il vento stregato che fa diventare di sasso la gente.

A bocca aperta Peppone guardò sbalordito il santino che aveva tra le mani, poi guardò la porta, indi esplose in un urlo quasi disumano:

"Tenetemi o l'ammazzo!"

Lo tennero, e così don Camillo poté ritornare a casa col petto gonfio come un pallone, tanto schiattava di gioia.

Il Cristo sull'altare era coperto ancora col triangolo di velluto, ma vide ugualmente don Camillo quando entrò in chiesa.

"Don Camillo!" disse con voce severa.

"Gesù," rispose tranquillo don Camillo "se benedico le galline e i vitelli, perché non dovrei benedire Peppone e i suoi uomini? Ho forse sbagliato?"

"No, don Camillo, hai ragione tu. Però sei un briccone lo stesso."

* * *

La mattina di Pasqua, don Camillo, uscendo di buon'ora, trovò davanti alla porta della canonica un colossale uovo di cioccolata con una bella gala di seta rossa. O meglio: un uovo formidabile che assomigliava molto a un uovo di cioccolata, ma che in realtà era semplicemente una bomba da cento chili, che avevano pitturato di marrone dopo averle segato via gli alettoni.

La guerra era passata anche per il paese di don Camillo e gli aerei avevano fatto più d'una visita buttando giù bombe. E parecchi di questi maledetti arnesi erano rimasti inesplosi, appena ficcati in terra o addirittura liberi sul terreno, perché gli aerei avevano bombardato da bassa quota. Finito tutto, erano arrivati da qualche parte due artificieri che avevano fatto brillare le bombe giacenti lontano dall'abitato e avevano disinnescato quelle che non si poteva far brillare perché cadute vicino alle case. E le avevano ammassate riservandosi di venirle a prendere. Una di queste bombe era caduta sul molino vecchio sconquassando il tetto e rimanendo poi incastrata fra il muro e una trave maestra, e l'avevano lasciata lì perché la casa era disabitata, e poi, tolto l'innesco, non c'era più pericolo. Quella era la bomba che, tagliati gli alettoni, era stata trasformata in uovo pasquale dagli ignoti.

Ignoti per modo di dire perché sotto a "*Buona Pascua*" con la *c*, stava scritto: "*Per ricambiare la cortesia della gradita visita*". E poi il nastro rosso.

E la cosa era stata studiata con cura perché, quando don Camillo alzò gli occhi dallo strano uovo, trovò il selciato pieno di gente. Quei maledetti si erano dati tutti convegno per godersi la faccia di don Camillo.

Don Camillo si stizzì e diede una pedata all'arnese che, naturalmente, neanche si scompose.

"È roba massiccia!" gridò qualcuno.

"Ci vuole l'impresa dei trasporti!" urlò un altro.

Si sentirono delle sghignazzate.

"Prova a benedirla, chi sa che non vada via da sola!" gridò un terzo.

Don Camillo si volse e incontrò gli occhi di Peppone. Peppone era in prima fila, assieme a tutto lo stato maggiore, e lo guardava a braccia conserte, e ghignava.

Don Camillo allora impallidì e le gambe cominciarono a tremargli.

Lentamente don Camillo si chinò e con le mani enormi agguantò la bomba ai due poli.

Cadde un silenzio di ghiaccio. La gente guardava don Camillo, trattenendo il fiato, con occhi sbarrati, quasi con terrore.

"Gesù" sussurrò don Camillo con angoscia.

"Forza, don Camillo!" gli rispose sommessa una voce che veniva dall'altar maggiore.

Scricchiolarono le ossa di quella gran macchina di carne. Lento e implacabile, don Camillo si levò con l'enorme blocco di ferro saldato alle mani. Ristette un istante guardando la folla, poi si mosse. Ogni passo pesava una tonnellata: uscì dal sagrato e, un passo dopo l'altro, lento e inesorabile come il destino, don Camillo traversò tutta la piazza. E la folla lo seguiva muta, sbalordita.

Arrivò al lato opposto della piazza dove c'era la sede della Sezione e qui si fermò. E anche la folla ristette.

"Gesù" sussurrò don Camillo con angoscia.

"Forza, don Camillo!" gli rispose una voce ansiosa che veniva dall'altar maggiore della chiesa, laggiù in fondo. "Forza, don Camillo!"

Don Camillo si rannicchiò in se stesso, poi, con uno scatto, si portò l'immane blocco d'acciaio sul petto. Un altro scatto poi la bomba cominciò lenta a salire e la gente ne era sgomenta.

Ecco che le braccia si tendono, e la bomba è alta, sopra il capo di don Camillo.

La bomba precipita e si va a conficcare per terra, proprio davanti alla porta della Sezione.

Don Camillo si volse alla folla.

"Respinta al mittente" disse a voce alta. "Pasqua si scrive con la *q*. Correggere e rimandare."

La folla si aperse, e don Camillo ritornò trionfante verso la canonica.

Peppone non rimandò la bomba. In tre la caricarono su un carretto e andarono a buttarla in una vecchia cava fuori del paese.

La bomba rotolò per il pendio e non arrivò neppure in fondo perché, arrivata a un arbusto, si fermò rimanendo in piedi. E dall'alto si leggeva: "*Buona Pascua*".

* * *

Tre giorni dopo accadde che una capra arrivò nella cava e andò a brucare l'erba ai piedi dell'arbusto. Così toccò la bomba che riprese a rotolare e, fatti due metri, sbatté contro un sasso e scoppiò con fragore spaventoso. E al paese, che pure era lontano, andarono in briciole i vetri di trenta case.

Peppone arrivò poco dopo in canonica ansimando e trovò don Camillo che stava salendo la scala.

"E io..." gorgogliò Peppone "e io che ho smartellato tutta una sera per scalpellare via gli alettoni!..."

"E io che..." rispose gemendo don Camillo. E non poté più andare avanti perché si figurava la scena della piazza.

"Vado a mettermi a letto..." ansimò Peppone.

"Io ci stavo appunto andando" ansimò don Camillo.

Si fece portare poi in camera da letto il Crocifisso dell'altar maggiore.

"Scusate se vi incomodo" sussurrò don Camillo che aveva un febbrone da cavallo. "Volevo ringraziarvi a nome di tutto il paese."

"Non c'è di che, don Camillo" rispose sorridendo il Cristo. "Non c'è di che."

L'UOVO E LA GALLINA

Fra gli uomini di Peppone ce n'era uno che chiamavano Fulmine. Si trattava di un enorme bestione lento e tardo come un elefante e un po' tocco nel cervello. Fulmine apparteneva alla "squadra politica" comandata dal Bigio, e aveva la funzione di carro armato: quando c'era cioè da buttare in aria qualche comizio avversario, Fulmine si metteva in testa alla squadra e non lo fermava più nessuno perché il suo incedere era inesorabile, e così il Bigio e gli altri che stavano dietro di lui potevano arrivare ben presto fin sotto la tribuna dell'oratore e qui, con fischi e muggiti, lo riducevano al silenzio in pochi minuti.

Un pomeriggio, dunque, Peppone era nella sede della Sezione assieme a tutti i capoccia delle frazioni, quando entrò Fulmine: una volta messo in moto, per fermare Fulmine ci sarebbe voluto un *Panzerfaust*, quindi tutti si spostarono e lasciarono passare Fulmine, il quale si arrestò soltanto davanti alla scrivania di Peppone.

"Cosa vuoi?" chiese Peppone seccato.

"Ieri ho bastonato mia moglie" spiegò Fulmine abbassando il capo vergognoso. "Però la colpa è sua."

"A me lo vieni a dire?" urlò Peppone. "Vallo a raccontare al parroco!"

"Glielo sono già andato a raccontare" rispose Fulmine. "Ma don Camillo ha detto che adesso, per via dell'articolo 7, la faccenda è cambiata, e lui non può assolvermi e bisogna che mi assolva tu che sei il capo della Sezione."

Peppone, con un pugno sul tavolo, fece tacere gli altri che si erano messi a sghignazzare.

"Torna da don Camillo e digli che vada all'inferno" urlò.

"Sì, ci vado, capo" disse Fulmine. "Però tu prima mi devi assolvere."

Peppone cominciò a sbraitare, ma Fulmine scosse il testone.

"Io non mi muovo di qui se tu non mi assolvi" mugolò. "Fra due ore se tu non mi hai assolto io comincio a spaccare tutto perché allora significa che ce l'hai con me."

I casi erano due: o ammazzare Fulmine o cedere.

"Ti assolvo!" gridò Peppone.

"No," borbottò Fulmine "mi devi assolvere in latino, come fa il prete, se no non vale."

"Ego ti absolvio!" disse Peppone che schiattava dalla rabbia.

"C'è della penitenza da fare?" si informò Fulmine.

"No, niente."

"Bene" si compiacque Fulmine innestando la

marcia. "Adesso volo da don Camillo a dirgli che vada all'inferno. Se fa delle storie, tiro giù."

"Se fa delle storie statti zitto, altrimenti te le suona lui" urlò Peppone.

"Va bene" approvò Fulmine. "Ma se tu mi comandi di tirar giù, io gliele do lo stesso anche se le piglio."

Don Camillo aspettava di vedersi arrivare la sera stessa Peppone, imbestialito. Invece Peppone non si fece vedere. Apparve la sera dopo, assieme al suo stato maggiore, e si misero tutti a chiacchierare, seduti sulle panchine davanti alla canonica, commentando un giornale.

Don Camillo, in certe cose, era un po' come Fulmine e abboccò all'esca come un pesciolino. Apparve sulla porta della canonica, con le mani dietro la schiena e il sigaro in bocca.

"Buona sera, reverendo!" lo salutarono tutti con molta cordialità toccandosi la falda del cappello.

"Avete visto, reverendo?" disse il Brusco, dando una manata sul giornale. "Cose straordinarie!"

Era la storia della famosa gallina di Ancona che, benedetta dal parroco, aveva scodellato un uovo stranissimo, col disegno in rilievo di un emblema sacro.

"Qui c'è proprio la mano di Dio!" esclamò serio Peppone. "Questo è un miracolo bello e buono!"

"Adagio coi miracoli, giovanotti. Prima di stabilire che una cosa è un miracolo bisogna indagare, vedere che non si tratti di un semplice fenomeno naturale."

Peppone approvò gravemente muovendo il testone.

"Si capisce, si capisce. Però, secondo me, un uovo così sarebbe stato meglio farlo più sotto le elezioni. Adesso siamo ancora troppo lontani."

Il Brusco si mise a ridere.

"Sei ingenuo! È tutta questione di organizzazione. Quando si ha una stampa ben organizzata se ne fanno scodellare così delle uova miracolose!"

"Buona sera" tagliò corto don Camillo.

* * *

Il giorno dopo, passando davanti alla sezione, don Camillo vide affisso al giornale murale il ritaglio col racconto del fatto di Ancona e la fotografia dell'uovo. E sotto un cartello: "*Agli ordini dell'ufficio stampa della D.C. le galline cattoliche lavorano per la propaganda elettorale. Quale mirabile esempio di disciplina!*"

La sera seguente egli era alla finestra, quando apparvero davanti alla canonica Peppone e il suo stato maggiore.

"È veramente una cosa miracolosa!" esclamò Peppone sventolando un giornale. "Ecco qui che a Milano un'altra gallina ha scodellato un uovo preciso di quello di Ancona! Venite a vedere, reverendo!"

Don Camillo scese, guardò la fotografia dell'uovo e della gallina e lesse l'articolo.

"Che idea ci siamo lasciati scappare!" sospirò Peppone. "Pensate se l'avessimo avuta prima noi: '*Una gallina si iscrive al partito, e il giorno dopo dà alla luce un uovo recante in rilievo l'emblema della falce e martello!*'"

Tutti sospirarono. Ma Peppone ci ripensò su e scosse il capo.

"No," disse "noi non avremmo potuto farlo. Gli altri hanno la faccenda della religione che mette a posto tutto. Invece noi non possiamo fare dei miracoli!"

"C'è chi nasce fortunato e chi no!" esclamò il Brusco. "Cosa ci vuoi fare?"

Don Camillo non entrò in discussione. Salutò e se ne andò, mentre Peppone e compagni correvano ad appiccicare il ritaglio con la faccenda dell'uovo milanese al giornale murale, commentandolo con una nota intitolata: "*Un'altra gallina di propaganda!*"

Più tardi, non riuscendo a concludere niente, don Camillo si andò a consigliare col Cristo dell'altar maggiore.

"Gesù," disse "che faccenda è questa?"

"Lo sai, don Camillo. L'hai letta sul giornale."

"Io l'ho letta, sì, sul giornale, ma non so un accidente di niente" replicò don Camillo. "Sul giornale uno può scrivere quello che gli pare. A me sembra impossibile un miracolo così."

"Don Camillo: tu non credi che l'Eterno possa fare una cosa simile?"

"No" rispose deciso don Camillo. "Figuratevi se l'Eterno si perde a fare i disegnini sulle uova delle galline!"

Il Cristo sospirò:

"Sei un uomo che non ha fede..."

"Ah no!" protestò don Camillo. "Questo proprio no!"

"Lasciami finire, don Camillo. Dicevo che sei un uomo che non ha fede nelle galline."

Don Camillo rimase perplesso. Poi allargò le braccia e, segnatosi, se ne andò.

Alla mattina, celebrata la messa, entrò nel pollaio perché gli era venuta voglia di un uovo fresco, e la Nera ne aveva appena scodellato uno. Lo colse dal nido caldo caldo e lo portò in cucina. E qui gli vennero le traveggole.

Era un uovo identico, preciso spiccicato di quelli visti nelle fotografie sui giornali: con nitidamente tracciato in rilievo il disegno di un'Ostia raggiante.

Allora non capì più niente e, messo l'uovo in un bicchierino, si sedette a rimirarselo, e stette lì in contemplazione per un'ora. Poi, d'improvviso si alzò, andò a nascondere l'uovo in un armadio e diede un urlaccio al figlio del campanaro.

"Corri da Peppone e digli di venir qui subito assieme a tutti i suoi capi perché devo parlargli di una cosa seria e urgentissima. Questione di vita o di morte!"

Mezz'ora dopo arrivava Peppone seguito dai capoccia e ristette sulla soglia sospettoso.

"Avanti" disse don Camillo. "Chiudete la porta col catenaccio e sedetevi."

Si sedettero in silenzio e stettero a guardarlo.

Don Camillo staccò dal muro un piccolo Crocifisso e lo depose sul tappeto rosso del tavolino.

"Signori," disse "se io vi giuro su questo Crocifisso di dire la verità, voi siete disposti a credermi?"

Erano seduti a semicerchio e Peppone in mezzo: tutti si volsero verso Peppone.

"Sì" disse Peppone.

"Sì" risposero gli altri.

Don Camillo frugò nello stipo, poi stese la destra sul Crocifisso: "Giuro che quest'uovo io l'ho raccolto un'ora fa nel nido della mia gallina Nera, e nessuno può avercelo messo perché era appena scodellato e il lucchetto della porta l'ho aperto io stesso con la chiave che sta assieme alle altre, in un mazzo che porto in tasca".

Porse l'uovo a Peppone.

"Fai girare" disse.

Si alzarono in piedi e si passarono l'uovo l'uno coll'altro, lo guardarono contro luce e con l'unghia grattarono il rilievo. Alla fine, Peppone, che era diventato pallido, depose delicatamente l'uovo sul tappeto rosso del tavolino.

"Cosa scriverete sul vostro stupidario murale quando io avrò mostrato a tutti e fatto toccar con mano questo uovo?" chiese don Camillo. "Quando avrò fatto venire i più importanti professori della città perché analizzino e dichiarino con certificati, con tanti bolli, che non c'è trucco? Scriverete che è un'invenzione dei giornalisti, così il giorno dopo le donnette di tutto il comune vi piomberanno addosso trattandovi come sacrileghi e vi caveranno gli occhi?"

Don Camillo aveva teso il braccio, e l'uovo, colpito dal sole, brillava nel palmo della grande mano, come fosse d'argento.

Peppone allargò le braccia.

"Davanti a un miracolo così," borbottò "cosa volete che possiamo dire?"

Don Camillo irrigidì il braccio, e parlò con voce solenne:

"Dio, che ha fatto il cielo e la terra e l'universo e tutto quello che c'è dentro l'universo, compresi voi quattro scalzacani, per dimostrare la sua onnipotenza non ha bisogno di mettersi d'accordo con una gallina" disse lentamente don Camillo.

E strinse il pugno, e stritolò l'uovo.

"E per far intendere alla gente la grandezza di Dio, io non ho bisogno di farmi aiutare da una stupida gallina" continuò don Camillo.

Uscì come una saetta e rientrò stringendo per il collo la gallina Nera.

"Ecco" disse torcendole il collo. "Ecco, gallina sacrilega che ti permetti di immischiarti nelle sacre cose del culto!"

Don Camillo gettò la gallina in un angolo, e, ancor tutto agitato, si avviò coi pugni serrati verso Peppone.

"Un momento, don Camillo" balbettò Peppone retrocedendo e mettendosi le mani davanti al collo. "Io l'uovo non l'ho mica fatto..."

La squadra uscì dalla canonica e traversò la piazza piena di sole.

"Bah" disse a un certo punto il Brusco fermandosi. "Io non so esprimermi perché non ho studiato, ma quello è uno che, se anche mi riempie la zucca di cazzotti, non mi ci arrabbierei."

"Mm" borbottò Peppone, il quale, a suo tempo, aveva già avuto la zucca annebbiata di cazzotti e, in fondo, non ci si era arrabbiato.

Intanto don Camillo era andato a riferire al Cristo dell'altare.

"E allora," concluse "ho fatto bene o male?"

"Hai fatto bene," rispose il Cristo "hai fatto bene, don Camillo. Forse hai esagerato prendendotela anche con quella povera e innocente gallina."

"Gesù," sospirò don Camillo "erano due mesi che morivo dalla voglia di farmela in padella!"

Il Cristo sorrise.

"Anche tu hai ragione, povero don Camillo."

DELITTO E CASTIGO

Don Camillo, una mattina, uscendo sul sagrato, trovò che, durante la notte, qualcuno con colore rosso aveva scritto sul muro candido della canonica un "Don Camàlo" a lettere alte mezzo metro.

Don Camillo, con una secchia di calce e un pennello, si diede da fare per coprire la scritta, ma si trattava di colore all'anilina, e l'anilina, a coprirla di calce, è come invitarla a nozze e viene a galla anche a mettercene su tre dita. Allora don Camillo arraffò una raspa e, per grattare via tutto, ci volle mezza giornata di lavoro.

Si presentò al Cristo dell'altare bianco come un mugnaio, ma di umore nero.

"Se so chi è stato," disse "gliene do tante fino a che il palo diventa stoppa."

"Non drammatizzare, don Camillo" lo consigliò il Cristo. "È roba da ragazzacci. Non ti han detto niente di grave, infine!"

"Non è bello chiamare scaricatore di porto un

sacerdote" protestò don Camillo. "E poi è un nomignolo azzeccato e, se la gente lo scopre, me lo appiccica alla schiena per tutta la vita."

"Hai due buone spalle, don Camillo" lo consolò sorridendo il Cristo. "Io non avevo le tue spalle e ho dovuto portare la croce e non ho bastonato nessuno."

Don Camillo disse che il Cristo aveva ragione. Ma non era del tutto convinto e, la sera, invece di andare a letto si acquattò in un punto ben defilato e aspettò pazientemente. E verso le due di notte quando apparve sul sagrato un tizio che, deposto un secchiello per terra, si mise cautamente a lavorare di pennello contro il muro della canonica, don Camillo non gli fece neppure finire la "D" e, infilatogli in testa il secchiello, lo spedì via con una pedata fulminante.

Il colore all'anilina è una maledetta cosa, e Gigotto (uno degli uomini di punta di Peppone), il quale si era preso la doccia di tinta all'anilina in testa, dovette stare tre giorni chiuso in casa a fregarsi la faccia con tutti i detersivi dell'universo, ma poi dovette uscire per andare a lavorare. E il fatto già lo si sapeva in giro e gli appiopparono subito il nomignolo di "Pellerossa". Don Camillo soffiava sul fuoco, e così la rabbia da rosso faceva diventare verde il povero Gigotto. Fino a che, una sera, don Camillo rincasando da una visita al dottore, si accorse che qualcuno gli aveva spennellato di robaccia la maniglia della porta, ma se ne accorse quando era troppo tardi. Allora, senza dire né ai né bai andò a pescare Gigotto all'osteria e, con una sberla da annebbiare la vista a un elefante, gli appiccicò sulla faccia la roba della maniglia.

Naturalmente queste faccende scivolano subito in politica e, siccome Gigotto era in compagnia di cinque o sei dei suoi, don Camillo fu costretto a sventolare una panca.

Così la notte stessa qualche ignoto gli fece una serenata buttandogli un petardo davanti alla porta della canonica.

I sei che erano stati spazzolati dalla panca di don Camillo schiattavano di rabbia, e all'osteria urlavano come maledetti e sarebbe bastato quindi un niente per far divampare l'incendio. E la gente era preoccupata.

Così, una bella mattina, don Camillo dovette andare d'urgenza in città perché il vescovo voleva parlargli.

Il vescovo era vecchio e curvo, e per guardare in faccia don Camillo doveva alzare la testa.

"Don Camillo," disse il vescovo "tu sei malato. Tu hai bisogno di startene qualche mese tranquillo in un bel paesino di montagna. Sì, sì: è morto il parroco di Puntarossa e tu così fai un viaggio e due servizi: mi riorganizzi bene la parrocchia e ti rimetti in salute. Poi torni giù fresco come una rosa. Ti sostituirà don Pietro, un ragazzo giovane che non ti combinerà niente di male. Sei contento, don Camillo?"

"No, monsignore, però partirò quando monsignore lo vorrà."

"Bravo" rispose il vescovo. "La tua disciplina è ancora più meritevole perché accetti di fare senza discutere una cosa che non ti va."

"Monsignore, non vi dispiacerà poi se in paese diranno che sono scappato per la paura?"

"No" rispose sorridendo il vegliardo. "Nessuno al mondo potrà mai pensare che don Camillo abbia paura. Va' con Dio, don Camillo, e lascia stare le panche: non sono mai un argomento cristiano."

In paese si riseppe subito la faccenda, e la notizia la portò Peppone stesso in una riunione straordinaria.

"Don Camillo se ne va" annunciò Peppone. "Trasferito per punizione in un paese di montagna a casa del diavolo. Parte domani alle tre."

"Bene!" urlò il consesso. "E che crepi, lassù."

"In fondo è meglio che sia finita così" gridò Peppone. "Egli credeva di essere diventato il papare e se rimaneva bisognava per forza dargli una spazzolata maiuscola. Tutta fatica risparmiata!"

"Deve andar via come un cane!" urlò il Brusco. "Fate capire alla gente che tira brutta aria per chi si fa vedere in giro domani dalle due alle tre e mezzo."

* * *

Venne l'ora, e don Camillo, preparata la valigia, andò a salutare il Cristo dell'altare.

"Mi dispiace di non potervi prendere con me" sospirò don Camillo.

"Ti accompagnerò lo stesso" rispose il Cristo. "Va' tranquillo."

"Ho fatto davvero una fesseria così grossa da dovermi mandare al confino?" chiese don Camillo.

"Sì."

"Allora ce li ho proprio tutti contro" sospirò don Camillo.

"Proprio tutti" rispose il Cristo. "Pure don Camillo è contro di te e disapprova quello che hai fatto."

"Anche questo è vero" riconobbe don Camillo. "Mi prenderei a schiaffi."

"Tieni a posto le mani, don Camillo. E fa' buon viaggio."

La paura nelle città fa 90, ma nei paesi fa 180, e le strade del paese erano deserte. Don Camillo montò sul vagone e, quando vide scomparire il suo campanile dietro un ciuffo d'alberi, si sentì pieno di amarezza.

"Neanche un cane si è ricordato di me" sospirò don Camillo. "Si vede proprio che non ho fatto il mio dovere. Si vede proprio che sono un cattivo soggetto."

L'accelerato fermava a tutte le stazioni, e fermò quindi anche a Boschetto che era una borgatella di quattro case a sei chilometri dal paese di don Camillo. E così, improvvisamente, don Camillo si trovò lo scompartimento invaso e fu spinto al finestrino e si trovò davanti a un mare di gente che batteva le mani e lanciava fiori.

"Gli uomini di Peppone avevano detto che se uno si faceva vedere in paese alla vostra partenza l'avrebbero annebbiato di legnate" spiegò il fattore di Stradalunga. "Per non far succedere dei pasticci siamo venuti tutti a salutarvi qui."

Don Camillo non capiva più niente e sentiva un urlio infernale dentro le orecchie e, quando il treno ricominciò a camminare, si trovò lo scompartimento pieno di fiori, di bottiglie, di pacchi, di fagotti, di pacchetti; e galline legate per i piedi schiamazzavano sulle reticelle.

Ma una spina gli rimaneva nel cuore.

"Gli altri dunque ce l'hanno veramente a morte, con me, se han fatto questo! Non gli è bastato farmi cacciare via?"

Il treno fermò un quarto d'ora dopo a Boscoplanche, ultima frazione del comune. Qui don Camillo si sentì chiamare; si affacciò e si trovò davanti il sindaco Peppone e la giunta al completo. E il sindaco Peppone pronunciò il seguente discorso:

"Prima che voi uscite dal territorio del comune di nostra pertinenza desideriamo porgervi il saluto della popolazione e l'augurio che la vostra guarigione sia rapida, la quale potrete ritornare presto alla vostra missione spirituale".

Poi, mentre il treno si rimetteva in moto, Peppone si tolse il cappello con largo gesto, e anche don Camillo si tolse il cappello e rimase affacciato così col cappello in aria, come una statua del Risorgimento.

* * *

La chiesa di Puntarossa era in cima al cocuzzolo e pareva una cartolina illustrata, e don Camillo, quando arrivò, respirò a pieni polmoni l'aria che sapeva di pino ed esclamò soddisfatto:

"Un po' di riposo quassù mi rimetterà a posto, la quale potremo ritornare presto alla nostra missione spirituale".

E lo disse seriamente, e davvero quel "la quale" gli pareva che valesse più di tutti i discorsi di Cicerone messi in fila.

RITORNO ALL'OVILE

Il sacerdote mandato a reggere la parrocchia durante la convalescenza politica di don Camillo era un pretino giovane e delicato, il quale sapeva perfettamente il fatto suo e parlava con garbo, con delle belle paroline rotonde e pulitine che parevano appena vendemmiate nella vigna del vocabolario. Naturalmente, pur sapendo che si trattava di una gestione provvisoria, il pretino aveva apportato alla chiesa quelle piccole innovazioni che sono necessarie perché un uomo possa trovare sopportabile il soggiorno in casa altrui.

Qui non si fanno paragoni di sorta: ma è come quando uno va a dormire all'albergo e, anche se sa di doverci rimanere soltanto una notte, non può fare a meno di spostare a destra il tavolino che era a sinistra e mettere a sinistra una sedia che stava a destra, perché ognuno di noi ha un concetto tutto suo dell'estetica e dell'equilibrio delle masse e dei colori, e così prova una sofferenza ogni volta che, potendolo, non si dà da fare per cercar di ristabilire quell'equilibrio che gli risulta turbato.

Il fatto è che la prima domenica nella quale il pretino officiò la gente notò due importanti innovazioni: la grande torcia di cera tutta decorata a fiorellini che stava a sinistra dell'altare sul secondo gradino della balaustra era stata spostata a destra, davanti a un quadretto rappresentante una santa. Un quadretto che prima non esisteva.

Per la curiosità di vedere il nuovo parroco, c'era tutto il paese, e Peppone e gli altri capoccia rossi stavano in prima fila.

"Hai visto?" disse sogghignando il Brusco a Peppone indicandogli il candelabro spostato. "Novità!"

"Mmm!" borbottò Peppone che era nervosissimo. E rimase nervosissimo fino a quando il pretino si appressò alla balaustra per fare il rituale discorsetto.

Allora Peppone non ne poté più e, prima che il pretino prendesse a parlare, si staccò dal gruppo, marciò decisamente verso destra, agguantò il grande candelabro, lo portò verso sinistra e lo sistemò nell'antico posto, sul secondo gradino davanti alla balaustra.

Poi ritornò al centro della prima fila e, piantatosi a gambe larghe e a braccia conserte, guardò fieramente negli occhi il pretino.

"Bene!" mormorò tutta la folla dei fedeli, reazionari compresi.

Il pretino, che a bocca aperta aveva seguito l'azione di Peppone, impallidì e balbettando alla bell'e meglio il suo discorsetto, ritornò all'altare per terminare la messa.

Quando uscì, trovò ad aspettarlo Peppone e tutto lo stato maggiore. E il sagrato era pieno di gente silenziosa e corrucciata.

"Dica un po' lei don... don non so che cosa," domandò Peppone facendo cadere le parole dall'alto "chi sarebbe quella faccia nuova che lei ha appeso al pilastro a destra dell'altare?"

"Santa Rita da Cascia..." balbettò il pretino.

"In questo paese non c'è niente da fare per Santa Rita da Cascia o altra roba del genere" affermò Peppone. "Qui va tutto bene com'era prima."

Il pretino allargò le braccia.

"Io credo di essere nel mio diritto" cominciò a protestare il pretino, ma Peppone non lo lasciò continuare.

"Ah, lei la prende così? E allora parliamoci chiaro: qui non c'è niente da fare neanche per i sacerdoti come lei."

Il pretino si sentì mancare il fiato.

"Io non so cosa vi ho fatto..."

"Glielo dico io cos'ha fatto!" esclamò Peppone. "Lei è uscito dalla legalità. Lei ha cercato di sovvertire un ordine che il titolare effettivo della parrocchia aveva instaurato interpretando la volontà del popolo!"

"Bene!" approvò la folla, reazionari compresi.

Il pretino tentò di sorridere.

"Se non è che questo, si rimette tutto come prima e la cosa torna a posto. Non le pare?"

"No!" rispose Peppone buttandosi il cappello all'indietro e piantandosi gli enormi pugni sui fianchi.

"E perché, se è lecito?"

Peppone era alla fine di tutta la sua riserva di diplomazia.

"Be'," disse "se vuole proprio sapere, la cosa non va perché se io le do una sberla la faccio volare lontano quindici metri, mentre se do una sberla al titolare effettivo, quello non si muove di un centimetro!"

Peppone non ritenne utile spiegare che, se egli avesse dato una sberla a don Camillo, don Camillo gliene avrebbe restituite otto. Sorvolò, ma il senso era chiaro a tutti. Meno che al pretino, il quale lo guardò atterrito.

"Scusi," sussurrò "ma perché lei vuole picchiarmi?"

Peppone perdette la pazienza.

"Ma chi la vuol picchiare? Comincia anche lei a denigrare i partiti di sinistra? Io le ho fatto un paragone semplicemente per chiarire il concetto! Capirà se io mi perdo a prendere a scapaccioni un acconto di prete come lei!"

A sentirsi qualificare "acconto di prete" il pretino si erse in tutta la fierezza del suo metro e sessanta e gonfiò le vene del collo.

"Acconto o non acconto," gridò con voce stridula "qui mi ci ha mandato l'autorità ecclesiastica e qui resterò fino a quando vorrà l'autorità ecclesiastica. Qui dentro non comanda mica lei! E Santa Rita rimarrà dov'è, e in quanto al candelabro, guardi cosa faccio!"

Entrò in chiesa, affrontò decisamente il candelabro che era più pesante di lui, e dopo una lotta acerrima riuscì a ricollocarlo a sinistra, davanti alla nuova immagine.

"Ecco" disse fieramente.

"Va bene!" rispose Peppone che aveva assistito dal portale della chiesa alla scena.

Peppone si volse verso la folla che assiepata sul sagrato aspettava muta e corrucciata e urlò:

"Il popolo dirà la sua parola! Tutti al comune a fare una dimostrazione di protesta!"

"Bene!" urlò il popolo.

Peppone fendette la folla e si mise in testa, e la massa si inquadrò e lo seguì urlando e agitando bastoni.

Giunto il corteo davanti al municipio, le urla si fecero più forti. E urlava anche Peppone, alzando il pugno verso il balcone della sala del consiglio.

"Peppone," gli gridò nell'orecchio il Brusco "che Dio ti strafulmini! Piantala di gridare! Ti sei dimenticato che il sindaco sei tu?"

"Sacr..." esclamò Peppone. "Quando questi maledetti mi fanno perdere la tramontana non capisco più niente!"

Corse su e si affacciò al balcone, e la folla lo applaudì, reazionari compresi.

"Compagni, cittadini!" gridò Peppone. "Non sopporteremo questo sopruso che offende la nostra dignità di uomini liberi! Rimarremo nell'ordine e nella legalità fino a quando sarà possibile, ma siamo disposti ad arrivarci in fondo anche a cannonate! Propongo intanto che una commissione al mio comando venga con me dall'autorità ecclesiastica e faccia presente democraticamente la desiderata del popolo!"

"Bene!" urlò la folla infischiandosene che i *desiderata* fossero stati retrocessi al grado di semplice singolare. "Viva il sindaco Peppone!"

Quando Peppone, seguito dalla commissione, si trovò davanti al vescovo, fece fatica a incominciare il suo discorso. Ma poi prese l'aire.

"Eccellenza" disse. "Quello che ci avete mandato è un prete che non è degno delle tradizioni del capoluogo comunale."

Il vescovo alzò la testa per guardare la vetta di Peppone.

"Dite pure: cos'ha fatto?"

Peppone allargò le braccia.

"Per l'amor di Dio! Fatto, non ha fatto niente di grave... Anzi, non ha fatto niente... Il guaio è che, insomma... Eminenza: una mezza calzetta... voglio dire: un pretino così è roba da oratorio... Quello, quando è addobbato, scusate, ma sembra un attaccapanni con su tre paltò e un tabarro."

Il vecchio vescovo tentennò gravemente il capo.

"Ma voi," disse con molta grazia "il valore dei sacerdoti lo misurate col metro e con la bilancia?"

"No, Eccellenza" rispose Peppone. "Mica siamo selvaggi! Il fatto è che, insomma, anche l'occhio vuole la sua parte, e in queste cose di religione è come per il medico, dove conta molto la simpatia personale per via della suggestione fisica e della fiducia morale!"

Il vecchio vescovo sospirò.

"Capisco, capisco, mi rendo conto perfettamente. Però, beati figlioli, l'avevate un arciprete che pareva una torre, e siete stati proprio voi a venirmi a pregare di toglervelo dai piedi!"

Peppone corrugò la fronte.

"Monsignore," spiegò solennemente "si trattava di un casus bello, un caso sui generi come si dice. Perché quello come uomo era un'associazione a delinquere, nel senso che tirava per i capelli al precipizio con le sue pose dittatoriali e provocatorie."

"Lo so, lo so" disse il vescovo. "Me l'avete già detto l'altra volta, figliuolo, e io come vedete l'ho allontanato. Appunto perché mi sono reso conto che si tratta di un uomo disonesto..."

"Un momento, scusi!" interruppe il Brusco. "Noi non abbiamo mai detto che sia un disonesto!"

"Se non un disonesto," continuò il vecchio vescovo "don Camillo è un sacerdote indegno, in quanto..."

"Scusi," lo interruppe Peppone "noi non l'abbiamo mai detto che come sacerdote è uno che non fa il suo dovere. Noi abbiamo parlato dei suoi gravissimi difetti, delle sue gravissime colpe come uomo."

"Appunto" concluse il vecchio vescovo. "E siccome purtroppo l'uomo e il sacerdote si identificano, e siccome come uomo don Camillo rappresenta un pericolo per il prossimo, stiamo appunto pensando di rendere definitiva la sua sistemazione. Lo lasceremo là in mezzo alle capre di Puntarossa. Se lo lasceremo, perché non è ancora deciso se permetteremo che continui a officiare o se lo sospenderemo a divinis. Staremo a vedere."

Peppone confabulò un poco con la commissione, poi si volse:

"Monsignore" disse sottovoce, ed era pallido e sudava perché era costretto a parlare sottovoce.

"Se l'autorità ecclesiastica ha dei motivi particolari per fare così, padronissima. Però ho il dovere di avvertire che fino a quando non ritornerà il titolare effettivo della parrocchia nessuno andrà più in chiesa."

Il vecchio vescovo allargò le braccia.

"Figlioli," esclamò "vi rendete conto della gravità di quanto state dicendo? Questa è una coercizione."

"Nossignore," spiegò Peppone "noi non coercizziamo nessuno perché tutti staranno a casa per conto loro, e nessuna legge li obbliga ad andare in chiesa. È un semplice esercizio della libertà democratica. Perché gli unici che possono giudicare se un sacerdote va bene o no siamo noi, che lo abbiamo sulle costole quasi da vent'anni."

"Vox populi vox Dei" sospirò il vecchio vescovo. "Sia fatta la volontà di Dio. Riprendetevi pure il vostro cattivo soggetto. Però non venite poi a lagnarvi che è un prepotente!"

Peppone rise.

"Eminenza! Le smargiassate dei bulli tipo don Camillo non ci impressionano certamente. L'altra volta si è fatto così per una semplice precauzione di carattere sociale e politico, per evitare che il Pellerossa gli tirasse una bomba in testa."

"Pellerossa sarai tu!" rimbeccò risentito Gigotto, l'uomo cui don Camillo aveva tinto la faccia con l'anilina e a cui aveva fatto vento con la panca. "Io non gli volevo tirare bombe. Io gli ho tirato semplicemente un petardo davanti alla casa per fargli capire che io non ero disposto a lasciarmi prendere a pancate in testa, anche se lui è il reverendo arciprete."

"Ah, sei stato tu, figliuolo, a lanciare il petardo?" chiese con indifferenza il vecchio vescovo.

"Be', Eccellenza," borbottò Gigotto "lei sa com'è. Quando uno si è preso una pancata in testa gli scappa facile qualche fesseria."

"Capisco perfettamente" rispose il vescovo, che era vecchio e sapeva prendere la gente per il verso giusto.

* * *

Don Camillo ritornò dieci giorni dopo.

"Come va?" gli disse Peppone incontrandolo per la strada, mentre usciva dalla stazione. "Avete passato bene le vostre vacanze?"

"Be', c'era poco da stare allegri lassù. Per fortuna avevo le mie carte, e mi sfogavo a fare dei solitari" rispose don Camillo.

Trasse di tasca un mazzo di carte.

"Ecco," disse "adesso non servono più."

E delicatamente, sorridendo, come se rompesse un crostino di pane, spaccò il mazzo in due.

"Si diventa vecchi, signor sindaco" sospirò don Camillo.

"Accidenti a voi e a chi vi ha fatto tornare!" borbottò Peppone andandosene con la faccia scura.

* * *

Don Camillo aveva un sacco di cose da raccontare al Cristo dell'altare. Poi, alla fine della chiacchierata fu lui a far domande al Cristo.

"Che tipo era il mio sostituto?" chiese con finta indifferenza.

"Un bravo ragazzo, educato, di animo gentile, che, quando uno gli faceva un piacere, non lo ringraziava facendo la smargiassata di spaccargli davanti un mazzo di carte."

"Gesù" disse don Camillo allargando le braccia. "Nessuno però gli ha fatto un piacere, qui. E poi certa gente bisogna ringraziarla con questo sistema. Scommettiamo che adesso Peppone sta dicendo a quelli della sua banda: 'Capisci? Un mazzo di carte ha spaccato, così, zac zac, quel figlio d'un cane!' E lo dice con intimo compiacimento! Vogliamo scommettere?"

"No" rispose il Cristo sospirando. "No, perché Peppone sta appunto dicendo così."

LA DISFATTA

La lotta a coltello che durava ormai da quasi un anno, fu vinta da don Camillo, il quale riuscì a finire il suo "Ricreatorio popolare" quando alla "Casa del popolo" di Peppone mancavano ancora tutti i serramenti.

Il Ricreatorio popolare risultò una faccenda molto in gamba: salone-ritrovo per rappresentazioni, conferenze e mercanzia del genere, bibliotechina con sala di lettura e scrittura, area coperta per allenamenti sportivi e giochi invernali. Inoltre una magnifica distesa cintata contenente campo ginnico, pista, piscina, giardino per l'infanzia con giostra, altalena, eccetera. Roba, per la massima parte ancora allo stato embrionale, ma in tutte le cose l'importante è cominciare.

Per la festa d'inaugurazione don Camillo aveva preparato un programma in gamba: canti corali, gare atletiche e partita di calcio. Perché don Camillo aveva messo assieme una squadra semplicemente formidabile, e fu, questo, un lavoro cui don Camillo dedicò tanta passione che, fatti i conti, alla fine degli otto mesi di allenamento, le pedate che don Camillo aveva dato da solo agli undici giocatori, risultarono molto più numerose delle pedate che gli undici giocatori messi assieme erano riusciti a dare a un solo pallone.

Peppone sapeva tutto e masticava amaro, e non poteva sopportare che un partito il quale rappresentava veramente il popolo, dovesse risultare secondo nella gara iniziata con don Camillo a favore del popolo. E quando don Camillo gli aveva fatto sapere che, per dimostrare "la sua simpatia verso i più ignoranti strati sociali del paese", avrebbe generosamente concesso alla squadretta di calcio "Dynamos" di misurarsi con la sua "Gagliarda", Peppone diventò pallido, e fatti chiamare gli undici ragazzi della squadra sportiva sezionale e appiccicatili sull'attenti contro il muro fece loro questo discorso: "Giocherete con la squadra del prete. Dovete vincere o vi spacco la faccia a tutti! È il partito che lo comanda per l'onore del popolo vilipeso!"

"Vinceremo!" risposero gli undici che sudavano per la paura.

Quando lo seppe, don Camillo radunò gli uomini della Gagliarda e riferì in merito.

"Qui non siamo tra gente rozza e selvaggia come nell'ambiente di quelli là" concluse sorridendo. "E possiamo ragionare da gentiluomini assennati. Con l'aiuto di Dio gli appiccicheremo sei goal a zero. Io non faccio minacce: io dico semplicemente che l'onore della parrocchia è nelle vostre mani. Anzi nei vostri piedi. Ognuno faccia il suo dovere di buon cittadino. Se poi, naturalmente, c'è qualche barabba che non ce la mette tutta fino all'ultima goccia, io mica faccio le tragedie di Peppone che spacca le facce! Io gli polverizzo il sedere a pedate!"

Alla festa dell'inaugurazione c'era tutto il paese. Peppone in testa con tutta la mercanzia del seguito in fazzoletto rosso sgargiante. In qualità di *sindaco generico* si compiacque dell'iniziativa e come *rappresentante del popolo in particolare* affermò serenamente la sua fiducia che l'iniziativa non sarebbe servita a indegni scopi di propaganda politica come qualche maligno già sussurrava in giro.

Durante l'esecuzione dei cori, Peppone trovò modo di osservare col Brusco che, in fondo, anche il canto è uno sport in quanto sviluppa i polmoni. E il Brusco con signorile pacatezza gli rispose che, secondo lui, la cosa sarebbe risultata ancora più efficace agli effetti del miglioramento fisico della gioventù cattolica, se i giovinetti avessero accompagnato il canto con gesti adeguati in modo da sviluppare oltre a quelli dei polmoni, anche i muscoli delle braccia.

Durante la partita di palla al cesto, Peppone disse con sincera convinzione che anche il gioco dei cerchietti ha, oltre a un indubbio valore atletico, una sua finissima grazia e si stupì che in programma non fosse compresa anche una gara di cerchietti.

Siccome queste osservazioni erano espresse con tale discrezione che si potevano agevolmente udire fino a settecento metri di distanza, don Camillo aveva le vene del collo che sembravano due pali di gaggìa. E aspettava quindi con ansia indescrivibile che arrivasse il momento della partita. Allora avrebbe parlato lui.

* * *

E venne il momento della partita. Maglia bianca con grande "G" nera sul petto gli undici della Gagliarda. Maglia rossa con falce e martello e stella intrecciati con una elegante "D" gli undici della Dynamos.

Il popolo se ne infischiò dei simboli e salutò le squadre a modo suo:

"Viva Peppone!" o "Viva don Camillo!"

Peppone e don Camillo si guardarono e con molta dignità si salutarono chinando leggermente il capo.

Arbitro neutro: l'orologiaio Binella apolitico dalla nascita. Dopo dieci minuti di gioco il maresciallo dei carabinieri pallido come un morto si avvicinò a Peppone seguito da due militi parimenti esangui.

"Signor sindaco," balbettò "crede opportuno che telefoni in città per avere rinforzi?"

"Lei può chiamare una divisione, se vuole, ma qui se quei macellai non la smettono di fare il gioco pesante, nessuno potrà impedire che ci scappi fuori un mucchio di morti alto fino al terzo piano! Neanche Sua Maestà il Re lo potrebbe impedire! Ha capito?" urlò Peppone dimenticando, tanto era l'orgasmo, perfino l'esistenza della Repubblica.

Il maresciallo si volse a don Camillo che era lì a un metro.

"Lei crede che..." balbettò. Ma don Camillo non lo lasciò finire.

"Io" urlò "credo semplicemente che neanche l'intervento americano in persona potrà impedire che si nuoti nel sangue qui se quei bolscevichi maledetti non la smettono di rovinarmi gli uomini tirando calci negli stinchi!"

"Va bene" concluse il maresciallo. E andò a barricarsi coi suoi due uomini in caserma perché sapeva benissimo che, alla fine di tutte queste faccende, la gente chiude i festeggiamenti tentando di bruciare la caserma dei carabinieri.

Il primo goal lo segnò la Gagliarda e si levò un urlo che fece tremare il campanile. Peppone con la faccia stravolta si volse verso don Camillo stringendo i pugni per buttarglisi addosso. Don Camillo rispose mettendosi in guardia. Mancava un millimetro al cozzo, ma don Camillo vide con la coda dell'occhio che la gente s'era improvvisamente immobilizzata e tutti gli occhi erano fissi su di lui e su Peppone.

"Se ci picchiamo noi, qui succede la battaglia di Maclodio" disse a denti stretti don Camillo.

"Va bene: lo faccio per il popolo" rispose Peppone ricomponendosi.

"E io per la cristianità" disse don Camillo.

Non accadde niente. Però Peppone, finito dopo pochi istanti il primo tempo, radunò la Dynamos.

"Fascisti!" disse con voce piena di disgusto.

Poi afferrò per il collo lo Smilzo, il centrattacco.

"Tu, sporco traditore, ricordati che quando eravamo in montagna io ti ho salvato la pelle tre volte. Se entro i primi cinque minuti non segni, questa volta te la faccio, la pelle!"

Lo Smilzo, iniziato il secondo tempo e avuta la palla, partì. Lavorò con la testa, coi piedi, con le ginocchia, col sedere: diede perfino una morsicata al pallone, sputò un polmone, si spaccò la milza, ma al quarto minuto spediva il pallone in porta.

Poi si buttò per terra e non si mosse più. Don Camillo andò a mettersi dalla parte opposta del campo per non compromettersi. Il portiere della Gagliarda aveva la febbre per la paura.

I rossi si chiusero nella difensiva e non ci fu verso di rompere il cerchio. Trenta secondi prima della fine, l'arbitro fischiò un fallo. Rigore contro la Gagliarda.

Il pallone partì. Non l'avrebbe parato neppure Zamora un angolo simile. Goal.

Ormai la partita era finita: l'unico compito degli uomini di Peppone era quello di ricuperare i giocatori e riportarli in sede. L'arbitro era apolitico: si arrangiasse.

Don Camillo non capiva più niente. Corse in chiesa e andò a inginocchiarsi davanti all'altare.

"Signore," disse "perché non mi hai aiutato? Ho perso."

"E perché dovevo aiutare te e non gli altri? Ventidue gambe quelle dei tuoi uomini, ventidue quelle degli altri: don Camillo, tutte le gambe sono uguali. Io non posso occuparmi di affari di gambe. Io mi occupo di anime. Da mihi animas, caetera tolle. Io i corpi li lascio alla terra. Don Camillo, non riesci dunque a ritrovare il tuo cervello?"

"Faccio fatica, ma lo ritrovo" rispose don Camillo. "Non pretendevo che voi amministraste personalmente le gambe dei miei. Tanto più che son migliori di quelle degli altri. Dico che non avete impedito che la disonestà di un uomo incolpasse i miei uomini di un fallo non commesso."

"Sbaglia il prete nel dir messa, don Camillo: perché non ammetti che altri possa sbagliare pur senza essere in mala fede?"

"Si può ammettere che uno sbagli in tutti i campi. Ma non quando si tratta di arbitraggio sportivo! Quando c'è di mezzo un pallone..."

"Anche don Camillo ragiona, non peggio di Peppone, ma addirittura peggio di Fulmine che non ragiona per niente" continuò il Cristo.

"Anche questo è vero" ammise don Camillo. "Però Binella è un farabutto."

Non poté continuare perché udì avvicinarsi un vocìo tremendo e, di lì a poco, entrò un uomo, disfatto, ansimante, col terrore sul viso.

"Vogliono ammazzarmi" singhiozzò. "Salvatemi!"

La folla era davanti alla porta e stava per entrare. Don Camillo abbrancò un candelabro di mezzo quintale e lo brandì minaccioso.

"In nome di Dio," gridò "indietro o vi spacco la testa! Ricordatevi che chi entra qui è sacro ed intoccabile!"

La gente ristette.

"Vergognati, mandria scatenata! Torna alla tua stalla a pregare Dio che ti perdoni la tua bestialità."

La gente abbassò il capo confusa e silenziosa e fece per andarsene.

"Segnatevi!" ordinò don Camillo. E col candelabro brandito nella mano ciclopica, alto come una montagna, pareva Sansone.

Tutti si segnarono.

"Fra voi e l'oggetto del vostro odio bestiale sta la croce che ognuno di voi ha tracciato con la sua mano. Chi cerca di violare questa sacra barriera è un sacrilego. Vade retro!"

Rientrò e diede il catenaccio alla porta: ma non ce n'era bisogno. L'uomo era accasciato su una panca e ansimava ancora.

"Grazie, don Camillo" sussurrò.

Don Camillo non rispose. Camminò un poco in su e in giù, poi si fermò davanti all'uomo.

"Binella!" disse fremendo don Camillo, "Binella: qui davanti a me e a Dio non puoi mentire! Il fallo non c'era! Quanto ti ha dato quel mascalzone di Peppone per farti fischiare un fallo in caso di partita pari?"

"Duemilacinquecento lire."

"Mmmm!" muggì don Camillo mettendogli i pugni sotto il naso.

"Ma..." gemette Binella.

"Via!" urlò don Camillo indicandogli la porta.

Rimasto solo, don Camillo si rivolse al Cristo.

"Ve l'avevo detto io che quello è un venduto maledetto? Ho o non ho ragione di arrabbiarmi?"

"No, don Camillo" rispose il Cristo. "La colpa è tua, che per lo stesso servizio hai offerto a Binella duemila lire. Quando Peppone gliene ha offerte cinquecento di più, egli ha accettato la proposta di Peppone."

Don Camillo allargò le braccia.

"Gesù," disse "ma allora, se noi ragioniamo così, va a finire che il colpevole sono io!"

"Proprio così, don Camillo. Proponendogli tu, sacerdote, per primo l'affare, egli ha stimato che fosse un affare lecito, e allora, affare lecito per affare lecito, si prende quello che frutta di più."

Don Camillo abbassò il capo.

"Vorreste dire che se quel disgraziato adesso prendeva un sacco di botte dai miei, la colpa sarebbe stata mia?"

"In un certo senso sì perché sei stato tu il primo a indurre l'uomo in tentazione. Però la colpa tua sarebbe stata maggiore se, accettando la tua offerta, Binella avesse concesso il fallo a favore dei tuoi. Perché allora lo avrebbero picchiato i rossi. E quelli non avresti potuto fermarli."

Don Camillo ci pensò sopra un poco.

"In conclusione," disse "è meglio che abbiano vinto gli altri."

"Proprio così, don Camillo."

"Gesù, allora vi ringrazio di avermi fatto perdere. E se vi dico che accetto serenamente la sconfitta come punizione della mia disonestà, dovete credere che son pentito davvero. Perché a non arrabbiarsi vedendo perdere una squadra così, una squadra che, non faccio per vantarmi, potrebbe giocare in divisione B, una squadra che di Dynamos se ne mangia duemila, credete, è una cosa che spacca il cuore e grida vendetta a Dio!"

"Don Camillo!" ammonì sorridendo il Cristo.

"Non potete capirmi" sospirò don Camillo. "Lo sport è una faccenda tutta speciale. Chi c'è dentro c'è dentro e chi non c'è dentro non c'è dentro. Rendo l'idea?"

"Fin troppo, povero don Camillo. Ti capisco tanto che... Be': quando farete la rivincita?"

Don Camillo balzò in piedi col cuore pieno di gioia.

"Sei a zero!" gridò. "Sei, a palla da schioppo

che non li vedranno neanche passare! Quant'è vero che centro quel confessionale!"

Buttò in aria il cappello e con un calcio l'agguantò al volo e lo fulminò dentro la finestrina del confessionale.

"Goal!" disse il Cristo sorridendo.

IL VENDICATORE

Apparve lo Smilzo sulla bicicletta da corsa e frenò all'americana: roba speciale che consiste nel saltar giù di sella per di dietro sedendosi a cavalcioni sulla ruota.

Don Camillo stava leggendo il giornale seduto sulla panchetta davanti alla canonica e sollevò il capo.

"Te li passa Stalin i calzoni?" si informò pacatamente.

Lo Smilzo gli porse una lettera, si toccò con l'indice la visiera del berretto, rimontò sulla bicicletta e, quando fu per svoltare l'angolo della canonica, si volse un momentino.

"Me li passa il papa!" gridò alzandosi poi in piedi sui pedali e scattando a fulmine.

Don Camillo si aspettava quella lettera: si trattava dell'invito alla cerimonia inaugurale della Casa del popolo con annesso un programma di festeggiamenti. Discorsi, relazioni, corpo bandistico, rinfresco e, nel pomeriggio, un "*Grande incontro di pugilato fra il campione della Sezione locale peso massimo compagno Bagotti Mirko e il campione della Federazione provinciale peso massimo compagno Gorlini Anteo.*"

Don Camillo si recò a riferire al Cristo dell'altare.

"Gesù," esclamò dopo avergli letto il programma "questa si chiama disonestà! Se Peppone non fosse l'ultimo dei cafoni avrebbe messo in programma non una scazzottatura, ma la partita di rivincita fra la Dynamos e la Gagliarda! Quindi io adesso..."

"Quindi tu adesso non ti sogni neanche di andargliene a dire quattro come desidereresti, in quanto hai torto" lo interruppe il Cristo. "Era logico che Peppone cercasse di fare qualcosa di diverso da voi. Secondariamente era logico che Peppone non si esponesse a inaugurare la sua Casa con una sconfitta. Anche se il suo campione, ammettiamo, dovesse perdere, niente di male: compagno l'uno, compagno l'altro, roba che resta in famiglia. Una sconfitta subìta per opera della tua squadra sarebbe risultata dannosa al prestigio del suo partito. Don Camillo, tu devi quindi ammettere che Peppone non poteva programmare un incontro con la tua squadra."

"Però," esclamò don Cmillo "io l'ho invece programmato un incontro con la sua squadra. E ho anche perso!"

"Don Camillo," ribatté il Cristo con dolcezza "ma tu non rappresenti un partito. I tuoi ragazzi non difendevano i colori della Chiesa. Difendevano semplicemente il prestigio di una squadra sportiva che, felice combinazione, è sorta all'ombra della chiesa parrocchiale. O credi forse che, quella di domenica, sia stata una sconfitta della religione cristiana?"

Don Camillo si mise a ridere.

"Gesù," protestò "mi fate torto se pensate che io ragioni così. Io dicevo soltanto che, sportivamente parlando, Peppone è un cafone. E quindi mi perdonerete se io mi metterò a sghignazzare quando il suo famoso campione si prenderà tante di quelle sventole che, al terzo round, non saprà più come si chiama."

"Sì, ti perdonerò, don Camillo. Non ti perdonerò invece di trovare anche tu divertente lo spettacolo di due che tentano di accopparsi a pugni."

Don Camillo allargò le braccia.

"Io non ho mai pensato questo e mai accetterei di avallare con la mia presenza simili manifestazioni di brutalità che servono soltanto a potenziare quel culto della violenza che è già tanto radicato nell'animo delle masse. Io sono perfettamente d'accordo con voi e condanno ogni sport dove la destrezza è in secondo piano rispetto alla forza bruta."

"Bravo, don Camillo" disse il Cristo. "Se un uomo sente il bisogno di sgranchire i muscoli non è per niente necessario che egli prenda a pugni il suo prossimo. Basta che egli, dopo essersi protetto le mani con guanti bene imbottiti, si sfoghi su un sacco di segatura o una palla appesi in qualche parte."

"Appunto" disse don Camillo segnandosi rapidamente e precipitandosi per uscire.

"Levami una curiosità, don Camillo" esclamò

il Cristo. "Come si chiama quella palla di cuoio che hai fissato con la corda elastica al soffitto e al pavimento del solaio?"

"Mi pare 'punching-ball'" borbottò don Camillo fermandosi.

"E che cosa significa?"

"Non so l'inglese" rispose don Camillo svicolando.

* * *

Don Camillo presenziò alla cerimonia inaugurale della Casa del popolo, e Peppone in persona lo accompagnò a visitare i locali: si trattava di una faccenda veramente in gamba.

"Cosa ve ne pare?" gli chiese Peppone che schiattava dalla gioia.

"Carino!" rispose sorridendo don Camillo. "Dico la verità: non pare davvero che l'abbia disegnata un povero capomastro come il Brusco."

"Già" borbottò Peppone, il quale aveva speso l'ira di Dio per farsi disegnare il progetto dal migliore architetto della città.

"Mica male l'idea di mettere le finestre coricate anziché in piedi" osservò don Camillo. "Si possono tener le stanze più basse senza che la cosa stoni. Bene, bene. Questo sarebbe il magazzino?"

"È il salone delle adunanze" spiegò Peppone.

"Ah! E l'armeria e la cella per gli avversari pericolosi le avete sistemate nelle cantine?"

"No" rispose Peppone. "Di avversari pericolosi non ne abbiamo, è tutta robetta che può rimanere in circolazione. Per via dell'armeria invece avremmo pensato di usufruire, in caso di bisogno, della vostra."

"Ottima idea" rispose garbatissimo don Camillo. "Del resto voi avete visto con quale cura io custodisco il mitra che voi mi avete affidato, signor Peppone."

Erano arrivati davanti a un grande quadro rappresentante un uomo con enormi baffi in giù, occhietti piccoli e pipa.

"Quello sarebbe uno dei vostri morti?" si informò compunto don Camillo.

"Quello sarebbe uno dei nostri vivi che, quando arriverà, vi farà sedere sul parafulmine del campanile" spiegò Peppone che non ne poteva più.

"È un posto troppo alto per un umile arciprete. Il posto più alto del paese spetta sempre al sindaco e io lo metto sin d'ora a vostra completa disposizione."

"Avremo l'onore di avervi fra noi alla partita di boxe di oggi, signor arciprete?"

"Grazie. Il mio posto datelo pure a Fulmine che è più in grado di me di apprezzare l'intima bellezza e il profondo significato educativo e spirituale dello spettacolo. Io ad ogni modo mi tengo pronto in canonica: caso mai il vostro campione avesse bisogno dell'Olio Santo, non fate che mandarmi lo Smilzo e io in due minuti sono qui."

* * *

Nel pomeriggio don Camillo rimase a chiacchierare col Cristo un'oretta, poi chiese licenza:

"Ho sonno, vado un po' a letto. E vi ringrazio di aver fatto piovere a catinelle. Secondo me ciò farà molto bene al frumento."

"E soprattutto impedirà, secondo te, che molta gente che abita lontano possa venire ad assistere alla manifestazione di Peppone" aggiunse il Cristo. "Non è così?"

Don Camillo scosse il capo.

La pioggia, pur venendo giù a catinelle, non aveva guastato per niente la festa di Peppone: da tutte le frazioni del comune e dai comuni più vicini era venuta gente, e la grande palestra della Casa del popolo era piena come un uovo. Il campione della federazione era un bel nome, e Bagotti aveva una indubbia popolarità nella zona. E poi era un po' un incontro fra città e campagna e la cosa interessava.

Peppone, in prima fila sotto il ring, era trionfante per quell'affluenza. Inoltre era sicuro che, alla peggio, Bagotti avrebbe perso ai punti: in un caso simile è una vittoria.

Alle quattro precise, dopo un putiferio di battimani e di urla da far crollare il soffitto, risuonò il primo colpo di gong e la gente cominciò a rovinarsi il fegato per il tifo.

Il campione provinciale, si vide subito, aveva uno stile superiore a quello di Bagotti, però Bagotti era più svelto e il primo round fu una cosa davvero da togliere il fiato.

Peppone era allagato di sudore e pareva avesse mangiato dinamite.

Il secondo round cominciò bene per Bagotti che era all'attacco: ma improvvisamente Bagotti crollò come un masso. E l'arbitro cominciò a contare i secondi.

"No!" urlò Peppone balzando in piedi sulla sedia. "Colpo basso!"

Il campione federale si volse verso Peppone sorridendo sarcastico. Fece di no con la testa e si toccò col pugno il mento.

"No!" urlò Peppone esasperato mentre la gente tumultuava "hanno visto tutti! Prima gli hai dato un colpo basso e quando lui per il dolore si è chinato, tu gli hai mollato il pugno al mento! Non vale!"

Il campione federale scrollò le spalle sghignazzando. E intanto l'arbitro aveva contato fino a dieci e ora afferrava la mano del pugile per alzargliela, ma qui accadde la tragedia.

Peppone buttò via il cappello e con un balzo fu sulla pedana e si avanzò stringendo i pugni contro il campione federale.

"Ti faccio vedere, io!" urlò Peppone.

"Pestalo, Peppone!" gridò la gente impazzita.

Il pugile si mise in guardia e Peppone gli calò addosso come un Panzer e sparò un cazzotto. Ma Peppone era troppo arrabbiato per ragionare, e l'altro schivò facilmente e gli saettò un diretto alla mascella. E non fece fatica a tirarlo forte e giusto perché Peppone stava lì fermo, completamente scoperto, ed era come picchiare su un sacco di segatura.

Peppone crollò come un masso e nella folla corse come una ventata di sgomento che ghiacciò le parole in gola a tutti. Ma ecco che mentre il campione federale guarda sorridendo di commiserazione il gigante disteso sul tappeto, la folla leva un urlo tremendo: un uomo è salito sul ring. Non si cura neanche di togliersi l'impermeabile bagnato e il berretto. Afferra due guantoni che stanno sul panchetto all'angolo delle corde, se li infila senza neanche legarli, si pianta in guardia davanti al campione e gli allenta una sberla.

Il campione federale scansa, naturalmente, ma non può rispondere perché l'altro è coperto. Si tratta di rimandare di tre secondi. Saltella attorno all'uomo che si limita a girarsi lento e tardo e, arrivato il momento, gli spara un diretto formidabile. L'altro manco si muove: con la sinistra devia e con la destra gli spara alla mascella un cazzotto talmente maledetto che il campione lo incassa a wagon-lit: cioè addormentandosi in viaggio e piombando già addormentato giù dal ring.

La gente diventa matta.

* * *

Fu il campanaro che portò la notizia in canonica, e don Camillo dovette saltar giù dal letto e aprirgli perché il sagrestano pareva impazzito e, se non gli raccontava tutto dall'a alla zeta, sarebbe scoppiato.

Don Camillo scese per riferire al Cristo.

"E allora?" chiese il Cristo. "Come è andata?"

"Un putiferio vergognoso, uno spettacolo di disordine e di immoralità da non immaginarsi!"

"Come la faccenda del tentato linciaggio del tuo arbitro?" si informò con indifferenza il Cristo.

Don Camillo rise.

"Altro che arbitro! Al secondo round il campione di Peppone è crollato come un sacco di patate. E allora Peppone in persona è salito sul ring e si è messo a scazzottarsi col vincitore. Naturalmente siccome è forte come un bue, ma è talmente zuccone che va avanti a plotoni affiancati come gli zulù e i russi, l'altro gli rifila un diretto al mento e te lo stende secco come un chiodo."

"Così sono due, le sconfitte che ha sofferto la sua sezione."

"Sì, due la sezione e una la federazione" sghignazzò don Camillo. "Perché non è finita! Infatti appena il Peppone crolla, ecco che salta su un altro. Uno di quelli venuti dai comuni vicini pare: un pezzo di accidente con barba e baffi, il quale anche lui si pianta in guardia e molla uno sganassone al campione federale."

"E così quello schiva e risponde: e anche l'uomo con la barba finisce a terra per far completo questo spettacolo brutale" interruppe il Cristo.

"No! L'uomo è coperto come una cassaforte. Allora il campione federale comincia a fare i saltelli per prenderlo di sorpresa. Ed ecco che, zac!, spara un diretto di destra. Allora io devio di sinistro e lo fulmino con un destro. Giù dal ring!"

"Cosa c'entri tu?"

"Non capisco."

"Hai detto: 'Io devio di sinistro e lo fulmino con un destro'."

"Non so proprio come io possa aver detto così."

Il Cristo scosse il capo.

"Che sia forse per il fatto che quell'uomo che ha picchiato il campione eri tu?"

"Non mi pare" rispose gravemente don Camillo. "Io non ho né barba né baffi."

"Uno potrebbe metterseli finti magari, per non far vedere alla gente che l'arciprete trova interessante lo spettacolo di due uomini che si prendono pubblicamente a pugni!"

Don Camillo allargò le braccia.

"Gesù, tutto può darsi: bisogna tener presente che anche gli arcipreti sono fatti di carne."

Il Cristo sospirò.

"Noi teniamo presente questo: però teniamo presente pure che gli arcipreti, se son fatti di carne, dovrebbero non dimenticarsi mai di essere fatti anche di cervello. Perché se l'arciprete di carne si traveste per andare a una partita di pugilato, l'arciprete fatto di cervello gli impedisce di dare spettacolo di violenza."

Don Camillo scosse il capo.

"Giusto. Però bisognerebbe tener presente che gli arcipreti, oltreché di carne e di cervello, sono fatti anche di qualcos'altro. E allora quando questo qualcos'altro vede un sindaco essere appiccicato al pavimento, davanti a tutti i suoi amministrati, da un puzzone di città che vince tirando colpi bassi (roba che grida vendetta a Dio), questo qualchecosa prende l'arciprete di carne e l'arciprete di cervello e li obbliga a salire sul ring."

Il Cristo tentennò il capo.

"Vorresti dire che io dovrei tener conto che gli arcipreti sono fatti anche di cuore?"

"Per l'amore del cielo," esclamò don Camillo "io non mi permetterò mai di darvi dei consigli. Se mai, posso farvi presente che nessuno sa chi sia l'uomo con la barba."

"Be', non lo so neanche io" rispose sospirando il Cristo. "Piuttosto hai un'idea di quello che voglia dire punching-ball?"

"Le mie nozioni di lingua inglese non sono aumentate, Signore" rispose don Camillo.

"Facciamo a meno di sapere anche questo" disse sorridendo il Cristo. "In fondo, la cultura, alle volte, è più un male che un bene. Ciao, campione federale."

NOTTURNO CON CAMPANE

Da un pezzo don Camillo si sentiva due occhi addosso. Volgendosi all'improvviso, quando camminava sulla strada o fra i campi, non vedeva nessuno ma era sicuro che se avesse cercato dietro alla siepe o in mezzo ai cespugli avrebbe trovato gli occhi e il resto.

Uscito un paio di volte, la sera, avendo avvertito un fruscio dietro la porta di casa, intravide un'ombra.

"Lascialo fare" gli aveva risposto il Cristo dall'altare quando don Camillo gli aveva chiesto consiglio. "Due occhi non hanno mai fatto del male a nessuno."

"Bisognerebbe sapere se i due occhi viaggiano da soli o in compagnia di un terzo occhio per esempio calibro 9" sospirò don Camillo. "È un particolare che ha la sua importanza."

"Niente può intaccare una coscienza tranquilla, don Camillo."

"Lo so, Gesù" sospirò ancora don Camillo. "Il guaio è che di solito la gente che si comporta così non spara sulla coscienza ma fra le spalle."

Don Camillo non ne fece niente però, e passò ancora del tempo e, una sera tardi, egli era solo in canonica e stava leggendo, quando "sentì" improvvisamente gli occhi.

Ed erano tre; e sollevando lentamente il capo, don Camillo vide dapprima l'occhio nero di una pistola e poi incontrò gli occhi del Biondo.

"Debbo alzare le mani?" chiese tranquillo don Camillo.

"Non voglio farvi niente" rispose il Biondo riponendo la pistola nella tasca della giacca. "Avevo paura che vi spaventaste vedendomi all'improvviso e vi metteste a gridare."

"Capisco" rispose don Camillo. "Non hai pensato che bussando alla porta avresti evitato tutto questo lavoro?"

Il Biondo non rispose e andò ad appoggiarsi al davanzale della finestra. Poi si volse d'improvviso e si mise a sedere davanti al tavolino di don Camillo.

Aveva i capelli scomposti, gli occhi con profonde occhiaie e la fronte piena di sudore.

"Don Camillo," disse il Biondo fra i denti "quello della casa dell'argine l'ho fatto fuori io."

Don Camillo accese il "toscano".

"Quello dell'argine?" disse tranquillo. "Be', roba vecchia, roba a sfondo politico, roba che rientra nell'amnistia. Di che ti preoccupi? Sei a posto con la legge."

Il Biondo alzò le spalle.

"Me ne frego dell'amnistia" disse con rabbia.

"Io tutte le notti, appena spengo la luce, me lo sento vicino al letto, quello là. Io non riesco a capire cosa sia questa faccenda!"

Don Camillo soffiò in aria il fumo azzurro del sigaro.

"Niente, Biondo" rispose sorridendo. "Da' retta: dormi con la luce accesa."

Il Biondo balzò in piedi.

"Voi dovete andare a prendere in giro quel cretino di Peppone!" gridò. "Mica me!"

Don Camillo scosse il capo.

"Prima di tutto Peppone non è per niente un cretino, secondariamente io per te non posso fare nient'altro."

"Se c'è da comprare delle candele o da fare delle offerte per la chiesa, io pago" gridò il Biondo. "Però voi dovete assolvermi. Del resto io con la legge sono già a posto!"

"Siamo d'accordo, figliolo" disse con dolcezza don Camillo. "Il guaio è che l'amnistia per le coscienze non l'hanno fatta. Quindi qui si continua ancora col sistema di prima, e per essere assolti occorre pentirsi e poi dimostrare di essere pentiti e poi fare in modo di meritare di essere perdonati. Roba lunga."

Il Biondo ghignò.

"Pentirmi? Pentirmi di aver fatto fuori quello là? Mi dispiace di averne fatto fuori uno solo!"

"È un ramo nel quale sono completamente incompetente. D'altra parte, se la tua coscienza ti dice che hai fatto bene, tu sei a posto" disse don Camillo aprendo un libro e mettendolo davanti al Biondo. "Vedi, noi abbiamo dei regolamenti molto precisi senza esclusione per il movente politico.

Quinto: non ammazzare. Settimo: non rubare."

"Cosa c'entra questo?" chiese il Biondo con voce misteriosa.

"Niente" lo rassicurò don Camillo. "Mi pareva proprio che tu mi avessi detto che, con la scusa della politica, lo avessi fatto fuori per prendergli i soldi."

"Non l'ho detto!" gridò il Biondo cacciando fuori la pistola e puntandola contro il viso di don Camillo. "Non l'ho detto, ma è vero! Sì che è vero e se voi avete il coraggio di raccontarlo a qualcuno io vi fulmino!"

"Noi queste cose non le diciamo neppure al Padreterno" lo rassicurò don Camillo. "Tanto Egli lo sa meglio di tutti."

Il Biondo parve calmarsi. Aperse la mano e guardò la pistola.

"Bella testa!" esclamò ridendo "non mi ero neanche accorto che c'è la sicura."

Girò il piolino e mise il colpo in canna.

"Don Camillo" disse il Biondo con voce strana. "Io sono stufo di vedere quello là, vicino al mio letto. Qui i casi sono due: o mi assolvete o vi sparo."

La pistola gli tremava leggermente nella mano e don Camillo impallidì e guardò il Biondo negli occhi.

"Gesù," disse mentalmente don Camillo "questo cane è rabbioso e sparerà. Un'assoluzione concessa in condizioni simili non vale niente. Che faccio?"

"Se hai paura, assolvilo" rispose la voce del Cristo.

Don Camillo incrociò le braccia sul petto.

"No, Biondo" disse don Camillo.

Il Biondo strinse i denti.

"Don Camillo datemi l'assoluzione o sparo!"

"No."

Il Biondo fece scattare il grilletto e il grilletto scattò. Ma il colpo non partì.

Allora don Camillo lo fece partire lui, un colpo: e il colpo partì e arrivò giusto al segno perché i cazzotti di don Camillo non facevano mai cilecca.

Poi si buttò sul campanile e, alle undici di notte, scampanò a festa per venti minuti. E tutti dissero che don Camillo era diventato matto: tutti meno il Cristo dell'altare che scosse il capo sorridendo, e il Biondo che, correndo attraverso i campi come pazzo, era arrivato in riva al fiume e stava per buttarsi nell'acqua nera; ma il suono delle campane lo raggiunse e lo fermò.

E il Biondo tornò indietro perché aveva udito come una voce nuova per lui. E questo fu il vero miracolo perché una pistola che fa cilecca è un fatto di questo mondo, ma la faccenda di un prete che si mette a scampanare a festa alle undici di notte è roba davvero dell'altro mondo.

UOMINI E BESTIE

La Grande era una tenuta che non finiva più, con una stalla di cento vacche, caseificio a vapore, frutteto e via discorrendo. Tutta roba del vecchio Pasotti, il quale viveva solo alla Badia, e aveva ai suoi ordini un esercito di famigli.

Un giorno i famigli si misero in agitazione e guidati da Peppone andarono tutti alla Badia, e il vecchio Pasotti diede loro udienza da una finestra.

"Dio vi fulmini!" gridò il Pasotti mettendo fuori la testa "in questo sporco paese non usa più lasciare in pace i galantuomini?"

"I galantuomini, sì," rispose Peppone "ma gli sfruttatori che negano ai lavoratori quello che gli spetta per diritto, no."

"Per mé il diritto è quello fissato dalla legge," ribatté il Pasotti. "E io con la legge sono a posto."

Allora Peppone disse che, fino a quando il Pasotti non avesse concesse le migliorie, i lavoratori della Grande si sarebbero astenuti da ogni lavoro.

"Alle vostre cento vacche gli darete da mangiare voi!" concluse Peppone.

"Bene" rispose il Pasotti. E chiusa la finestra andò a riprendere il sonno interrotto.

Così cominciò lo sciopero alla Grande e fu una cosa organizzata personalmente da Peppone con squadre di sorveglianza, turni di guardia, staffette, posti di blocco. Le porte e le finestre della stalla vennero inchiodate e furono messi i suggelli.

Il primo giorno le vacche muggirono perché non le avevano munte. Il secondo giorno muggirono perché non le avevano munte e perché avevano fame, e il terzo giorno si aggiunse al resto la sete, e i muggiti si udivano fino fuori comune. Allora la vecchia serva del Pasotti uscì dalla porticina di servizio della Badia e agli uomini del posto di blocco spiegò che andava in paese alla farmacia a comprare della roba disinfettante.

"Ha detto il padrone che lui non vuole prendere il colera per via del puzzo che faranno le vacche quando saranno morte di fame."

Questo fece scrollare il capo ai più vecchi famigli i quali da cinquant'anni lavoravano con Pasotti e sapevano che il Pasotti aveva una testa più dura della ghisa. Allora intervenne personalmente Peppone con lo stato maggiore e uomini suoi e disse che, se uno aveva il coraggio di avvicinarsi alla stalla, lo avrebbe trattato come un traditore della patria.

Verso la sera del quarto giorno arrivò in canonica Giacomo, un vecchio vaccaro della Grande.

"C'è una vacca che deve partorire e grida da spaccare il cuore e quella crepa di sicuro se non la vanno ad aiutare: ma se uno si avvicina alla stalla gli rompono le ossa."

Don Camillo andò ad aggrapparsi alla balaustra dell'altare.

"Gesù," disse al Cristo crocifisso "tenetemi o faccio la marcia su Roma!"

"Calmati, don Camillo" lo ammonì dolcemente il Cristo. "Con la violenza non si può ottenere niente. Bisogna calmare la gente col ragionamento, non esasperarla con atti di violenza."

"Giusto" sospirò don Camillo. "Bisogna indurre la gente a ragionare. Peccato però che, mentre si induce la gente a ragionare, le vacche crepino."

Il Cristo sorrise:

"Se, usando la violenza la quale chiama violenza, riusciremo a salvare cento bestie, ma perdiamo un uomo, e se, usando la persuasione, perdiamo cento bestie ma evitiamo la perdita di quell'uomo, secondo te è meglio la violenza o la persuasione?"

Don Camillo, che non riusciva a rinunciare all'idea di fare la marcia su Roma tanto era indignato, scosse il capo.

"Voi, Gesù, mi spostate i termini: qui non è questione di cento bestie. Qui si tratta di patrimonio pubblico. E la morte di cento bestie non rappresenta semplicemente un danno per quella testa di ghisa di Pasotti, rappresenta un danno per tutti, buoni e cattivi. E può avere ripercussioni tali da inasprire ancor più i dissidi esistenti e creare un conflitto nel quale, invece di uno, scappano fuori venti morti."

Il Cristo non era d'accordo.

"Se col ragionamento eviti il morto oggi, perché col ragionamento non potresti evitare i morti di domani? Don Camillo, hai perso la tua fede?"

Don Camillo uscì a camminare attraverso i campi perché era nervoso, e così a un tratto, guarda il caso, cominciò a udire vicini vicini i muggiti delle cento vacche della Grande. Poi sentì parlottare gli uomini del posto di blocco e, dopo dieci minuti, si trovò a strisciare dentro il grosso tubo di cemento del canale d'irrigazione che passava sotto la rete metallica e che, per fortuna, era in secca.

"Adesso," pensò don Camillo "bisognerebbe che qualcuno fosse ad aspettarmi in fondo al tubo per pestarmi una botta in testa e saremmo a posto!"

Invece non c'era nessuno e così don Camillo poté incamminarsi cautamente dentro il canale, verso la fattoria.

"Alto là" disse poco dopo una voce, e don Camillo con un balzo fu fuori del canale e si buttò dietro un grosso tronco.

"Alto là o sparo!" disse ancora la voce che veniva ora da dietro un grosso tronco dall'altra parte del canale.

Era la sera delle combinazioni, e don Camillo si trovò per caso un grosso affare d'acciaio tra le mani. E allora tirò indietro un certo arnese che si muoveva e rispose: "Attento, Peppone, perché sparo anch'io".

"Ah" borbottò l'altro. "Volevo ben vedere che non mi capitasse fra i piedi anche in questo affare!"

"Tregua di Dio" disse don Camillo. "Chi manca alla parola è carne del demonio. Adesso conto, e quando dico 'tre' tutti e due saltiamo dentro il fosso."

"Non sareste neanche un prete se non foste così malfidente" rispose Peppone. E al tre saltò e si trovarono seduti sul fondo del canale.

Giungeva dalla stalla l'infernale muggire delle vacche ed era una cosa da far venire il sudor freddo.

"Chi sa come ti diverti con questa musica!" borbottò don Camillo. "Peccato che quando le vacche saranno morte la musica cesserà. Fate bene a tener duro. Anzi dovresti spiegare ai famigli di bruciare i granai, i fienili e anche le case dove abitano: pensa, che rabbia il povero Pasotti, costretto a rifugiarsi in un alberguccio svizzero e a spendere i pochi milioni che ha in deposito laggiù."

"Bisogna vedere se ci arriverà, in Svizzera!" rispose minaccioso Peppone.

"Giusto!" esclamò don Camillo. "Hai ragione. È ora di piantarla con la vecchia storia del quinto comandamento che dice di non ammazzare! E quando poi uno si troverà davanti al Padreterno parlerà chiaro: 'Poche storie, caro signor Padreterno, o Peppone dichiara lo sciopero generale e fa incrociare le braccia a tutti'. A proposito, come farai, Peppone, a far incrociare le braccia ai Cherubini? Ci hai pensato?"

Peppone muggì peggio della vacca che doveva avere il vitellino e che urlava da spaccare il cuore.

"Voi non siete un prete!" disse a denti stretti. "Siete il comandante generale della Ghepeù!"

"Della Gestapò" corresse don Camillo. "La Ghepeù è roba vostra."

"Voi girate di notte, in casa d'altri, con un mitra tra le zampe, come un bandito!"

"E tu?" obiettò calmo don Camillo.

"Io sono al servizio del popolo!"

"E io sono al servizio di Dio!"

Peppone diede un calcio a un sasso.

"Non si può parlare coi preti! Dopo due parole ecco che ti buttano subito la cosa in politica!"

"Peppone" cominciò con dolcezza don Camillo. Ma l'altro non lo lasciò continuare.

"Non venite a parlarmi di patrimonio nazionale e altre belle storie, o quanto è vero Dio vi sparo!" esclamò.

Don Camillo scosse il capo.

"Coi rossi non si può parlare. Dopo due parole, ecco che ti buttano subito la cosa in politica!"

La vacca che doveva avere il vitellino fece udire alto il suo muggito.

"Chi è là?" disse in quel momento qualcuno vicino al fosso. Ed erano il Brusco, il Magro e il Bigio.

"Fate un giro lungo la strada del molino" ordinò Peppone.

"Va bene" rispose il Brusco. "Con chi stai parlando?"

"Con l'animaccia tua!" gridò Peppone imbestialito.

"La vacca che deve avere il vitello, grida" borbottò il Brusco.

"Vallo a raccontare al prete!" urlò Peppone. "Lascia che si scanni! Io faccio gli interessi del popolo, non quelli delle vacche!"

"Non t'arrabbiare, capo" balbettò il Brusco filando via con la squadra.

"Bene, Peppone" sussurrò don Camillo. "Allora andiamo a fare gli interessi del popolo."

"Cosa avreste intenzioni di fare?"

Don Camillo si incamminò tranquillo lungo il canale, verso la fattoria, e Peppone gli disse che si fermasse, o gli avrebbe sparata una scarica tra le spalle.

"Peppone è una bestia cocciuta come un mulo," disse tranquillo don Camillo "ma non spara alle spalle dei poveri preti che stanno facendo quello che Dio comanda loro di fare."

Peppone bestemmiò e allora don Camillo si volse di scatto.

"Tu piantala di comportarti come un cavallo, o io ti sparo sul muso un diretto come quello che ho sparato al tuo famoso campione federale..."

"È inutile che me lo diciate: lo sapevo che non potevate essere stato che voi. Ma questo è tutto un altro fatto."

Don Camillo continuò tranquillo il suo cammino e l'altro dietro a borbottare e a minacciare scariche. Arrivati vicino alla stalla, una voce gridò l'alto là.

"Va' all'inferno!" rispose Peppone. "Qui adesso ci sono io. Voi andate al caseificio."

Don Camillo non degnò neppure di uno sguardo la porta della stalla coi suggelli. Salì per la scala a pioli nel fienile, sopra la stalla, e chiamò sottovoce: "Giacomo".

Il vecchio vaccaro che poco prima era venuto in canonica a raccontargli la storia della vacca, sbucò dal fieno. Don Camillo accese una lampadina elettrica e, tolta via una balla di fieno dal pavimento, apparve una botola.

"Va' giù" disse don Camillo al vecchio.

Il vecchio si calò nella botola e rimase giù un bel pezzo.

"Si è liberata" sussurrò riapparendo. "Io ne ho fatto mille di queste operazioni e me ne intendo più di un veterinario."

"Adesso va' in casa" ordinò don Camillo al vecchio, e il vecchio scomparve.

Allora don Camillo rispalancò la botola e vi fece rotolare dentro una balla di fieno. "Cosa avete intenzione di fare?" disse Peppone che era stato nascosto fino a quel momento.

"Aiutami a buttare giù balle e poi te lo dico."

Peppone mugugnando prese a buttar giù balle e balle e poi quando don Camillo si fu calato nella stalla lo seguì.

Don Camillo portò una balla vicino alla mangiatoia a destra, ruppe i due fili di ferro, sciolse il fieno e lo buttò davanti alle vacche.

"Tu pensa alla mangiatoia di sinistra" disse a Peppone.

"Neanche se mi scannate!" gridò Peppone prendendo una balla e portandola verso la mangiatoia di sinistra.

Lavorarono come un esercito di bovari. Poi ci fu la faccenda del bere e, siccome si trattava di una stalla moderna con le mangiatoie ai lati del corridoio e le vasche dell'abbeverata sistemate lungo i muri, bisognò far fare un dietro front a cento vacche e poi rompersi le braccia a dar loro legnate sulle corna per toglierle dall'acqua se no sarebbero crepate.

Quand'ebbero finito, nella stalla c'era sempre buio e questo dipendeva semplicemente dal fatto che lo sportello di legno di tutte le finestre era stato inchiodato dall'esterno.

"Sono le tre del pomeriggio" disse don Camillo guardando l'orologio. "Per poter uscire dovremo aspettare fino a stasera!"

Peppone cominciò a mordersi le mani per la rabbia. Ma poi dovette mettersi l'animo in pace.

Alla sera, in un angolo della stalla, Peppone e don Camillo giocavano ancora a carte, al lume di una lucerna a petrolio.

"Ho una fame che mangerei un vescovo di traverso!" esclamò Peppone con rabbia.

"Roba dura da digerire, cittadino sindaco" rispose con calma don Camillo che però vedeva tutto verde per la fame e avrebbe mangiato un cardinale. "Per dire che hai fame aspetta a digiunare i giorni che hanno digiunato quelle bestie."

Prima di uscire buttarono ancora fieno in tutte le mangiatoie, e Peppone non voleva a nessun costo perché diceva che era un tradimento del popolo, ma don Camillo fu inflessibile.

Così durante la notte ci fu silenzio di tomba nella stalla, e il vecchio Pasotti, non sentendo più muggire le vacche, si spaventò e pensò che quelle ormai dovevano essere agli estremi se non avevano neanche più la forza di gridare. E la mattina scese a parlamentare con Peppone e, mollando un po' da tutt'e due le parti, la cosa tornò a funzionare.

Nel pomeriggio Peppone arrivò in canonica.

"Eh!" disse con voce dolcissima don Camillo: "voi rivoluzionari dovreste sempre dar retta ai consigli del vecchio arciprete. Proprio così, figlioli cari."

Peppone stette a contemplare a braccia conserte quella mirabile spudoratezza.

"Reverendo" disse Peppone. "Il mio mitra!"

"Il tuo mitra?" rispose sorridendo don Camillo. "Non capisco. L'avevi tu il tuo mitra."

"Sì, l'avevo io, ma, quando siamo usciti dalla stalla, voi avete approfittato spudoratamente della confusione che avevo in testa, per fregarmelo."

"Adesso che mi sovviene, pare anche a me" rispose con delizioso candore don Camillo. "Scusami, Peppone. Il guaio è che, sai, divento vecchio, e non riesco a ricordarmi dove l'ho ficcato."

"Reverendo," esclamò cupo Peppone "è il secondo che mi fregate!"

"Be', figliolo, non ti inquietare. Te ne prendi un altro. Chi sa quanti ne hai ancora sparsi qua e là per la casa!"

"Voi siete uno di quei preti che, dagli e dagli, costringono un galantuomo di cristiano a farsi maomettano!"

"Forse" rispose don Camillo. "Ma tu non corri questo pericolo. Tu non sei un galantuomo."

Peppone buttò il cappello per terra.

"Se tu fossi un galantuomo dovresti ringraziarmi per quello che ho fatto per te e per il popolo."

Peppone raccattò il cappello, se lo ficcò sulla zucca e si avviò. Sulla porta si volse:

"Voi potete fregarmi non due ma duecentomila mitra. Il giorno della riscossa troverò sempre un pezzo da 75 per aprire il fuoco su questa casa del diavolo!"

"E io troverò sempre un mortaio da 81 per fare la controbatteria" rispose don Camillo tranquillo.

* * *

Passando davanti alla chiesa, siccome la porta era spalancata e si vedeva l'altare, Peppone si cavò con rabbia il cappello e se lo mise subito perché non lo vedesse nessuno.

Ma il Cristo lo aveva visto, e quando don Camillo andò in chiesa glielo disse.

"È passato Peppone e mi ha salutato" disse allegramente il Cristo.

"Attento, Gesù" rispose don Camillo. "Già altri vi ha addirittura baciato e poi per trenta lire vi ha venduto. Quello lì che vi ha salutato è uno che, tre minuti prima, mi aveva detto che il giorno della riscossa troverà sempre un pezzo da 75 per sparare addosso alla casa di Dio!"

"E tu che gli hai risposto?"

"Che troverò sempre un mortaio da 81 per rispondergli sparando addosso alla Casa del popolo."

"Capisco, don Camillo: il guaio è che tu, il mortaio da 81, ce l'hai sul serio."

Don Camillo allargò le braccia.

"Gesù," disse "ci sono delle cianfrusaglie che uno non riesce a buttarle via perché sono dei ricordi. Noi uomini siamo tutti un po' sentimentali. E poi non è meglio che questa roba sia in casa mia piuttosto che in casa di altri?"

"Don Camillo ha sempre ragione" rispose sorridendo il Cristo. "Fino a quando non farà qualche soperchieria."

"Per questo non ho paura; ho il miglior consigliere dell'universo" rispose don Camillo. E così il Cristo non seppe più cosa rispondergli.

LA PROCESSIONE

Tutti gli anni, per la sagra del paese, si portava in processione il Cristo crocifisso dell'altare, e il corteo arrivava fin sull'argine e c'era la benedizione delle acque, perché il fiume non facesse mattate e si comportasse da galantuomo.

Anche quella volta pareva che tutto dovesse funzionare con la solita regolarità, e don Camillo stava pensando agli ultimi ritocchi da dare al programma della funzione, quando apparve in canonica il Brusco.

"Il segretario della sezione" disse il Brusco "mi manda ad avvertirvi che parteciperà alla processione tutta la sezione al completo con bandiera."

"Ringrazio il segretario Peppone" rispose don Camillo. "Sarò felicissimo che tutti gli uomini della sezione siano presenti. Però bisogna che siano tanto gentili da lasciare a casa la bandiera. Bandiere politiche in cortei sacri non ce ne devono essere. Questi sono gli ordini che ho io."

Il Brusco se ne andò, e poco dopo arrivava Peppone rosso in faccia e con gli occhi fuori della testa.

"Siamo cristiani come tutti gli altri!" gridò Peppone entrando in canonica senza neanche domandar permesso. "Cosa abbiamo noi di diverso dall'altra gente?"

"Che quando entrate in casa d'altri non vi levate il cappello" rispose tranquillo don Camillo.

Peppone si tolse con rabbia il cappello.

"Adesso sei uguale agli altri cristiani" disse don Camillo.

"Perché non possiamo venire alla processione con la nostra bandiera?" gridò Peppone. "Cosa ha la nostra bandiera? È la bandiera dei ladri e degli assassini?"

"No, compagno Peppone" spiegò don Camillo accendendo il toscano. "È una bandiera di partito e non ci può stare. Qui si fa della religione, non della politica."

"E allora anche le bandiere dell'Azione Cattolica voi le dovete lasciare fuori!"

"E perché? L'Azione Cattolica non è un partito politico, tanto è vero che il segretario sono io. Anzi io consiglio te e i tuoi compagni di iscrivervi."

Peppone sghignazzò.

"Se volete salvare la vostra animaccia nera, dovreste iscrivervi al nostro partito!"

Don Camillo allargò le braccia.

"Facciamo così," rispose sorridendo "ognuno rimane dov'è, e amici come prima."

"Io e voi non siamo mai stati amici" affermò Peppone.

"Neanche quando eravamo in montagna assieme?"

"No! Era una semplice alleanza strategica. Per il trionfo della causa ci si può alleare anche coi preti."

"Bene" disse tranquillo don Camillo. "Però, se volete venire in processione, la bandiera la lasciate a casa."

Peppone strinse i denti.

"Se voi credete di poter fare il duce vi sbagliate, reverendo!" esclamò Peppone. "O con la nostra bandiera o niente processione!"

Don Camillo non si impressionò. "Gli passerà" disse fra sé. E difatti nei tre giorni che precedettero la domenica della sagra non si sentì fiatare sull'argomento. Ma la domenica, un'ora prima della messa, arrivò in canonica gente spaventata. La mattina presto la squadra di Peppone era passata in tutte le case e aveva avvertito che, se uno andava in processione, voleva dire che non gli premeva la salute.

"A me non l'hanno detto" rispose don Camillo. "Quindi la cosa non mi interessa."

La processione doveva svolgersi alla fine della messa. E, mentre in sagristia don Camillo stava indossando i paramenti d'uso, arrivò un gruppo di parrocchiani.

"Cosa si fa?" gli chiesero.

"Si fa la processione" rispose tranquillo don Camillo.

"Quelli sono capacissimi di buttare bombe sul corteo!" gli obiettarono. "Voi non potete esporre i vostri fedeli a questo pericolo. Secondo noi si dovrebbe sospendere la processione, avvertire la forza pubblica della città e fare poi la processione quando fossero arrivati carabinieri in quantità sufficiente per tutelare la sicurezza della gente."

"Giusto" osservò don Camillo. "Nel frattempo si potrebbe spiegare ai martiri della religione che hanno fatto malissimo a comportarsi come si sono comportati, e che, invece di andare a propagare il cristianesimo quando era proibito, dovevano aspettare che arrivassero i carabinieri."

Poi don Camillo indicò ai presenti da che parte fosse la porta, e quelli se ne andarono brontolando. Di lì a poco entrò in chiesa un gruppo di vecchi e di vecchie.

"Noi veniamo, don Camillo" dissero.

"Voi invece andate a casa subito!" rispose don Camillo. "Dio terrà conto delle vostre pie intenzioni. Questo è proprio uno di quei casi in cui vecchi, donne e bambini debbono starsene a casa."

Davanti alla chiesa era rimasto un gruppetto di persone, ma quando dal paese si udirono degli spari (ed era semplicemente il Brusco che, a scopo dimostrativo, faceva fare i gargarismi al mitra sparacchiando in aria) anche il gruppetto superstite se la squagliò, e don Camillo, affacciandosi alla porta della chiesa, trovò il sagrato deserto e pulito come un biliardo.

"E allora si va, don Camillo?" chiese in quel momento il Cristo dell'altare. "Deve essere magnifico, il fiume, con tutto questo sole. Lo vedrò proprio volentieri."

"Si va, sì" rispose don Camillo. "Guardate però che stavolta purtroppo sarò io solo in processione. Se vi accontentate..."

"Quando c'è don Camillo ce n'è anche di troppo" disse sorridendo il Cristo.

Don Camillo si adattò addosso rapidamente la bardatura di cuoio col supporto per il piede della croce, cavò l'enorme Crocifisso dall'altare, lo infilò nel supporto, poi alla fine sospirò:

"Però potevano farla anche un tantino più leggera questa croce".

"Dillo a me," rispose sorridendo il Cristo "che me la sono dovuta portare fin lassù e non avevo le spalle che hai tu."

Pochi minuti dopo don Camillo, reggendo il suo enorme Crocifisso, usciva solennemente dalla porta della chiesa.

Il paese era deserto: la gente si era rintanata in casa per la paura e spiava attraverso la fessura delle gelosie.

"Deve dar l'idea di quei frati che giravano soli con la croce nera nelle strade delle città spopolate dalla pestilenza" osservò don Camillo tra sé. Poi si mise a salmodiare col suo vocione baritonale, e la voce ingigantiva nel silenzio.

Traversò la piazza, prese a camminare nel centro della via principale e anche qui era silenzio e deserto.

Un piccolo cane uscì da una via laterale e, quieto quieto, si mise a camminare dietro don Camillo.

"Passa via!" borbottò don Camillo.

"Lascialo" sussurrò dall'alto il Cristo. "Così Peppone non potrà dire che alla processione non c'era neanche un cane."

La strada svoltava nel fondo e poi finivano le case, e dopo c'era la viottola che portava all'argine. E appena svoltato, don Camillo si trovò improvvisamente la strada sbarrata.

Duecento uomini avevano bloccato tutta la strada e stavano lì muti, a gambe larghe e braccia conserte, e davanti c'era Peppone con le mani sui fianchi.

Don Camillo avrebbe voluto essere un carro armato. Ma non poteva essere che don Camillo, e quando fu arrivato a un metro da Peppone, si fermò.

Allora cavò l'enorme Crocifisso dal fodero di cuoio e lo sollevò brandendolo come una clava.

"Gesù," disse don Camillo "tenetevi saldo che tiro giù!"

Ma non ce ne fu bisogno perché, capita al volo la situazione, gli uomini si ritrassero verso i marciapiedi e, come per incanto, un solco si aperse nella massa.

Rimase in mezzo alla strada soltanto Peppone, con le mani sui fianchi e piantato sulle gambe aperte. Don Camillo infilò il piede del Crocifisso nel supporto di cuoio e marciò diritto su Peppone.

E Peppone si spostò.

"Non mi scanso per voi, mi scanso per lui" disse Peppone indicando il Crocifisso.

"E allora togliti il cappello dalla zucca!" rispose don Camillo senza guardarlo.

Peppone si tolse il cappello, e don Camillo passò solennemente fra gli uomini di Peppone.

Quando fu sull'argine si fermò.

"Gesù," disse ad alta voce don Camillo "se in questo sporco paese le case dei pochi galantuomini potessero galleggiare come l'arca di Noè, io vi pregherei di far venire una tal piena da spaccare l'argine e da sommergere tutto il paese. Ma siccome i pochi galantuomini vivono in case di mattoni uguali a quelle dei tanti farabutti, e non sarebbe giusto che i buoni dovessero soffrire per le colpe dei mascalzoni tipo il sindaco Peppone e tutta la sua ciurma di briganti senza Dio, vi prego di salvare il paese dalle acque e di dargli ogni prosperità."

"Amen" disse dietro le spalle di don Camillo la voce di Peppone.

"Amen" risposero in coro, dietro le spalle di don Camillo, gli uomini di Peppone che avevano seguito il Crocifisso.

Don Camillo prese la via del ritorno e, quando fu arrivato sul sagrato e si volse perché il Cristo desse l'ultima benedizione al fiume lontano, si trovò davanti: il cagnetto, Peppone, gli uomini di Peppone e tutti gli abitanti del paese. Il farmacista compreso che era ateo ma che, perbacco, un prete come don Camillo che riuscisse a rendere simpatico il Padreterno, non lo aveva mai trovato!

IL COMIZIO

Appena Peppone lesse sulle cantonate il manifesto nel quale si diceva che un tizio di città avrebbe tenuto in piazza un comizio per invito della sezione del partito liberale, fece un salto.

"Qui, nella roccaforte rossa, si dovrà permettere una provocazione simile?" urlò. "La vedremo chi comanda qui!"

Poi convocò lo stato maggiore, e l'inaudito fatto venne studiato e analizzato. La proposta di incendiare immediatamente la sede del partito liberale fu scartata. Quella di vietare il comizio cadde pure.

"Ecco l'insidia della democrazia!" concluse Peppone. "Che il primo mascalzone può permettersi il lusso di parlare in una pubblica piazza!"

Decisero di rimanere nell'ordine e nella legalità: mobilitazione generale di tutte le forze, organizzazione di squadre di sorveglianza per evitare agguati: occupare i punti strategici, presidiare la sede.

Staffette pronte per chiamare rinforzi dalle frazioni vicine.

"Il fatto che tengano un pubblico comizio qui, sta a dimostrare che si sentono sicuri di sopraffarci" disse. "Ad ogni modo non ci coglieranno impreparati."

Le vedette lungo le strade di accesso al paese dovevano segnalare ogni movimento sospetto, ed entrarono in servizio sin dalla mattina del sabato, ma non si vide neppure un gatto durante la giornata.

Nella notte lo Smilzo avvistò un ciclista sospetto che poi risultò un normale ubriaco. Il comizio doveva svolgersi nel pomeriggio della domenica e fino alle quindici non si vide nessuno.

"Arriveranno tutti col treno delle 15 e 35" disse Peppone. E predispose un servizio perfetto nei paraggi della stazione.

Ed ecco che arrivò il treno e scese soltanto un ometto magro con una valigetta di fibra.

"Si vede che hanno saputo qualcosa e non si sono sentiti in forze sufficienti per fare il colpo" concluse Peppone.

In quel momento l'ometto si avvicinò e, salutando urbanamente, chiese a Peppone se per cortesia gli indicava la sede del partito liberale.

Peppone lo guardò sbalordito.

"La sede del partito liberale?"

"Sì," spiegò l'uomo "dovrei tenere un discorsetto fra venti minuti e non vorrei far tardi."

Tutti guardarono Peppone e Peppone si grattò in testa.

"Veramente è un po' difficile spiegarlo perché il centro urbano è a un paio di chilometri."

L'ometto ebbe un gesto di sgomento.

"Sarà possibile trovare un mezzo per arrivarci?"

"Ho il camion fuori" borbottò. "Se vuol salire."

L'ometto ringraziò. Poi quando fu fuori e vide l'autocarro pieno di gente dalla faccia truce e in fazzoletto rosso e con tanto di distintivo, guardò Peppone.

"Sono io il capo" disse Peppone. "Salga pure davanti con me."

A mezza strada Peppone bloccò la macchina e guardò in faccia l'ometto che poi era un signore di media età, magro, dai lineamenti molto fini.

"Lei dunque è liberale?" chiese.

"Sì" rispose il signore.

"E non ha paura trovandosi qui solo fra cinquanta comunisti?"

"No" rispose tranquillo l'uomo.

Un mormorio minaccioso si levò dagli uomini del camion.

"Cos'ha in quella valigia? Tritolo?" chiese Peppone.

L'uomo si mise a ridere e sollevò il coperchio.

"Un pigiama, un paio di pantofole e uno spazzolino da denti" spiegò.

Peppone si spiegazzò il cappello e si picchiò le mani sulle cosce.

"Roba da matti!" gridò. "Si può sapere perché non ha paura?"

"Appunto perché io sono solo e voi siete cinquanta" spiegò tranquillo l'ometto.

"Ma che cinquanta e non cinquanta!" urlò Peppone. "Non pensa lei che io da solo e con una sola mano sarei capace di farla volare fin laggiù in quel canale?"

"No, non ci penso" rispose tranquillo l'uomo.

"Allora lei è un pazzo, o un incosciente, o uno che cerca di abbindolare la gente."

L'uomo si mise a ridere.

"Molto più semplice, signore. Sono un galantuomo."

Peppone balzò in piedi.

"No, caro signore! Se lei fosse un galantuomo non sarebbe un nemico del popolo! Un servo della reazione! Uno strumento del capitalismo."

"Io non sono nemico di nessuno né servo di nessuno. Io sono uno che la pensa diversamente da lei."

Peppone innestò la marcia e partì a razzo.

"Lei ha fatto testamento prima di venire qui?" ghignò lungo la strada.

"No" rispose con naturalezza l'uomo. "La mia unica ricchezza è il mio lavoro e se muoio non lo posso lasciare a nessuno."

Prima di entrare in paese Peppone fermò un momento per parlare con lo Smilzo, il motociclista portaordini. Poi, attraverso strade secondarie, arrivò davanti alla sede del partito liberale.

Porta e finestre chiuse.

"Nessuno" disse cupo Peppone.

"Saranno certamente tutti in piazza, è già tardi" ribatté l'ometto.

"Già, deve essere proprio così" rispose Peppone strizzando l'occhio al Brusco.

Arrivati sulla piazza, Peppone e i suoi scesero, accerchiarono l'uomo, fendettero la calca e raggiunsero la tribuna. L'uomo salì e si trovò davanti duemila uomini in fazzoletto rosso.

L'uomo si volse a Peppone che lo aveva seguito sul palco.

"Scusi," si informò "non ho per caso sbagliato comizio?"

"No" rassicurò Peppone. "Il fatto è che i liberali sono in tutto ventitré e non risaltano molto nella massa. Io dico la verità, se fossi stato nei suoi panni non me lo sarei sognato neppure di indire un comizio qui."

"Si vede che i liberali hanno maggior fiducia nella correttezza democratica dei comunisti di quanto non ne abbia lei" rispose l'uomo.

Peppone masticò un pochetto amaro poi si appressò al microfono.

"Compagni!" gridò. "Vi presento questo signore il quale vi terrà un discorso alla fine del quale voi tutti andrete a iscrivervi al partito liberale."

Una enorme risata accolse quelle parole, e quando si fece un po' di silenzio l'uomo parlò.

"Ringrazio della sua cortesia il vostro capo," disse "ma ho il dovere di spiegarvi che non risponde ai miei desideri quanto egli ha affermato. Perché se, alla fine del mio discorso, voi andaste tutti a iscrivervi al partito liberale, io sarei costretto ad andarmi a iscrivere al partito comunista, e ciò sarebbe contrario ai miei principî."

Non poté continuare perché in quell'istante arrivò sibilando un pomodoro che lo colpì in faccia.

La folla si mise a sghignazzare e Peppone diventò pallido.

"Chi ride è un porco!" urlò al microfono. E la folla diventò muta.

L'uomo non si era mosso e con la mano cercava di pulirsi il viso. Peppone era un istintivo, e, senza saperlo, era capace di gesti enormi; si tolse il fazzoletto dal taschino, poi lo ripose e si slacciò il grande fazzoletto rosso che portava al collo e lo porse all'uomo.

"Lo portavo quand'ero in montagna" disse. "Si ripulisca."

"Bravo Peppone!" urlò una voce tonante da una finestra del primo piano d'una casa vicina.

"Non ho bisogno dell'approvazione del clero" rispose fierissimo Peppone, mentre don Camillo si mordeva la lingua arrabbiatissimo di essersi lasciato scappare il grido.

L'uomo scosse il capo, si inchinò e si avvicinò al microfono.

"Troppa storia è racchiusa in quel fazzoletto perché la si possa macchiare con un volgare episodio che appartiene alla cronaca meno eroica del mondo" disse. "Per cancellare questa macchia basta un normale fazzoletto da naso."

Peppone diventò rosso e si inchinò anche lui, e allora un sacco di gente si commosse, e si levò un applauso formidabile mentre il ragazzaccio che aveva buttato il pomodoro partiva a calci nel sedere verso l'uscita della piazza.

L'uomo prese a parlare calmo, pacato, senza acredine, smussando ogni angolo, evitando ogni argomento un po' duro perché aveva capito che, se anche si fosse scatenato, nessuno gli avrebbe detto niente e sarebbe stata una viltà approfittarne.

Alla fine lo applaudirono e, quando scese, gli fecero largo.

Arrivato in fondo alla piazza si trovò sotto il

porticato del municipio e rimase lì imbarazzato col suo valigino in mano perché non sapeva da che parte andare e cosa fare, e allora sopraggiunse don Camillo che si rivolse a Peppone, il quale stava dietro l'ometto a due passi di distanza.

"Fate presto a mettervi d'accordo, eh, voi senza-Dio, coi mangiapreti liberali!" esclamò a voce alta don Camillo.

"Cosa?" si stupì Peppone rivolto all'ometto. "Lei è dunque un mangiapreti?"

"Ma" balbettò l'uomo.

"Taccia!" lo interruppe don Camillo. "Si vergogni, lei, che vuole la libera Chiesa in libero Stato!"

L'uomo stava per protestare, ma Peppone non lo lasciò neanche incominciare:

"Bravo!" urlò. "Qua la mano! Quando si tratta di mangiapreti, io sono amico anche dei liberali reazionari!"

"Bene!" risposero gli uomini di Peppone.

"Lei è mio ospite!" disse Peppone all'uomo.

"Neanche per sogno!" ribatté don Camillo. "Il signore è ospite mio. Io non sono un cafone che tira i pomodori in faccia agli avversari!"

Peppone si piantò minaccioso davanti a don Camillo.

"Ho detto che è mio ospite" disse con voce cupa.

"E siccome l'ho detto anch'io," rispose don Camillo "significa che, se vuoi, ce la facciamo a cazzotti, così prendi anche quelle che dovevano prendere i balordi della tua scalcinata Dynamos!"

Peppone strinse i pugni.

"Vieni via" gli disse il Brusco. "Adesso ti metti a scazzottarti coi preti in piazza?"

Alla fine fu deciso per un incontro in terreno neutro. Andarono tutt'e tre a far colazione fuori paese da Gigiotto, oste completamente apolitico, e così anche l'incontro di democrazia si concluse con risultato nullo.

IN RIVA AL FIUME

Fra l'una e le tre dei pomeriggi d'agosto, il caldo, nei paesi affogati dentro la melica e la canapa, è una roba che si vede e si tocca. Quasi uno avesse davanti alla faccia, a una spanna dal naso, un gran velo ondeggiante di vetro bollente.

Passi un ponte e guardi giù, dentro il canale, e il fondo è secco e tutto screpolato, e qua e là si vede un pesce morto. Quando dalla strada sull'argine guardi dentro un cimitero ti pare di sentir crepitare sotto il sol battente le ossa dei morti.

Sulla provinciale naviga lentamente qualche biroccio a ruota alta pieno di sabbia, e il carrettiere dorme bocconi in cima al carico, con la pancia al fresco e la schiena rovente, o, seduto sulla stanga, pesca con una piccola roncola dentro una mezza anguria che tiene in grembo come una catinella.

Poi, arrivati all'argine grande, ecco il fiume vasto, deserto, immobile e silenzioso, e più che un fiume pare il cimitero delle acque morte.

Don Camillo camminava verso l'argine grande, con un grande fazzoletto bianco tra il cranio e il cappello, ed era l'una e mezzo di un pomeriggio d'agosto, e a guardarlo così solo in mezzo alla strada bianca, sotto il sole, non si poteva immaginare niente di più nero e di più prete.

"Se in questo momento c'è nel raggio di venti chilometri uno solo che non dorma, mi lascio tagliare la testa" disse tra sé don Camillo.

Poi scavalcò l'argine e andò a sedersi all'ombra, sotto una macchia di gaggia e, tra i buchi del fogliame, si vedeva luccicare l'acqua. Si spogliò ripiegando accuratamente gli indumenti e facendone un involto che nascose tra il frascame di un alberello e, quando si trovò in mutande, andò a buttarsi nell'acqua.

Era tranquillissimo: non l'avrebbe visto nessuno perché oltre all'ora morta, aveva scelto anche il posto più giù di mano. Ad ogni modo fu discreto e, dopo mezz'ora, si tolse dall'acqua, si infilò sotto le gaggie, arrivò all'alberello, ma i vestiti non c'erano più.

Allora don Camillo si sentì mancare il respiro.

Quello non poteva essere un furto: a nessuno può far gola una vecchia e stinta sottana da prete: ci doveva essere sotto qualche diavoleria. E difatti non passò molto che si udirono venire dall'argine voci che si avvicinavano. Quando don Camillo poté distinguere qualcosa e vide che si trattava di una grossa squadra di giovanotti e ragazze, e quando riconobbe, nel tipo che marciava in testa, lo Smilzò, capì tutta la manovra e gli venne voglia di cavare una gaggia e di cominciare a menare stangate. Ma certamente era proprio quello che cercavano quei maledetti: stanare don Camillo in mutande e godersi lo spettacolo.

E allora don Camillo si scaraventò nell'acqua e, nuotando a testa sotto, arrivò fino a un isolotto in mezzo al fiume e qui approdò scomparendo fra la giuncaglia.

Ma, pur senza averlo potuto vedere perché don Camillo era approdato dalla parte opposta, si erano accorti del ripiegamento, e ora si erano distesi lungo la riva e aspettavano cantando e ridendo. Don Camillo era assediato.

Come è debole l'uomo forte quando si sente ridicolo!

Don Camillo si sdraiò fra i giunchi e aspettò: e non visto guardava, e così vide arrivare Peppone seguito dal Brusco, dal Bigio e da tutto lo stato maggiore. Lo Smilzo spiegava con grandi gesti, e tutti ridevano. Poi arrivò altra gente, e don Camillo sentì che i rossi stavano per fargli pagare tutti i conti vecchi e nuovi, e stavolta avevano trovato il sistema migliore perché, quando uno si è reso ridicolo, non fa più paura neanche se ha pugni di una tonnellata e anche se rappresenta il Padreterno. E si trattava di un grosso equivoco perché don Camillo non aveva mai voluto far paura a nessuno, soltanto al Diavolo. Ma adesso la politica era cambiata in una maledetta maniera che i rossi consideravano il parroco come un nemico e dicevano che, se le cose non erano andate come dovevano, la colpa era dei preti. Quando gli affari vanno male, l'importante non è trovare il modo di farli andar meglio, ma trovare qualcuno sul quale gettare la colpa.

"Gesù," disse don Camillo "mi vergogno a

rivolgermi a voi in mutande, ma la cosa è grave e, se non è peccato mortale che un povero parroco che muore di caldo si butti dentro l'acqua, aiutatemi perché da solo non ce la faccio."

Avevano portato dei fiaschi, dei mazzi di carte e una fisarmonica. E la riva pareva una spiaggia, e si vedeva che non pensavano neppure lontanamente di togliere il blocco, anzi l'avevano inasprito perché avevano occupato mezzo chilometro di sponda a monte oltre la zona famosa del guado, duecento metri di riva piena di cespugli e di sterpi perché dal '45 nessuno ci aveva più messo piede.

Ritirandosi, i tedeschi avevano buttato giù i ponti e avevano minato un'ampia zona di sponda ai due estremi dei punti guadabili e così anche quel punto, e il suo corrispondente nella sponda opposta, erano stati seminati di mine, messe in modo tanto maledetto che, dopo un paio di disastrosi tentativi, gli sminatori avevano deciso di isolare le zone con paletti e filo spinato.

Lì i rossi di Peppone non c'erano, ma non occorrevano perché soltanto un pazzo avrebbe pensato di approdare in quel semenzaio di mine. Quindi niente da fare perché, tentando di approdare oltre il presidio a monte, don Camillo sarebbe finito in mezzo al paese, e tentando di approdare oltre il presidio a valle, si sarebbe trovato nella boscaglia. Un parroco in mutande non può permettersi questi lussi.

Don Camillo non si mosse: rimaneva sdraiato sulla terra umida limitandosi a masticare un giunco e a seguire tutto un suo complesso ragionamento.

"Be'," concluse "un uomo rispettabile può rimanere rispettabile anche in mutande. L'importante è che faccia qualcosa di rispettabile, e allora il vestito non conta più niente."

Oramai scendeva la sera e sulla riva accesero delle torce e delle lucerne: pareva davvero una serata mondana sulla spiaggia. Quando il verde dell'erba diventò nero, don Camillo si lasciò scivolare in acqua e risalì cautamente la corrente fin che trovò il bassofondo del guado. Allora puntò deciso verso la riva. Non lo potevano vedere perché più che nuotare camminava sott'acqua, cacciando fuori ogni tanto la bocca per tirare il fiato.

Eccolo a riva: il difficile era uscire dall'acqua senza farsi scoprire: una volta dentro ai cespugli avrebbe facilmente raggiunto l'argine e, sorpassatolo di corsa, si sarebbe buttato dall'altra parte sotto i filari di vite e tra la melica, e avrebbe raggiunto senz'altro l'orto della canonica.

Si afferrò a un cespuglio e si issò lentamente, ma quando ormai era quasi arrivato, il cespuglio si sradicò e don Camillo ricadde giù. Il tonfo fu udito e la gente se ne accorse. Ma con un balzo don Camillo aveva raggiunto la riva ed era già scomparso fra i cespugli.

Ci furono delle grida, e tutti si addensarono dall'una parte e dall'altra e si levò la luna che illuminò lo spettacolo.

"Don Camillo!" urlò Peppone facendosi avanti. "Don Camillo!"

Nessuno rispose e il silenzio cadde su tutta la gente e l'agghiacciò.

"Don Camillo!" urlò ancora Peppone. "Non muovetevi in nome di Dio! Siete nella zona minata!"

"Lo so" rispose tranquilla la voce di don

Camillo da un cespuglio al centro della macchia maledetta.

Lo Smilzo si fece avanti con un fagotto in mano.

"Don Camillo" urlò. "Non muovetevi, basta che tocchiate una mina con la punta di un dito e saltate in aria!"

"Lo so" rispose tranquilla la voce di don Camillo.

Lo Smilzo aveva la faccia piena di sudore.

"Don Camillo!" urlò. "È stato uno scherzo stupido. Fermatevi: ecco i vostri vestiti."

"I miei vestiti? Grazie, Smilzo. Se me li vuoi portare io sono qui."

Una frasca si agitò sopra il cespuglio al centro.

Lo Smilzo spalancò la bocca e si volse indietro a guardare gli altri.

Si sentì nel silenzio la risatina ironica di don Camillo.

Peppone strappò dalle mani dello Smilzo il fagotto.

"Ve li porto io, don Camillo" disse Peppone avviandosi lentamente verso i paletti col filo spinato. E già stava per scavalcare il filo, quando lo Smilzo con un balzo lo raggiunse e lo trasse indietro.

"No, capo" disse lo Smilzo afferrando il pacco ed entrando nel recinto. "Chi rompe paga."

La gente si ritrasse, e tutti avevano la fronte madida di sudore e si toccavano nervosamente con le mani la bocca.

Lo Smilzo avanzava lentamente verso il centro della macchia poggiando cautamente i piedi, e il silenzio pesava come piombo.

"Ecco" disse con un fil di voce lo Smilzo quando raggiunse la macchia.

"Bene," borbottò don Camillo "vieni pure dietro. Tu hai diritto di vedere don Camillo in mutande."

Lo Smilzo girò dietro la macchia.

"E allora? Che effetto ti fa un arciprete in mutande?" chiese don Camillo.

"Non lo so" balbettò lo Smilzo. "Si vede tutto nero con dei puntini rossi che girano. Anche la luna."

Ansimò.

"Io" balbettò ancora lo Smilzo "ho rubacchiato qualche cosetta, ho dato via qualche sberla, ma non ho mai fatto del male a nessuno."

"Ego te absolvo" gli rispose don Camillo segnandogli una croce sulla fronte.

Si incamminarono lentamente verso l'argine, e la gente aspettava lo scoppio trattenendo il fiato.

Passarono il filo spinato. Poi presero la strada, don Camillo sempre davanti e lo Smilzo sempre dietro, che continuava a camminare in punta di piedi come se fosse ancora in terreno minato, perché non capiva più niente e a un bel momento si afflosciò per terra. Peppone, che in testa a tutti gli altri intruppati seguiva a venti metri, si abbassò un momentino senza abbandonare con lo sguardo le spalle di don Camillo e agguantò lo Smilzo per il bavero della giacca e se lo trascinò dietro come un fagotto di stracci. Sulla porta della chiesa don Camillo si volse un istante, salutò con un dignitoso inchino la folla ed entrò.

Gli altri se ne andarono in silenzio, e sul sagrato rimase solo Peppone piantato a gambe larghe, che continuava a fissare la porta chiusa, sempre tenendo per il bavero lo Smilzo svenuto. Poi scosse la testa e se ne andò anche lui lentamente trascinandosi dietro il suo fagotto.

"Gesù," sussurrò don Camillo al Cristo crocifisso "la Chiesa la si serve anche tutelando la dignità di un parroco in mutande."

Il Cristo non rispose.

"Gesù," sussurrò ancora don Camillo "ho forse fatto un peccato mortale andandomi a prendere un bagno?"

"No," rispose il Cristo "hai fatto peccato mortale quando hai sfidato lo Smilzo a portarti gli abiti."

"Non credevo che me li avrebbe portati. Sono stato incauto, non maligno."

Si udì un boato lontano, verso il fiume.

"Ogni tanto una lepre passa nella zona minata e fa scoppiare una mina" spiegò più con l'intenzione che con la voce don Camillo. "E allora bisogna concludere che voi..."

"Non concludere niente, don Camillo" lo interruppe sorridendo il Cristo. "Con la febbre addosso non si possono trarre conclusioni serene."

Peppone intanto era arrivato davanti alla porta dello Smilzo. Bussò e venne ad aprire un vecchio che, senza parlare, prese in consegna il fagotto che Peppone gli porgeva. E fu in quell'istante che anche lui sentì il boato e scosse il capo e pensò a un sacco di cose. E allora si fece riconsegnare un momento lo Smilzo e gli lasciò andare uno scapaccione che gli drizzò tutti i capelli in cima alla testa.

"Avanti!" disse con voce lontana lo Smilzo mentre il vecchio lo riprendeva in consegna.

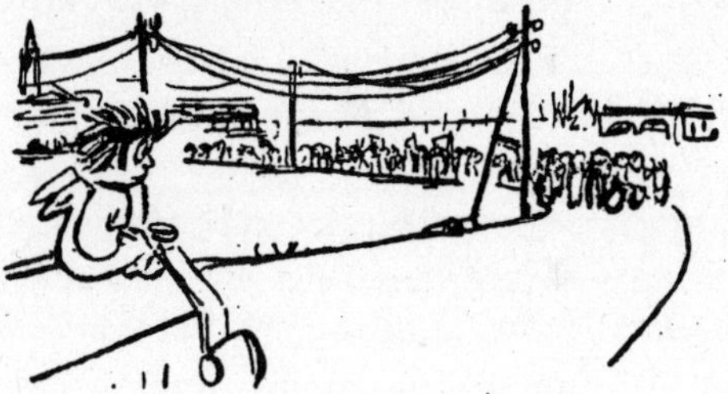

I BRUTI

Don Camillo, che da una settimana era in agitazione permanente e si scordava perfino di mangiare tanto era affaccendato a correre a destra e a sinistra, tornando un pomeriggio dal paese vicino, appena arrivato in paese dovette scendere dalla bicicletta perché degli uomini stavano scavando un fosso che traversava tutta la strada e che la mattina non c'era.

"Mettiamo una conduttura nuova per lo scarico" spiegò un operaio. "Ordine del sindaco."

Allora don Camillo andò diritto in comune e quando fu al cospetto di Peppone si arrabbiò.

"Qui diventiamo matti!" esclamò. "Adesso vi mettete a fare quella porcheria di fosso? Non sapete che oggi è venerdì?"

"Ebbene?" si stupì Peppone. "È proibito scavare un fosso di venerdì?"

Don Camillo ruggì: "Ma non capisci che non mancano neanche due giorni a domenica?"

Peppone si preoccupò. Suonò un campanello e apparve il Brusco.

"Senti un po'" lo interpellò Peppone. "Il reverendo dice che siccome oggi è venerdì, non mancherebbero neanche due giorni a domenica. Cosa te ne pare?"

Il Brusco prese in seria considerazione la cosa. Cavò il lapis e fece dei conti su un foglio.

"Effettivamente," disse poi "tenendo presente che sono le quattro del pomeriggio e quindi per arrivare alla mezzanotte mancano otto ore, per arrivare a domenica mancano solo trentadue ore."

Don Camillo aveva seguito schiumando tutto questo spettacolo e alla fine perdette la calma.

"Ho capito!" gridò. "È tutta una cosa studiata per boicottare la visita del vescovo!"

"Reverendo" rispose Peppone. "Cosa c'entra il fosso della fognatura con la visita del vescovo? E poi, scusate, chi sarebbe questo vescovo? E cosa verrebbe a fare?"

"A portare all'inferno la tua animaccia!" urlò don Camillo. "Bisogna subito chiudere il fosso, altrimenti domenica il vescovo non potrà passare!"

Peppone fece la faccia del tonto.

"Non potrà passare? E voi, come siete passato? Sul fosso c'è tanto di passerella se non sbaglio."

"Ma il vescovo viene in automobile!" esclamò don Camillo. "Non si può far discendere dalla macchina il vescovo!"

"Scusate, non sapevo che i vescovi non potessero camminare a piedi" replicò Peppone. Se le cose stanno così è un altro affare. Brusco, telefona in città che mandino subito una gru. La si mette vicino al fosso, e così, appena la macchina del vescovo arriva, la si imbriglia nel paranco, la si fa passare con la gru dall'altra parte e il vescovo non scende. Capito?"

"Capito. capo. Di che colore la volete la gru?"

"Fatela mandare nichelata o cromata; figurerà meglio."

In casi come questo, anche uno che non avesse avuto i pugni blindati di don Camillo avrebbe cominciato a menare sberle. Ma, proprio in casi come questo, don Camillo, invece, aveva la prerogativa di ridiventare immediatamente calmo. Perché allora il suo ragionamento era di una semplicità formidabile: "Se costui così sfacciatamente e così palesemente mi provoca, significa che egli vuole da me una reazione. Quindi, se io gli sparo un cazzotto in faccia, gli rendo un servizio. Infatti, qui picchierei non un Peppone ma un sindaco in funzione e ciò susciterebbe uno scandalo maledetto creando una atmosfera ostile a me e, quindi, al vescovo".

"Non importa" disse. "Anche i vescovi possono andare a piedi."

La sera stessa, in chiesa, parlò con accento quasi di pianto scongiurando tutti a mantenersi calmi e a limitarsi a pregare Iddio di illuminare la mente del signor sindaco in modo che si evitasse di immiserire la cerimonia con trasbordi, e di scompaginare la processione costringendo a un bel momento la folla dei fedeli a passare, una persona alla volta, su una malsicura passerella. E bisognava pure pregare Iddio che impedisse al ponticello di spezzarsi durante il passaggio, evitando di trasformare una giornata di gioia in una giornata di lutto.

Questo perfidissimo discorso ebbe il potere di

scatenare tutte le donne che, uscite dalla chiesa, si addensarono davanti alla casa di Peppone e gliene dissero tante e poi tante, che a un bel momento Peppone si affacciò e gridò che andassero tutte all'inferno e che il fosso sarebbe stato ricoperto.

E tutto andò bene, ma, al mattino della domenica, tutte le strade apparvero tappezzate di grandi manifesti a stampa.

"*Compagni!*

"*Prendendo come pretesto l'inizio di lavori di pubblica utilità, la reazione ha inscenato una indegna gazzarra che offende il nostro senso democratico. Domenica sarà ospite della nostra borgata il rappresentante di uno Stato estero, quello stesso rappresentante che, indirettamente, ha dato origine alla indegna gazzarra: tenuto conto del vostro risentimento e della vostra indignazione, ci preoccupiamo di evitare domenica ogni dimostrazione che possa complicare le relazioni con gli stranieri e vi invitiamo quindi categoricamente a limitarvi ad accogliere il rappresentante dello stato estero con dignitosa indifferenza.*

"*W la Repubblica democratica! W il proletariato! W la Russia!*"

Il tutto rallegrato da una mobilitazione generale di tutti i rossi, i quali, lo si vide immediatamente, avevano il compito specifico di camminare in su e in giù "con dignitosa indifferenza", ostentando fazzoletti e cravatte rossi.

Don Camillo, pallidissimo, passò un momentino in chiesa e fece per scappar via.

"Don Camillo!" lo chiamò il Cristo. "Perché hai così fretta?"

"Devo andare a ricevere il vescovo sullo stradale" spiegò don Camillo. "È lontanuccio. E poi sullo stradale c'è pieno di gente in fazzoletto rosso e, se il vescovo non mi vede, crederà di trovarsi a Stalingrado."

"E quelli in fazzoletto rosso sono stranieri o di altra religione?" si informò il Cristo.

"No: sono i soliti farabutti che vi vedete davanti ogni tanto, qui in chiesa."

"Allora se è così, don Camillo, sarà meglio che tu rimetta dentro l'armadio della sagristia quella faccenda che ti sei legata sotto la tonaca."

Don Camillo si cavò di sotto la sottana il mitra e andò a riporlo in sagristia.

"Lo riprenderai quando te lo dirò io" ordinò il Cristo, e don Camillo scrollò le spalle.

"Se aspetto che me lo diciate voi di prendere il mitra, stiamo freschi!" esclamò. "Voi non me lo direte mai. Vi confesso: in moltissimi casi il Vecchio Testamento..."

"Via, reazionario!" disse sorridendo il Cristo. "Mentre tu ti perdi in chiacchiere, il tuo povero vecchio e indifeso vescovo è in balìa della demoniaca furia rossa!"

* * *

Effettivamente il vecchio povero e indifeso vescovo era in balìa della folla rossa. Fin dalle sette del mattino i fedeli si erano distesi ai lati dello stradale creando due lunghe e formidabili muraglie di entusiasmo, ma Peppone pochi minuti prima che l'auto del vescovo arrivasse, appena cioè vide levarsi la fumata del razzo con cui l'avamposto gli segnalava il passaggio del nemico, diede l'ordine dell'avanzata, e, con una fulminea manovra, tutti gli effettivi rossi fecero un balzo in avanti di mezzo chilometro sì che, quando arrivò, il vescovo trovò la strada zeppa di una turba di gente in fazzoletto rosso. Di gente che gironzolava in su e in giù o sostava a gruppetti chiacchierando, ostentando il più sublime disinteressamento per la macchina che stava arrivando e che doveva procedere a passo d'uomo e aprirsi il varco a colpi di clacson.

Era davvero la dimostrazione di "dignitosa indifferenza" che voleva lo stato maggiore. E Peppone e gli altri, frammisti al gruppo, schiattavano di gioia.

Il vescovo (quello famoso, vecchio come il cucco e tutto bianco e curvo che, quando parlava, non pareva neanche fosse lui a parlare, ma si trattasse di una voce che arrivava da un altro secolo) vide subito quella "dignitosa indifferenza" e disse all'autista di fermare la macchina. E quando la macchina fu ferma (era una macchina aperta), fece l'atto di girare la maniglia dello sportello per aprire, e si vedeva che non aveva forza abbastanza, e il Brusco, che era lì, cadde nell'insidia e, quando se ne accorse perché Peppone gli allungò un calcio negli stinchi, era troppo tardi e aveva già aperto lo sportello.

"Grazie, figliolo" disse il vescovo. "Sarà meglio che raggiunga il paese a piedi."

"Ma è lontano" borbottò il Bigio prendendosi anche lui il calcio negli stinchi.

"Non fa niente" rispose ridendo il vescovo. "Non intendo disturbare in nessun modo le vostre riunioni politiche."

"Non è una riunione politica" spiegò cupo Peppone. "Sono lavoratori che chiacchierano tranquillamente dei loro affari. Rimanga pure in macchina."

Ma ormai il vecchio vescovo era sceso, e il Brusco si prese il secondo calcio perché, vedendolo tanto malcerto, gli aveva offerto il braccio come appoggio.

"Grazie, grazie, figliolo" disse il vescovo. E si incamminò dopo aver fatto cenno al suo segretario di togliersi dai piedi, che voleva andare solo.

E così arrivò alla zona occupata dai reparti di don Camillo, in testa all'orda rossa che lo seguiva cupa e silenziosa, e in prima fila e al fianco del vescovo erano Peppone, lo stato maggiore e la squadraccia dei fedelissimi perché, come aveva detto Peppone giustamente, sarebbe bastato che un cretino avesse fatto un gesto stupido contro "quello lì", perché la reazione ne cavasse la più sporca speculazione dell'universo.

"L'ordine non cambia né deve cambiare" concluse: "Dignitosa indifferenza".

Appena lo vide arrivare, don Camillo si precipitò verso il vescovo.

"Monsignore," esclamò, molto agitato, "mi perdoni, ma la colpa non è mia! Io l'aspettavo qui con tutti i fedeli, ma all'ultimo momento..."

"Non preoccuparti" rispose sorridendo il vescovo. "La colpa è soltanto mia che ho voluto scendere e fare una passeggiatina a piedi. I vescovi, quando invecchiano, diventan tutti un po' matti."

I fedeli applaudirono; suonarono le bande, e il vescovo si guardò attorno compiaciuto.

"È un gran bel paese" disse muovendosi. "Proprio bello, ridente e tenuto benissimo. Ci deve essere una amministrazione molto in gamba."

"Si fa quel che si può per il bene del popolo" rispose il Brusco ricevendo il terzo calcio di Peppone.

Il vescovo, arrivato in piazza, vide la fontana nuova e si fermò.

"Una fontana in un paese della Bassa!" esclamò. "Vuol dire che c'è acqua!"

"Basta saperla cercare, Eminenza" rispose il Bigio che aveva il merito principale dell'impresa. "Abbiamo piantato trecento metri di tubo e l'acqua è venuta fuori, con l'aiuto di Dio."

Il Bigio si prese il calcio regolamentare, poi, siccome la fontana era davanti alla Casa del popolo, il vescovo vide l'edifizio ampio e nuovo e si interessò.

"E quel bel palazzo che cos'è?"

"È la Casa del popolo!" rispose Peppone fierissimo.

"Magnifica davvero!" esclamò il vescovo.

"La vuol vedere?" disse Peppone impulsivamente mentre un terribile calcio negli stinchi lo faceva sobbalzare. E glielo aveva dato don Camillo.

Il segretario del vescovo, un giovanotto magro con occhiali e un gran naso, si era precipitato per avvertire che era una cosa sconveniente e che non si doveva fare, ma già il vescovo era in cammino e, poco dopo, entrava nell'edificio. E gli fecero vedere tutto: la palestra, la sala di lettura, la sala di scrittura, e quando arrivò alla biblioteca, egli si appressò agli scaffali e lesse i titoli sulle costole dei libri. Davanti allo scaffale "politico", pieno di libri e opuscoli di propaganda, non disse niente limitandosi a sospirare, ma Peppone che era vicino se ne accorse.

"Non li legge nessuno, monsignore" sussurrò Peppone.

Evitò la visita agli uffici, ma non poté resistere alla tentazione di mostrare al vescovo il salone-teatro che era il suo orgoglio, e così il vescovo nell'uscire si trovò davanti l'enorme ritratto dell'uomo dagli occhi piccoli e dai grossi baffi.

"Lei sa com'è la politica, Eminenza" disse sottovoce Peppone. "E poi, creda, non è cattivo, in fondo."

"Che il buon Dio illumini la mente anche a lui" rispose sottovoce il vescovo.

In tutta questa faccenda la posizione psicologica di don Camillo era specialissima. Perché, mentre schiumava di sdegno in quanto il fatto di approfittare della bontà di un vescovo per fargli visitare una Casa del popolo, era una cosa che gridava vendetta a Dio, da un'altra parte ci teneva che il vescovo vedesse che razza di paese in gamba ed evoluto fosse quello. Inoltre ci teneva che il vescovo si impressionasse della organizzazione rossa, così il valore dell'oratorio-giardino di don Camillo avrebbe aumentato agli occhi del vescovo la sua importanza e il suo significato.

Quando la visita fu finita, don Camillo si appressò.

"Peccato, monsignore," disse forte, in modo che Peppone udisse bene, "peccato che il signor Peppone non vi abbia fatto vedere il deposito d'armi. Pare che sia il più fornito della provincia."

Peppone stava per rispondere, ma il vescovo non glielo permise.

"Non sarà mai fornito come il tuo" rispose ridendo il vescovo.

"Bene!" approvò il Bigio.

"Ha anche un mortaio da 81 seppellito da qualche parte" esclamò il Brusco.

Il vescovo si volse verso lo stato maggiore.

"L'avete rivoluto?" disse. "Adesso tenetevelo. Non ve l'avevo detto che è un tipo pericoloso?"

"Non è il tipo da farci paura" disse con una smorfia Peppone.

"Tenetelo d'occhio" consigliò il vescovo.

Don Camillo tentennò il capo.

"Voi scherzate sempre, monsignore," esclamò "ma non immaginate neppure che razza di gente siano questi individui."

Nell'uscire il vescovo vide affisso al giornale murale il famoso manifesto e si fermò a leggerlo.

"Ah," disse il vescovo "deve venire qui il rappresentante di uno Stato estero! E chi sarebbe, don Camillo?"

"Non mi occupo di politica" rispose. "Bisogna chiederlo al signore che ha fatto il manifesto. Signor Peppone, monsignore desidererebbe sapere chi è il rappresentante dello Stato estero di cui parla il vostro manifesto."

"Bah," borbottò Peppone dopo aver esitato un po' "la solita America."

"Capito!" rispose il vescovo. "È per la questione degli americani che vengono a cercare il petrolio qui dalle vostre parti. Dico giusto?"

"Sì" rispose Peppone. "È una porcheria: il petrolio è nostro!"

"Mi rendo conto" approvò il vescovo gravemente. "Però avete fatto bene a predicare la calma e a ordinare ai vostri uomini di limitare la manifestazione a una dignitosa indifferenza.

Secondo me non abbiamo nessun interesse a guastarci con l'America. Non vi pare?"

Peppone allargò le braccia.

"Monsignore," disse "lei mi capisce: uno sopporta fin che può, poi arriva il momento che gli scappano i cavalli!"

Quando il vescovo arrivò davanti alla chiesa, trovò in riga, per bene, tutti i bambini del giardino-oratorio, i quali cantarono una canzone di benvenuto. Poi dal gruppo dei bambini si staccò un grosso mazzo di fiori che camminando avanzava lentamente e, quando fu davanti al vescovo, i fiori si alzarono e, via i fiori, apparve un bambino così piccolino, così bello, così ricciuto e così ben vestito che le donne parevano diventate matte.

Si fece un gran silenzio e il bambinello, tutta difilato e senza un inceppo, recitò con una voce chiara e sottile come un filo d'acqua, una poesiola al vescovo. E alla fine la gente urlava d'entusiasmo e diceva che era una roba prodigiosa.

Peppone si appressò a don Camillo.

"Vigliacco!" gli disse all'orecchio. "Avete approfittato dell'innocenza di un bambino per rendermi ridicolo davanti al mondo. Vi romperò le ossa. In quanto a quello là, vi farò vedere chi sono io. Me lo avete contaminato e lo vado a buttare in Po!"

"Buon viaggio" gli rispose don Camillo. "È figlio tuo e puoi farne quel che vuoi."

* * *

E fu davvero, quello, un disgustoso episodio di brutalità, perché Peppone, portatosi il povero bambino come un fagotto fin sulla riva del fiume lo costrinse, con minacce di una violenza bestiale, a recitargli tre volte la poesia del vescovo.

Del povero vecchio, debole e ingenuo vescovo che, essendo il "*rappresentante di uno Stato estero*" (il Vaticano), era stato accolto, secondo i piani prestabiliti, con "*dignitosa indifferenza*".

LA CAMPANA

Don Camillo, dopo avere, almeno tre volte al giorno e durante una intera settimana, aggredito, dovunque lo incontrasse, il Bigio, urlandogli che, sia lui che tutti gli altri capomastri erano dei banditi che volevano arricchirsi alle spalle del popolo, era riuscito a mettersi d'accordo sul prezzo e aveva potuto rifare l'intonaco alla facciata della canonica. E adesso, ogni tanto, andava a sedersi sulla panchetta in mezzo al sagrato e mentre fumava il suo mezzo toscano, stava lì a godersi come uno spettacolo tutto quel candore di calce che, con le persiane verdi delle finestre riverniciate di fresco e con quella pianta di gelsomino che infestonava la porta, era davvero una magnificenza.

Ma, alla fine di ogni seduta, don Camillo si voltava a guardare il campanile e sospirava pensando alla Geltrude.

Gliel'avevano portata via i tedeschi, la Geltrude, e quindi erano quasi tre anni che don Camillo si rodeva il fegato. Perché la Geltrude era la campana più grossa e, per poter trovare i soldi occorrenti a ricomprare una campana di quella mole, ci voleva soltanto la mano di Dio.

"Non ti fare il sangue cattivo, don Camillo" gli disse un giorno il Cristo dell'altare. "Una parrocchia può essere in gamba anche se la torre della sua chiesa ha una campana di meno. In queste cose non è questione di baccano. Dio ha un orecchio finissimo e sente benissimo anche se lo chiamano con un campanellino grosso come una nocciola."

D'accordo" rispose sospirando don Camillo. "Ma gli uomini sono duri di orecchio, e le campane servono soprattutto per chiamare gli uomini. Con gli uomini bisogna parlar forte: la massa ascolta chi fa più baccano."

"Insisti, don Camillo, e riuscirai."

"Ho provato tutto, Gesù. Chi sarebbe disposto a dare soldi non ne ha, e i ricchi non scuciono una lira neanche a scannarli. Con le schede della *Sisal* sono stato lì lì due volte... Peccato! sarebbe bastato che qualcuno mi avesse detto semplicemente una parola, un nome, e allora avrei potuto comprarne dieci di campane."

Il Cristo sorrise.

"Perdonami, don Camillo, la mia trascuratezza: vuol dire che, l'anno venturo, seguirò con attenzione il campionato di calcio. Ti interessa anche il lotto?"

Don Camillo arrossì.

"Mi avete male interpretato" protestò. "Dicendo 'qualcuno' io non intendevo neppure lontanamente parlare di voi! Io parlavo in senso generico."

“Mi fa piacere, don Camillo” approvò gravemente il Cristo. “È molto saggio, quando si tratta di cose come questa, parlare sempre in senso generico.”

* * *

Alcuni giorni dopo don Camillo fu chiamato alla villa della signora Giuseppina, la padrona del Boscaccio, e quando tornò a casa scoppiava di gioia: “Gesù!” esclamò don Camillo fermandosi ansimante davanti all'altare “domani vedrete ardere qui davanti a voi un cero di dieci chili. Vado io a comprarlo in città, e se non ce l'hanno me lo faccio fare apposta”.

“Don Camillo, e chi te li dà i soldi?”

“Non vi preoccupate: a costo di vendere il materasso del letto, voi avrete il cero! Troppo avete fatto per me!”

Poi don Camillo si calmò.

“La signora Giuseppina offre alla chiesa il danaro occorrente per rifare la Geltrude!”

“E come le è venuta l'idea?”

“Dice che aveva fatto un voto” spiegò don Camillo. “‘Se Gesù mi aiuta a combinare un certo affare, offrirò la campana alla chiesa.’ L'affare è andato bene e, grazie al vostro aiuto, fra un mese la Geltrude leverà di nuovo la sua voce al cielo! Vado a ordinare il cero!”

Il Cristo richiamò don Camillo che era partito a tutto vapore.

“Niente ceri, don Camillo” disse il Cristo severamente. “Niente ceri.”

“E perché?” si stupì don Camillo.

“Non ho nessun merito in questo” rispose il

Cristo. "Io non ho aiutato la signora Giuseppina a combinare il suo affare. Io non mi occupo di concorsi a premio, né di commercio. Se io mi occupassi di commercio, chi in un affare guadagna avrebbe sì ragione di benedirmi, ma chi nell'affare perde avrebbe ragione di maledirmi. Se tu trovi una borsa di danaro, non io te l'ho fatta trovare perché non io l'ho fatta smarrire al tuo prossimo. Il cero, accendilo davanti al mediatore che ha aiutato la signora Giuseppina a guadagnare nuovi milioni. Io non sono un mediatore d'affari."

La voce del Cristo era insolitamente dura, e don Camillo era pieno di vergogna.

"Perdonatemi" balbettò. "Io sono un povero prete di campagna grosso e ignorante, e il mio cervello è pieno di nebbia."

Il Cristo sorrise.

"Non calunniare don Camillo" esclamò il Cristo. "Don Camillo intende sempre la mia voce e questo significa che non ha il cervello pieno di nebbia. Spesso è proprio la cultura che riempie il cervello di nebbia. Non sei tu che hai peccato: anzi la tua riconoscenza mi commuove, perché tu, in ogni piccola cosa che ti dia gioia, sei pronto a vedere la benevolenza di Dio. E la tua gioia è sempre onesta, come onesta è ora la tua gioia nel riavere la campana. E onesto sei quando mi vuoi ringraziare per averti fatto riavere la tua campana. Disonesta è la signora Giuseppina la quale crede di potersi accaparrare con danaro la complicità di Dio nei suoi sudici affari di danaro."

Don Camillo aveva ascoltato in silenzio e a capo basso. Rialzò la fronte.

"Vi ringrazio, Gesù: vado a dire a quella strozzina di tenersi i suoi soldi!" esclamò. "Le mie campane debbono essere tutte campane per bene! Piuttosto ci sto a morire senza aver potuto risentire la voce di Geltrude!"

Si avviò fiero e deciso, e il Cristo lo guardò allontanarsi sorridendo, ma quando don Camillo fu sulla porta lo richiamò.

"Don Camillo" disse il Cristo: "io so perfettamente cosa significhi per te la tua campana perché io leggo nel tuo pensiero ogni momento. E questa tua rinuncia è così grande e nobile che basterebbe da sola a purificare il bronzo addirittura della statua dell'Anticristo. Vade retro, Satana! Levati di qui, o mi costringerai a concederti oltre alla tua campana, chi sa mai quale altra diavoleria."

Don Camillo ristette.

"Allora posso tenerla?"

"Tientela: te la sei guadagnata."

In queste contingenze don Camillo dimenticava immancabilmente il numero di casa. Era davanti all'altare: si inchinò, fece un dietro front, prese la rincorsa, poi, a metà della chiesa, bloccò il motore e arrivò a scivolone fin davanti alla porta.

E il Cristo lo guardò soddisfatto perché anche questo è un modo per cantare le lodi del Signore.

* * *

Poi accadde, qualche giorno dopo, un brutto fatto. Don Camillo sorprese un ragazzo che stava scarabocchiandogli col carbone il candido intonaco della canonica e scattò come un bufalo. Il ragazzo sgusciò via come una lucertola, ma don Camillo era fuori della grazia di Dio e lo rincorse.

"Ti agguanterò dovessi spaccarmi i polmoni!" gridò.

Cominciò una corsa furibonda attraverso i campi e, ogni passo, l'ira di don Camillo aumentava. A un tratto il ragazzo si trovò davanti a una siepe fitta come un setaccio e allora si fermò e, sgomento, si volse mettendo le mani avanti e non aveva neanche più fiato per dire una parola.

Don Camillo arrivò come un carro armato e con la mano sinistra agguantò un braccio del ragazzo e levò la destra per cominciare il temporale degli scapaccioni. Ma si sentì sotto le dita un braccio così magro e così leggero che ne ebbe un brivido e spalancò la mano e lasciò ricadere il braccio levato.

Allora guardò il ragazzino e si trovò davanti il viso pallido e gli occhi sbarrati del figlio di Stràziami.

Stràziami era il più sciagurato della banda dei fedelissimi di Peppone, e non che fosse un fannullone, ché anzi era sempre in cerca di lavoro. Il guaio è che, trovato un posto, lavorava tranquillo un giorno, poi il secondo si azzuffava col padrone, e così lavorava praticamente cinque giorni al mese.

"Don Camillo" implorò il ragazzino. "Non lo farò più."

"Fila via!" gli disse brusco don Camillo.

Poi don Camillo mandò a cercare Stràziami e Stràziami entrò in canonica con aria strafottente, con le mani in saccoccia e col cappello piantato in testa alla maledetta.

"Cosa vuole il clero dal popolo?" chiese con arroganza.

"Prima di tutto che ti levi il cappello se no te lo spolvero con una sberla, secondariamente che tu la smetta di fare il bullo perché con me non attacca."

Stràziami era magro e scalcinato anche lui come suo figlio e una sberla di don Camillo l'avrebbe accoppato. Buttò il cappello su una sedia e fece la faccia dell'uomo annoiato.

"Volete dirmi forse che mio figlio vi ha sporcato il palazzo vescovile? Lo so, me l'hanno già detto. Sua Eminenza grigia sarà servita: stasera picchieremo il ragazzo."

"Se hai il coraggio di toccarlo ti rompo l'osso del collo" urlò don Camillo. "Dagli da mangiare invece! Non ti accorgi che quel disgraziato è ridotto a uno scheletro?"

"Non tutti hanno avuto dal Padreterno la fortuna..." cominciò con sarcasmo Stràziami. Ma don Camillo non lo lasciò continuare.

"Quando trovi un posto, tientelo invece di perderlo dopo due giorni facendo il rivoluzionario!"

"Voi dovete impicciarvi delle sporche faccende vostre!" rispose Stràziami con violenza. Poi gli volse le spalle per andarsene e allora don Camillo lo agguantò per un braccio. Ma sentì sotto le dita un braccio smagrito come quello del ragazzo e lasciò la presa.

Poi andò a protestare col Cristo.

"Gesù," esclamò "è mai possibile che io mi trovi sempre tra le mani dei sacchi d'ossa?"

"Tutto è possibile in un paese travagliato da tante guerre e da tanti odî" rispose sospirando il Cristo. "Piuttosto, cerca di tenere più le mani a posto."

Don Camillo andò all'officina e trovò Peppone che stava lavorando alla morsa.

"Bisogna che tu come sindaco faccia qualcosa per il ragazzo di quel disgraziato di Stràziami" disse don Camillo.

"Coi fondi che il comune ha in cassa, gli posso far vento col cartone del calendario" rispose Peppone.

"Allora fa' qualcosa come capo della sezione del tuo sporco partito. Stràziami è uno dei tuoi più fieri farabutti, se non sbaglio."

"Idem, gli posso far vento con la cartella del mio scrittoio."

"Fammi il piacere! E tutti i soldi che vi manda la Russia?"

Peppone continuò a limare.

"Il corriere dello zar rosso è in ritardo" rispose Peppone. "Perché non mi prestate voi un po' dei soldi che vi manda l'America?"

Don Camillo scrollò le spalle.

"Se non la capisci come sindaco e come capomandria dovresti almeno capire come padre di un figlio (di chi sa chi), la necessità di aiutare questo disgraziato che mi viene a sporcare col carbone il muro della canonica. Anzi di' al Bigio che se non mi ripulisce, e gratis, il muro, io attacco il vostro partito dal giornale murale dei democristiani."

Peppone continuò a limare, poi disse:

"Il figlio di Stràziami non è il solo del comune che avrebbe bisogno di mare o di montagna. Se avessi trovato i soldi avrei fatto una colonia".

"E mettiti in giro!" esclamò don Camillo. "Fin che stai qui a fare il sindaco limando dei bulloni, soldi non ne trovi. I contadini sono pieni di quattrini."

"I contadini non scuciono un ghello, reverendo. Darebbero soldi soltanto se si trattasse di organizzare una colonia per irrobustire i loro vitelli. Perché non andate voi dal Papa o da Truman?"

Litigarono due ore e corsero il rischio di prendersi a sberle almeno trenta volte. Don Camillo tornò tardissimo.

"Che c'è di nuovo?" chiese il Cristo. "Mi sembri agitato."

"Per forza," rispose don Camillo "quando un povero prete ha dovuto litigare due ore con un sindaco proletario per fargli capire la necessità di istituire una colonia marina, e poi ha dovuto litigare altre due ore per convincere una strozzina capitalista a cacciar fuori i soldi occorrenti per impiantare la colonia, c'è poco da stare allegri."

"Ti capisco" rispose il Cristo.

Don Camillo titubò.

"Gesù," disse alla fine "dovete scusarmi se ho tirato in ballo anche voi nella faccenda dei soldi."

"Anche me?"

"Sì, per convincere quella strozzina a mollare i quattrini, ho dovuto dirle che stanotte voi mi siete apparso in sogno e mi avete detto che avreste gradito che i soldi lei li desse per un'opera benefica piuttosto che per comprare la nuova campana."

"Don Camillo, dopo aver fatto questo, tu hai ancora il coraggio di guardarmi?"

"Sì" rispose tranquillo don Camillo. "Il fine giustifica i mezzi."

"Machiavelli non mi pare uno di quei testi sacri sui quali soltanto dovresti basarti" esclamò il Cristo.

"Gesù," rispose don Camillo "sarà una bestemmia, ma alle volte fa comodo pure lui."

"Anche questo è vero" ammise il Cristo.

Poi, dieci giorni dopo, quando davanti alla chiesa passarono cantando i bambini che andavano alla stazione per raggiungere la colonia, don Camillo corse a salutarli e a rimpinzarli di santini. E quando si vide davanti il figlio di Stràziami che era l'ultimo della fila, fece la faccia scura.

"Poi, quando ti sarai rimesso, faremo i conti!" minacciò.

E vedendo Stràziami che seguiva un po' alla larga la schiera dei bambini, fece un gesto di disgusto.

"Famiglia di criminali!" borbottò voltando le spalle e ritornando in chiesa.

Poi durante la notte sognò che Gesù gli appariva e gli diceva che avrebbe preferito che i soldi della Giuseppina fossero usati per un'opera di bene piuttosto che per una campana.

"Già fatto" sussurrò nel sonno don Camillo.

VECCHIO TESTARDO

Quando nel '22 giravano per la Bassa i 18 BL con le squadre che andavano a bruciare le cooperative socialiste, Maguggia era già il "vecchio Maguggia", alto, magro come un chiodo e con la barba lunga.

E quando improvvisamente anche in paese arrivò il camion con la squadra, tutti si chiusero in casa o scapparono lungo gli argini, ma il vecchio Maguggia rimase al suo posto e così, allorché i guastatori entrarono nella cooperativa, lo trovarono in piedi, dietro il bancone della bottega.

"Qui la politica non c'entra" disse il vecchio Maguggia a quello che pareva il capo della banda: "è una questione amministrativa. Questa cooperativa l'ho fondata io e l'ho sempre amministrata io e i conti hanno sempre quadrato e voglio che quadrino fino all'ultimo. In questo foglio c'è la nota della roba esistente in bottega: datemi lo scarico e poi bruciate quel che volete."

Erano tutte zucche senza sentimento, perché soltanto le zucche senza sentimento possono fare la politica bruciando le forme di grana, il lardo, i salami, la farina, spaccando a colpi di scure le caldaie di rame dei caseifici e ammazzando a moschettate i maiali come appunto si faceva allora nelle cooperative socialiste della Bassa; tuttavia, dopo aver risposto che gli avrebbero dato lo scarico sì, ma di legnate, si grattarono la pera perplessi e controllarono le forme di parmigiano e l'altra roba principale e scrissero in fondo alla nota: "Va bene".

"Per il rimborso presentate la lista all'amministrazione" gli dissero poi ridendo.

"Non ho premura, c'è tempo: fate pure il comodo vostro" rispose il vecchio Maguggia andandosene.

Poi si fermò in fondo alla piazza a veder bruciare la cooperativa e, quando di tutto l'edificio non rimase più che qualche tizzone, si cavò il cappello e tornò a casa.

Nessuno lo molestò, e il vecchio Maguggia visse chiuso nel suo pezzo di terra e nessuno lo vide più in paese.

Nel '44, una sera, don Camillo se lo vide comparire davanti in canonica.

"Mi hanno proposto di diventare podestà" spiegò. "Io ho rifiutato, e allora vogliono vendicarsi mandando mio figlio in Germania. Potete aiutarmi?"

Don Camillo rispose di sì.

"Un momento, don Camillo" lo interruppe il vecchio Maguggia. "Sia ben chiara una cosa: io chiedo aiuto a voi, don Camillo, uomo che stimo, non a voi don Camillo prete che, per il solo fatto di essere prete, debbo disistimare."

Il vecchio Maguggia era un "socialista storico", di quelli cioè che aspettano con ansia di morire per poter far dispetto al prete rifiutando i conforti religiosi e disponendo che i funerali vengano fatti al suono dell'*Internazionale*.

Don Camillo cacciò le mani dietro la schiena e pregò mentalmente Dio che gliele custodisse.

"Sta bene" rispose don Camillo. "Come uomo vi caccerei volentieri fuori di qui a pedate, ma come sacerdote debbo aiutarvi. Però sia ben chiaro che io vi aiuto come galantuomo, non come anticlericale."

Tenne il figlio di Maguggia nascosto per sei giorni nella cella campanaria, poi trovò il modo di spedirlo verso più sicuri lidi, dentro un carro di fieno.

* * *

Finì il pasticcio e passò del tempo. Un giorno si disse in giro che il vecchio Maguggia era molto malato, tanto che oramai era roba di poche ore. E un pomeriggio arrivò qualcuno da don Camillo per avvertirlo che il vecchio Maguggia voleva parlargli.

Don Camillo saltò sulla bicicletta e, agguantato alla Girardengo il manubrio, filò come un fulmine. Ma davanti alla porta trovò il figlio del Maguggia.

"Mi dispiace, don Camillo" spiegò l'uomo. "Dovete accomodarvi di qui."

E lo portò di fianco alla casa, davanti a una finesta aperta. E nella stanza, proprio sotto la finestra, era il letto del vecchio Maguggia.

"Ho giurato che mai nessun prete avrebbe varcato la soglia di questa casa," spiegò il vecchio Maguggia "e non dovete offendervi."

Don Camillo aveva una voglia matta di andarsene, ma invece rimase.

"Posso parlare a voi come uomo e non come prete?" disse il vecchio Maguggia.

"Parlate."

"Voglio morire senza debiti sulla coscienza" disse il vecchio Maguggia. "Vi ho chiamato per ringraziarvi di aver salvata la pelle a mio figlio, quella volta."

"Io non c'entro" rispose don Camillo. "Se vostro figlio l'ha scampata, non dovete ringraziare me, dovete ringraziare Dio."

"Don Camillo, non buttiamo la cosa in politica," disse il Maguggia "lasciatemi morire in pace!"

"Voi non potete morire in pace se non morite nella grazia di Dio!" esclamò angosciato don Camillo. "Perché, se avete sempre voluto tanto bene agli altri, odiate tanto voi stesso?"

Il vecchio Maguggia tentennò il capo.

"Ma a voi, don Camillo, cosa importa?" chiese.

Poi dopo un poco:

"Capisco. Vi preoccupano i funerali civili, per via che risulterebbero un danno morale a voi come parroco. Bene: io voglio morire tranquillo senza nessuno che pensi male di me. Rifiuto i conforti religiosi ma, come piacere a voi, personalmente, lascerò scritto nel testamento che voglio funerali religiosi".

"Come piacere personale io vi posso mandare

all'inferno! Io non sono mica un bottegaio!" gridò don Camillo.

Il vecchio sospirò, e don Camillo ritornò calmo.

"Maguggia," implorò "pensateci un momentino. Intanto io pregherò Dio che vi illumini la mente."

"È perfettamente inutile" rispose il vecchio. "Dio me l'ha sempre illuminata, altrimenti non avrei potuto vivere obbedendo a tutti i suoi comandamenti. Ma non mi confesso perché voi pensereste che il vecchio Maguggia ha fatto il galletto con i preti fin che stava bene e poi, quando se l'è vista brutta, gli è venuta la fifa e ha mollato. Vado all'inferno, piuttosto!"

Don Camillo ansimava.

"Ma se credete a Dio e all'inferno, perché non volete morire come un buon cristiano?"

"Per non dare una soddisfazione a un prete!" rispose testardo il vecchio Maguggia.

Don Camillo ritornò a casa agitatissimo e andò a raccontare tutto al Cristo dell'altare.

"È mai possibile che un galantuomo" concluse "debba ridursi a crepare come un cane per uno stupido orgoglio di questo genere?"

"Don Camillo," rispose il Cristo sospirando "tutto è possibile, quando c'entra la politica. In guerra l'uomo può perdonare al nemico che poco prima tentava di ucciderlo e può dividere con lui il suo pane, ma, nella lotta politica, l'uomo odia il suo avversario, e il figlio può uccidere il padre e il padre uccidere il figlio per una parola."

Don Camillo camminò in su e in giù, poi si fermò.

"Gesù," disse allargando le braccia "se è scritto che Maguggia muoia come un cane è inutile insistere: sia fatta la volontà di Dio."

"Don Camillo, non buttiamo la faccenda in politica" ammonì severamente il Cristo.

* * *

Due giorni dopo si sparse in paese la notizia che il vecchio Maguggia era stato operato e tutto era andato magnificamente. E, passato un mese, don Camillo se lo vide comparire in canonica vispo e arzillo.

"Adesso è diversa da allora" disse Maguggia. "E siccome desidero ringraziare il Padreterno seguendo la via ordinaria, vorrei comunicarmi. Dato però che è una cosa tra me e il Padreterno e non tra il mio partito e il vostro, sarebbe simpatico se voi non convocaste, per presenziare alla cerimonia, tutti i clericali della provincia con gagliardetti e bande musicali."

"Sta bene" rispose don Camillo. "Domattina alle cinque. Sarà presente soltanto il capo del mio partito."

Quando Maguggia fu uscito, il Cristo chiese a don Camillo chi fosse questo capo del suo partito.

"Siete voi" rispose don Camillo.

"Don Camillo, non buttare la cosa in politica" ammonì il Cristo sorridendo. "E prima di dire che la volontà di Dio è quella di far morire un galantuomo come un cane, pensaci sopra."

"Non ci dovete badare" rispose don Camillo. "Si dicono tante cose!"

SCIOPERO GENERALE

Don Camillo fumava il suo mezzo toscano seduto sulla panchina davanti alla canonica, quando arrivò di gran carriera un ciclista, ed era lo Smilzo.

Aveva imparato un nuovo tipo di frenata, la "frenata alla Togliatti", come la chiamava lui: tutta una faccenda complicata, alla fine della quale lo Smilzo si ritrovava all'impiedi dietro la bicicletta, con la ruota posteriore stretta fra le gambe, oppure lungo disteso per terra, con tutta la bicicletta addosso.

Don Camillo lo stette a guardare: lo Smilzo frenò "alla Togliatti", abbandonò la macchina contro il muro della chiesa e si buttò alla porta della torre. Ma la porticina era chiusa a chiave ed era inutile scuoterla.

"C'è qualche incendio?" si informò don Camillo alzandosi e appressandosi.

"No: c'è che il governo è un porco e allora bisogna chiamare il popolo."

Don Camillo tornò a sedersi.

"Vallo a chiamare in bicicletta, il popolo. Ci metti un po' più di tempo, ma fai meno baccano."

Lo Smilzo allargò le braccia rassegnato.

"E va bene" sospirò. "Chi comanda fa legge. Il duce ha sempre ragione."

Riprese la bicicletta e si avviò per tornarsene, ma, appena ebbe svoltato l'angolo della canonica, mollò d'improvviso il biciclo e spiccò una corsa. Quando don Camillo se ne accórse era troppo tardi: ormai lo Smilzo stava arrampicandosi come uno scoiattolo lungo il cordone di ferro del parafulmini ed era già a mezza torre. Arrivato nella cella campanaria, tirò la scaletta a piuoli dell'ultimo pianerottolo e cominciò a smartellare le campane.

Don Camillo considerò serenamente la faccenda: non valeva la pena di aspettare che lo Smilzo scendesse. Se era arrivato l'ordine di indignazione generale, il fatto di rompere un palo sulla groppa dello Smilzo sarebbe stato interpretato come una provocazione. Roba da evitare con ogni cura. Perciò don Camillo ritornò in canonica. Però, prima, passò un momentino dietro l'angolo della casa e, allentati i "galletti" del mozzo, cavò dalla forcella la ruota anteriore della bicicletta e se la portò in casa.

"Così potrai frenare alla De Gasperi" borbottò chiudendo la porta col catenaccio.

* * *

Dopo mezz'ora di scampanare arrivò in piazza la gente e, quando ci furono tutti, Peppone si affacciò al balcone del municipio e cominciò a parlare:

"Sotto un governo antidemocratico e reazionario," disse Peppone "il sopruso diventa legge. La quale legge ordina che l'iniqua sentenza di sfratto ai danni del mezzadro Polini Artemio diventi esecutiva, ma il popolo difenderà i suoi diritti e non lo permetterà!"

"Bene!" urlò la folla.

E così Peppone continuò su questo tono e ci fu un corteo di protesta, poi fu eletta una commissione che formulò un ultimatum da inviare al prefetto: o si sospende l'esecuzione della sentenza e si inizia il procedimento per annullarla, o sciopero generale. Ventiquattro ore di tempo per decidere.

Arrivò gente dalla città, poi la commissione andò in città, poi ci furono dei telegrammi e delle telefonate e le 24 ore furono portate a 48 e poi a 96, ma non si cavò un ragno dal buco e, alla fine, venne decretato lo sciopero generale.

"Nessuno dovrà lavorare per nessuna ragione!" affermò Peppone alla fine. "Quando si dice sciopero generale significa astensione dal lavoro senza eccezione. Si faranno le squadre di sorveglianza e si interverrà immediatamente."

"E le vacche?" disse il Brusco. "Bisognerà bene dar loro da mangiare e mungerle. E se le mungi non puoi buttar via il latte: bisogna far funzionare anche i caseifici."

Peppone sbuffò.

"Questa è la maledizione dei paesi eminentemente agricoli!" esclamò. "In città si fa presto a organizzare uno sciopero generale! Chiudi le fabbriche e le officine e buona notte. Mica occorre mungerle, le macchine! E anche dopo quindici giorni di sciopero non succede niente perché basta rimetterle in moto e le macchine vanno. Mentre qui se lasci crepare una vacca non la rimette in moto più nessuno. Ad ogni modo abbiamo la fortuna di essere su una strada importante e così possiamo bloccarla e rallentare il traffico di tutta la provincia. Inoltre si potrebbe benissimo dare allo sciopero una importanza nazionale cavando cinquanta metri di binario della ferrovia e interrompendo la linea."

Il Bigio si strinse nelle spalle.

"Tu lo cavi e due ore dopo arrivano tre autoblindo, e, quando hanno rimesso a posto le rotaie, non le cavi più."

Peppone ribatté che lui se ne infischiava delle autoblindo, però era cupo. Ma si consolò presto.

"Be', lo sciopero generale conterà per quello che conterà: l'importante è che la sentenza di sfratto non venga messa in esecuzione. Questo è il punto base. Organizzeremo delle squadre di difesa ad oltranza e, se è il caso, spareremo!"

Il Bigio si mise a ridere.

"Se vogliono fare lo sfratto lo fanno" disse. "Succede come per le rotaie: arrivano cinque autoblindo e tu sei fritto."

Peppone diventò ancora più cupo.

"Tu bada a organizzare blocchi, staffette e posti di segnalazione avanzata da una parte e l'altra della provinciale. Metti lo Smilzo e Patirai coi razzi. Metti qualcuno lungo gli argini. Poca roba: tanto dove c'è acqua e argini le blindo non vanno. Per il resto ci penso io."

Nei tre giorni che seguirono ci furono dei comizi e dei cortei, ma non successe niente di straordinario. Il blocco della provinciale funzionava perfettamente: le macchine arrivavano, si fermavano, i guidatori bestemmiavano, tornavano indietro per otto o nove chilometri e prendevano strade secondarie girando al largo.

Don Camillo non mise fuori il naso un secondo, ma sapeva tutto perché era come se ci fosse stata la mobilitazione generale delle vecchie, e, dalla mattina alla sera, era un continuo viavai di nonne e bisnonne. Ma si trattava per lo più di notizie di pochissima importanza. L'unica notizia importante gli arrivò sul finire del terzo giorno e gliela portò la vedova Gipelli.

"Peppone ha tenuto un gran comizio e io ho sentito tutto" spiegò la donna. "Era nero, si vede che ci deve essere del brutto, in giro. Gridava come un dannato. Ha detto che quelli di città possono decidere tutto quello che vogliono, ma lo sfratto non si farà. Ha detto che il popolo difenderà i suoi diritti ad ogni costo."

"E il popolo cosa diceva?"

"Erano quasi tutti rossi, gente venuta anche dalle altre frazioni e gridavano come maledetti."

Don Camillo allargò le braccia.

"Che Dio illumini loro la mente" sospirò.

Verso le tre di notte, don Camillo si svegliò. Qualcuno dal basso stava tirando dei sassolini contro la sua finestra. Don Camillo sapeva stare al mondo, quindi si guardò bene dall'affacciarsi. Scese cautamente al piano terreno e non a mani vuote, e andò a sbirciare da una finestrella seminascosta dal tralcio di vite che si arrampicava sulla facciata della canonica, e così, siccome la notte era chiara, vide chi era il lanciatore di sassolini e andò ad aprire.

"Cosa ti succede, Brusco?"

Il Brusco entrò e disse che non accendesse la luce.

Prima di decidersi a parlare ci volle qualche minuto. Poi prese a parlare a bassa voce.

"Don Camillo," disse "ci siamo. Arrivano domani."

"Chi?"

"Carabinieri e polizia con le autoblindo per fare eseguire lo sfratto di Polini."

"Non ci vedo niente di strano" rispose don Camillo. "Questa è la legge. La giustizia ha stabilito che Polini ha torto, e Polini deve andarsene."

"Bella giustizia!" esclamò il Brusco a denti stretti. "Questo si chiama voler fregare il popolo!"

"Non mi pare che fosse il caso di venire alle tre di notte per fare una discussione di questo genere" osservò don Camillo.

"La faccenda non è questa" replicò il Brusco. "La faccenda è che Peppone ha detto che lo sfratto non si farà, e voi lo sapete che, quando si impegna lui, c'è da sudar freddo."

Don Camillo si mise le mani sui fianchi.

"Vieni al sodo, Brusco."

"Be'," sussurrò il Brusco "il fatto è che quando si vede dalla parte della città prima un razzo verde e poi un razzo rosso vuol dire che le autoblindo stanno arrivando da lì, e allora salta in aria un pilone del ponte sul Fiumetto. Se si vede il razzo verde e poi il razzo rosso dalla parte opposta della provinciale, salta il ponte di legno sul Canalaccio."

Don Camillo agguantò per il petto il Brusco.

"Li abbiamo minati io e Peppone due ore fa, e Peppone è di guardia con la pila sull'argine del Fiumetto e io sono di guardia con la pila sull'argine del Canalaccio."

"Tu sei qui e non ti muovi a costo di doverti rompere l'osso del collo!" esclamò don Camillo. "Anzi, accompagnami che andiamo a disinnescare la mina."

"Già fatto" rispose il Brusco. "Io sono l'ultimo dei vigliacchi perché ho tradito Peppone, ma mi pareva che fosse una vigliaccheria più grossa non tradirlo. Quando lo sa, mi ammazza."

"Non lo saprà" rispose don Camillo. "E adesso stattene lì e non ti muovere. Debbo andare a sistemare quel pazzo. A costo di dovergli spaccare la testa."

Il Brusco era preoccupato.

"E come fate? Quello, appena vi vede, capisce e, piuttosto di darvela vinta, fa saltare il ponte anche se non si alzano i razzi. E poi come arrivate all'argine? Dovete passare il ponte, e cento metri prima del ponte c'è il Bigio col posto di blocco."

"Andrò per i campi."

"Lui è sull'argine di là e dovrete passare il fiume."

"Dio mi aiuterà."

Don Camillo si buttò un tabarro nero addosso, scavalcò la siepe dell'orto, si diede alla campagna. Erano ormai le quattro e albeggiava. Passò sotto i filari di vite, si bagnò traversando i prati di erba medica, ma arrivò, non visto, fin sotto l'argine del Fiumetto. A cento metri dal ponte, sull'argine opposto, doveva stare in agguato Peppone.

Don Camillo non aveva un piano: è difficile farsi un piano in queste circostanze. Bisogna essere sul posto e vedere, e poi si decide. Si infilò sotto un cespuglio, si arrampicò cautamente sul fianco dell'argine e si affacciò. Peppone era in piedi sull'argine quasi di fronte a lui, dall'altra parte del fiume e guardava verso la città. Vicino a lui era la cassetta della pila con la manetta alzata. Don Camillo cominciò ad architettare un piano di aggiramento: l'acqua era alta e correva vorticosa verso il ponte, ma, risalendo dietro l'argine, a monte avrebbe trovato un posto buono per passare inosservato nuotando magari con la testa sotto. Il ponte era vicino, ottanta o novanta metri, ma da quella parte niente da fare.

Non fece a tempo a mettersi in moto che si udì un sibilo e, dalla parte della città, si alzò un razzo verde. Fra qualche istante si sarebbe alzato il razzo rosso, di conferma.

"Gesù," implorò don Camillo "fammi uccello e pesce per dieci secondi!"

Si buttò nell'acqua e, un po' la corrente che lo portava, un po' le sue bracciate disperate e un po' il Padreterno, il fatto è che quando Peppone sentì chiamarsi e si voltò, don Camillo era già abbrancato come un'ostrica a un pilone del ponte.

Si levò in quell'istante il razzo rosso.

"Don Camillo, toglietevi di lì!" urlò Peppone. "Lasciatevi andare in giù! Sta per saltare tutto!"

"Si salta insieme" rispose don Camillo.

"Toglietevi di lì!" urlò ancora Peppone con le mani sulla leva della pila. "Io faccio saltare il ponte! Vi seppellirà."

"Te la vedi poi col Padreterno" rispose don Camillo stringendosi sempre più al pilone.

Si sentivano avvicinarsi le macchine. Peppone urlò ancora e pareva mille volte pazzo, poi abbandonò la leva e si buttò a sedere sull'argine.

Le macchine passarono rombando sul ponte.

Trascorse del tempo. Peppone si rialzò, ma don Camillo era ancora laggiù abbrancato al suo pilone.

"Toglietevi di lì, stramaledetto prete!" gridò con rabbia Peppone.

"Se prima non stacchi i fili e non butti la pila dentro il fiume, io resto qui fino all'anno venturo. Mi ci sono affezionato a questo pilone."

Peppone staccò i fili e buttò la pila nell'acqua. Poi don Camillo gli disse di buttare anche i fili, e Peppone li buttò.

"Adesso vieni a darmi una mano" concluse don Camillo.

"Se volete aspettare me, metterete le radici" rispose Peppone sdraiandosi dietro una macchia di gaggia. Qui lo raggiunse don Camillo.

"Sono disonorato" disse Peppone. "Darò le dimissioni da tutto."

"A me pare che saresti stato disonorato se il ponte lo avessi fatto saltare."

"E cosa dico al popolo? Avevo promesso di impedire lo sfratto!"

"Digli che ti sembrava stupido aver combattuto per liberare l'Italia e poi dichiarar guerra all'Italia."

Peppone approvò.

"Anche questo è vero" borbottò. "La faccenda dell'Italia va bene come sindaco. Ma come capo della sezione? Io ho diminuito il prestigio del mio partito!"

"Perché? C'è nel regolamento del tuo partito che dovete sparare contro i carabinieri? E allora spiega a quelle zucche che, in fondo, anche i carabinieri sono dei figli del popolo sfruttati dal capitalismo."

"Sissignore: dal capitalismo e dai preti!" approvò Peppone. "Anche i carabinieri sono figli del popolo sfruttati dal capitalismo e dai preti clericali!"

Don Camillo era bagnato come un pulcino e non aveva voglia di litigare. Si limitò a consigliare Peppone di non dire delle stupidaggini.

"Prete clericale non significa niente."

"Significa qualche cosa, invece" ribatté Peppone. "Voi, per esempio, siete un prete, sì, ma non un prete clericale."

Tutto poi andò a posto perché, per compensare lo sfratto del Polini, vennero concessi finalmente al comune i fondi per rifare in pietra il ponte provvisorio di legno sul Canalaccio, e così fu sistemata la disoccupazione. ("*Davanti alla utilità della massa abbiamo creduto bene di sacrificare l'utilità del singolo mezzadro Polini Artemio. Ad ogni modo la cambiale è semplicemente rinnovata, non pagata: il conto col governo rimane aperto, compagni!*")

In seguito, don Camillo disse in chiesa che era stata ritrovata da un parrocchiano una ruota di bicicletta e chi l'aveva persa la venisse a ritirare in canonica. Così nel pomeriggio stesso arrivò lo Smilzo e si ebbe la ruota e un pedatone da due tonnellate nel sedere.

"Noi poi facciamo i conti dopo" disse lo Smilzo. "Quando viene la seconda ondata."

"Bada che so nuotare" rispose don Camillo.

QUELLI DI CITTÀ

Quelli che don Camillo non riusciva proprio a mandar giù erano i "rossi" di città. I proletari di città funzionano bene fin che restano in città, ma appena fuori barriera si sentono in obbligo di fare i cittadini e allora diventano odiosi come il fumo negli occhi.

Si capisce che questo succede quando viaggiano in gruppo e specialmente in camion: perché allora cominciano subito col gridare del "villano quadro" a tutti i disgraziati che incontrano lungo la strada, e se uno è grasso gli danno del "budellone" o del "pancia di strutto". Se poi incocciano in una ragazza non ne parliamo.

Quando sono arrivati e smontano dal camion, comincia il vero spettacolo perché prendono subito il passo del bullo e, con la sigaretta appiccicata in fondo alla smorfia della bocca, come se fosse stata buttata lì con la fionda, camminano caracollando sul cavallo dei pantaloni e salta fuori una faccenda che sta fra Za la Mort e un marinaio neo-zelandese in franchigia. Poi si stravaccano dietro il tavolo dell'osteria e si rimboccano le maniche mostrando le braccia bianche coi segni delle pulci, e fanno i baracchieri e pestano i pugni sul tavolo e urlano tirando su la voce dalle budella. Il tutto con la finale che nel ritorno, se lungo la strada si imbattono in una gallina vagante, non se la lasciano scappare di certo.

Arrivò un pomeriggio di domenica un camion pieno zeppo di "rossi" di città, con la scusa di far la scorta a un pezzo grosso della federazione che veniva a tenere un discorso ai piccoli proprietari. E Peppone, finito il comizio, prima di ritirarsi in sede a fare il rapporto della situazione al pezzo grosso, disse a quelli di città che erano ospiti della sezione e che andassero pure liberamente all'osteria del Molinetto perché c'era una damigiana di brusco a loro disposizione.

Erano una trentina più cinque o sei ragazze addobbate di rosso; tipi che, a un bel momento, gridavano: "Ohei, Gigiòto, sgancia!" E allora quello che si chiamava Gigiòto si cavava la sigaretta di bocca e la lanciava alla ragazza, che l'agguantava al volo e si metteva a fumare a boccate lunghe, cacciando poi fuori il fumo da tutti i buchi, fin dalle orecchie.

Si misero davanti all'osteria a bere e a cantare: e non cantavano male, specialmente roba d'opera. Dopo si stancarono e cominciarono a fare la critica a quelli che passavano per la strada. Così quando si avanzò don Camillo in bicicletta, vedendo un arnese così grosso si divertirono da matti, e gridarono:

"Guarda! Un prete da corsa!"

Don Camillo incassò tranquillo e passò in mezzo alle risate come un Panzer su un mucchio di paglia. Poi, arrivato in fondo alla strada, invece di svoltare verso casa, tornò indietro.

Il secondo passaggio ebbe ancora maggior successo del primo, e la massa dei rossi di città si trovò concorde nel gridargli dietro:

"Forza, budellone!"

Don Camillo incassò imperturbabile e passò via senza battere ciglio. Poi, naturalmente, arrivato in fondo al paese, dovette fermarsi e tornare indietro, e il terzo passaggio fu memorabile perché dal "budellone" la massa passò facilmente all'immagine del "sacco" e, uscendo dal generico, ebbe modo di specificare anche il contenuto di questo sacco.

Chiunque, al posto di don Camillo, si sarebbe risentito. Ma don Camillo aveva nervi d'acciaio e un formidabile controllo di sé.

"Se credono di provocarmi hanno sbagliato indirizzo" pensò don Camillo. "Un sacerdote non si mette mai a far baruffa con gli avvinazzati delle osterie. Un sacerdote non si abbassa al livello di uno scaricatore ubriaco!"

Quindi frenò, buttò da un lato la bicicletta, si avanzò verso il gruppo, agguantò la tavola, la strappò di sotto alla gente, la sollevò e la scaraventò in mezzo al mucchio. Poi, trovatasi tra le mani una panca, cominciò a sventolarla.

In quel momento arrivò Peppone con un sacco di gente, e don Camillo si calmò e fu scortato dalla squadra di servizio fino in canonica perché, usciti di sotto alla tavola e cessato il temporale della panca, quelli di città si erano messi a urlare che lo volevano impiccare e le donne erano le più tremende.

"Bella roba, signor prete!" ammonì Peppone, giunti sulla porta della canonica. "La politica vi fa proprio perdere il dominustecum!"

"Lei non è un prete, lei è uno squadrista!" gridò il pezzo grosso della federazione che era sopraggiunto.

Poi guardò la mole enorme di don Camillo e le mani enormi come badili e rettificò:

"Lei è una squadra d'azione al completo!"

* * *

Don Camillo andò a buttarsi sul letto. Poi chiuse la finestra, poi chiuse la porta e diede il catenaccio, poi ficcò la testa sotto il cuscino, ma non c'era niente da fare. Qualcuno lo chiamava da giù, e la voce la si udiva sempre.

Allora scese e andò lentamente a presentarsi al Cristo dell'altare.

"Don Camillo, non hai niente da dirmi?"

Don Camillo allargò le braccia.

"È stata una cosa indipendente dalla mia volontà" disse. "Per evitare ogni possibilità di incidenti, io, durante il comizio, mi sono allontanato dal paese. Non potevo immaginare che quelli là si sarebbero venuti a sedere davanti all'osteria del Molinetto. Se l'avessi saputo sarei rimasto fuori fino a notte."

"Però, quando sei tornato indietro per la prima volta, lo sapevi che c'erano" ribatté il Cristo. "Perché sei tornato indietro?"

"Avevo dimenticato il breviario nella casa dove ero rimasto durante il comizio."

"Non dire bugie, don Camillo" esclamò severamente il Cristo. "Il breviario lo avevi in tasca. Puoi negarlo?"

"Me ne guardo bene" protestò don Camillo. "L'avevo in tasca e credevo di averlo dimenticato. Quando misi la mano in tasca per prendere il fazzoletto e trovai il breviario, ormai ero già passato davanti all'osteria. E dovevo per forza tornare indietro. Non c'è altra strada, lo sapete."

"Potevi tornartene nella casa dove eri rimasto durante il comizio. Ormai sapevi bene che c'erano quelli là davanti all'osteria, già avevi sentito che ti avevano urlato dietro. Perché, potendolo, non evitare di dare occasione di manifestare la loro mala creanza?"

Don Camillo tentennò il capo.

"Gesù," disse gravemente "perché, se è legge divina che l'uomo non deve nominare il nome di Dio invano, Dio ha dato agli uomini l'uso della favella?"

Il Cristo sorrise.

"Avrebbero trovato modo di bestemmiare il nome di Dio per iscritto o usando l'alfabeto dei muti" rispose. "Ma la ragione è che la virtù sta appunto nel non peccare pur possedendo i mezzi e gli istinti per peccare."

"Quindi se io voglio, per penitenza, digiunare tre giorni, non debbo prendere medicine che mi facciano passare completamente la fame, ma è mio dovere lasciare intatta questa mia fame e dominarla."

"Don Camillo," disse preoccupato il Cristo "dove mi vuoi condurre?"

"Ergo, se io, arrivato in fondo alla strada, intendo dimostrare a Dio che io, secondo il suo comandamento, so dominare i miei istinti e so perdonare chi mi insulta, non debbo evitare la prova, ma debbo affrontarla serenamente e passare ancora davanti a quei mascalzoni."

Il Cristo scosse il capo.

"C'è un grave vizio, don Camillo. Tu non devi indurre in tentazione il tuo prossimo, non devi invitarlo al peccato, non devi provocarlo."

Don Camillo allargò le braccia mestamente.

"Perdonatemi," sospirò "ora capisco il mio errore. Dato che mostrare oggi in pubblico questo abito di cui io fino a poco fa ero orgoglioso può costituire una tentazione e può indurre al peccato tanta gente, o non uscirò più di casa o andrò in giro vestito da tranviere."

Il Cristo si inquietò un poco.

"Queste sono sottigliezze da sofista. Ma io non voglio più discutere con chi si avvale di cavilli per giustificarsi del mal fatto. Voglio ammettere che tu fossi in buona fede quando hai voluto ripassare per la terza volta. Come spieghi allora il fatto che, invece di dimostrare a Dio che sai dominare i tuoi istinti e sai perdonare chi ti ingiuria, sei sceso dalla bicicletta e hai cominciato a manovrare tavole e panche?"

"Ho commesso un errore di valutazione e un peccato di presunzione. Cioè ho sbagliato credendo di saper valutare il tempo, e così, quando sono sceso dalla bicicletta sicuro che fossero passati almeno dieci minuti dall'istante in cui udii l'ultimo insulto, mi son trovato davanti all'osteria perché erano passati invece solo pochi secondi."

"Diciamo: decimi di secondo, don Camillo."

"Sì, Signore; è peccato di presunzione pensando di meritare che Dio mi illuminasse tanto la mente da permettermi di dominare perfettamente i miei istinti. Ecco, Gesù: ho avuto troppa fede in voi. Se credete che l'eccesso di fede sia condannabile in un sacerdote, condannatemi."

Il Cristo sospirò.

"Don Camillo, il caso è grave. Senza che tu te ne accorga, il demonio è venuto ad abitare dentro di te e si mescola ora nei tuoi discorsi e bestemmia usando la tua bocca. Prova a stare tre giorni a pane ed acqua e senza fumare. Vedrai che il diavolo, trovandosi male, se ne andrà."

"Va bene," disse don Camillo "e grazie del consiglio."

"Aspetta a ringraziarmi il terzo giorno" disse sorridendo il Cristo.

* * *

Ci fu un gran dire in paese. Poi appena don Camillo ebbe finita la sua dieta antidiavolo (ottima cura che lo guarì completamente dai sofismi), arrivò in canonica un funzionario della polizia di città, seguito da Peppone e dal suo stato maggiore.

"La giustizia ha fatto la sua indagine sul crimine" spiegò con sussiego Peppone "e ha trovato che la versione che voi avete dato per iscritto all'autorità locale del maresciallo non corrisponde a quella che hanno dato alla federazione i compagni aggrediti."

"Ho detto tutta la verità e non ho aggiunto niente" affermò don Camillo.

Il funzionario tentennò il capo.

"Qui intanto si dichiara che il vostro contegno era provocatorio, anzi 'sfacciatamente provocatorio'."

"È il contegno che tengo sempre quando vado in bicicletta" rispose don Camillo. "Qui non lo ha mai trovato provocatorio nessuno."

"Bah, dipende" disse Peppone. "Molti qui, vedendovi passare in bicicletta, sentono il desiderio che vi si spacchi la forcella e finiate col muso per terra."

"In tutti i paesi ci sono dei farabutti" spiegò don Camillo. "Questo non vuol dire niente."

"Secondariamente," continuò il funzionario "mentre la vostra versione dice che eravate solo, la versione dell'altra parte afferma che venne gente in vostro aiuto, gente che attendeva in agguato, e questo mi pare attendibile, visti i risultati dello scontro."

Don Camillo protestò fieramente.

"Ero solo. E, a parte le sventole con la panca, bastava la tavola che io ho buttato sopra a quella marmaglia per ammaccare cinque o sei zucche di città."

"Quindici zucche" specificò il funzionario. Poi chiese a Peppone se la tavola fosse quella che avevano visto poco prima. E Peppone disse di sì.

"Si rende conto, reverendo," disse allora con ironia "che riesce un po' difficile credere che un uomo solo possa gingillarsi a tal modo con una tavola di rovere che sarà quasi due quintali?"

Don Camillo si ficcò in testa il cappello.

"Io non so quanti chili sia" disse brusco "ad ogni modo si fa presto a pesarla."

Si avviò, e gli altri lo seguirono.

Giunti davanti all'osteria del Molinetto, il funzionario indicò la tavola di rovere.

"È questa qui, reverendo?"

"Questa" rispose don Camillo. E, agguantata la tavola, Dio sa come, se la portò sopra il capo, sulle braccia tese, e la scaraventò nel prato.

"Bel colpo!" gridarono tutti.

Peppone si fece avanti, cupo: si cavò la giacchetta, agguantò la tavola, strinse i denti, la levò in alto e la scaraventò nel prato.

Si era adunata molta gente e fu uno scoppio di entusiasmo.

"Viva il sindaco!"

Il funzionario, che era rimasto a bocca aperta, toccò la tavola e provò inutilmente a spostarla. Poi guardò verso Peppone.

"Al nostro paese si fa così" esclamò Peppone con orgoglio.

Allora il funzionario disse: "Va bene, va bene" saltò sulla macchina e se ne andò come un fulmine.

Peppone e don Camillo si guardarono ferocemente in faccia, poi si volsero le spalle e se ne andarono senza dire una parola.

"Io non capisco come sia" borbottò l'oste del Molinetto. "Preti, comunisti: tutti ce l'hanno con questa povera tavola. Maledetta la politica e chi l'ha inventata!"

* * *

La cosa finì come doveva finire: arrivò la chiamata del vescovo, e don Camillo andò in città con le gambe che gli tremavano.

Il vescovo, vecchio, piccolo e tutto bianco, era solo in un salone del pianterreno, sperduto dentro una sedia foderata di cuoio.

"Ci risiamo, don Camillo" disse il vescovo. "Non basta più far vento alla gente con le panche: adesso si mettono in circolazione anche le tavole!"

"Un momento di debolezza, monsignore" balbettò don Camillo. "Io..."

"So tutto, don Camillo" lo interruppe il vescovo. "Sarò costretto a mandarti sulla cima di un monte, in mezzo alle capre!"

"Monsignore, loro..."

Il vescovo si era alzato e, curvo sul bastone, si era venuto a piantare davanti a don Camillo e guardava in su verso la vetta dell'omaccio.

"Loro non hanno importanza!" esclamò minacciando col bastone. "Un sacerdote di Dio, un uomo cui è affidata la missione di predicare l'amore e la dolcezza, non può fare il satanasso gettando tavole in testa al suo prossimo! Vergogna!"

Il vescovo camminò un poco verso la finestra poi si volse:

"E a me non verrai a raccontare che eri solo! Hai organizzato il colpo, hai teso l'agguato! Uno da solo non ammacca quindici teste!"

"No, monsignore" rispose don Camillo. "Ero solo, ve lo giuro. È stato il tavolo che, cadendo sul mucchio, ha combinato il pasticcio. Capirete era un tavolo grosso e pesante come quello lì."

Don Camillo toccò il grosso tavolo intagliato che era al centro del salone, e il vescovo guardò severamente don Camillo.

"Hic Rhodus, hic salta!" disse. "Se non sei un vile mentitore, dammene la prova! Sollevalo, se sei capace."

Don Camillo si appressò al tavolo e lo abbrancò. Era molto più pesante di quello dell'osteria, ma, quando don Camillo si metteva in marcia, era peggio dell'America.

Gli scricchiolarono le ossa, e le vene del collo parevano bastoni di fascina. Però staccò il tavolo da terra e lentamente lo portò sopra la testa, e ve lo tenne a braccia tese.

Il vescovo lo guardava trattenendo il fiato. Quando vide il tavolo alto sopra la testa di don Camillo, batté il bastone per terra:

"Buttalo!"

"Ma, monsignore" gemette don Camillo.

"Buttalo, te lo ordino!" gridò il vescovo.

Il tavolo andò a fracassarsi in un angolo, e la casa tremò. Per fortuna, la stanza era a terreno, altrimenti sarebbe successo il finimondo.

Il vescovo guardò il tavolo, andò a battere col bastoncello sui frantumi, poi si volse tentennando il capo verso don Camillo.

"Povero don Camillo!" sospirò. "Che peccato... Tu non diventerai mai vescovo."

Sospirò ancora, poi allargò le braccia: "Se io fossi stato capace di manovrare così una tavola, probabilmente sarei ancora parroco del mio paesello".

Arrivò, con gli occhi fuori della testa, gente richiamata dal fracasso, e si affacciò alla porta.

"Che c'è, monsignore?"

"Niente."

Guardarono il tavolo in frantumi.

"Ah" disse il vescovo. "Niente. Sono stato io. Don Camillo mi ha fatto un po' inquietare e allora ho perso la pazienza. Gran brutta cosa lasciarsi vincere dall'ira, figlioli. Il Signore mi perdoni. Deo gratias!"

Se ne andarono e il vescovo toccò la testa di don Camillo che gli si era inginocchiato davanti.

"Vattene in pace, moschettiere del Re dei Cieli" disse sorridendo. "E grazie di aver faticato tanto per far divertire un po' un povero vecchio."

Don Camillo ritornò a casa e raccontò tutto al Cristo, e il Cristo scosse il capo e disse con un sospiro:

"Banda di matti!"

FILOSOFIA CAMPESTRE

Ci fu lo sciopero dei giornalieri e dei famigli da spesa proprio nel pieno del raccolto, e la roba nei poderi grossi cominciò a intristire.

Questa era una cosa che don Camillo non poteva mandare giù, e quando venne l'ordine di diminuire il mangime alle bestie per ridurre la produzione del latte, andò a bloccare Peppone che era sempre in giro ad ispezionare i posti di sorveglianza.

"Senti," gli disse "se una donna allatta suo figlio e il figlio di un altro, e se la pagano poco per il suo servizio di balia, per farsi dare di più cosa fa?"

Peppone si mise a ridere.

"Dice al padre del bambino: 'O mi dai di più, o te lo allatti tu'."

"Bene" esclamò don Camillo. "Invece quella è una donna speciale, e per farsi dare di più sai cosa fa? Prende una medicina che a poco a poco le fa diminuire il latte, e poi dice al padre del marmocchio: 'O mi paghi meglio o continuo fino a quando non avrò più un goccio di latte'. Così restano senza mangiare tutt'e due: suo figlio e il figlio dell'altro. Ti pare che sia una donna intelligente?"

Peppone storse la bocca.

"Non buttiamo la faccenda in politica" borbottò. "I paragoni sono la più gran vigliaccata del mondo perché riducono tutti i problemi ad un esempio pratico, mentre nella vita quello che conta è la teoria. La balia è una bella cosa, ma la verità è che chi lavora deve esser pagato secondo il giusto: e allora, quando chi lavora ha il giusto, c'entra dentro anche la balia che con la giustizia sociale riceve un compenso maggiore senza bisogno di prendere delle medicine e altre porcherie. E la giustizia sociale, caro signor prete, è una cosa che a un bel momento bisogna ben cominciarla se si vuole arrivarci in fondo, perché è come un gomitolo: se uno non riesce a trovare il capo giusto per dipanarlo, cosa deve aspettare, che glielo indichi lo Spirito Santo? Si comincia da qualche parte e poi lungo la strada ci si arrangia."

Don Camillo lo interruppe.

"I paragoni non sono più la maggior vigliaccata del mondo?"

"Dipende da chi li fa."

Peppone si strinse nelle spalle.

"Si capisce; quello che conta è la teoria generica" aggiunse.

"E allora io ti dico che la teoria generica è che in tempi di carestia mondiale si mangia quello che c'è, e se uno rovina quel poco che c'è, dopo può fischiare l'*Internazionale* fin che vuole, ma crepa perché nessuno gli dà niente."

"Creperemo tutti!" esclamò Peppone. "Tanto, prima o dopo si deve crepare."

"E allora, crepa!" gridò don Camillo andandosene. E quando fu in chiesa si sfogò col Cristo dell'altar maggiore.

"È gente che avrebbe bisogno di una lezione" disse don Camillo. "Mandategli un ciclone che butti all'aria ogni cosa. È diventato un mondo maledetto pieno di odio, di ignoranza e di cattiveria. Un diluvio universale ci vuole. Creperemo tutti, e così si farà il conto finale e ognuno si presenterà davanti al tribunale divino e riceverà il castigo o il premio che merita!"

Il Cristo sorrise.

"Don Camillo, per arrivare a questo non occorre un diluvio universale. Ognuno è destinato a morire quando è il suo turno e a presentarsi davanti al tribunale divino per avere il premio o la punizione. Non è la stessa cosa anche senza cataclismi?"

"Anche questo è vero" riconobbe don Camillo tornato calmo.

Poi, siccome, in fondo, gli dispiaceva un po' di rinunciare in pieno all'idea del diluvio, cercò di salvare il salvabile.

"Se almeno poteste far piovere un po'. La campagna è secca, i bacini delle centrali sono vuoti."

"Pioverà, pioverà, don Camillo" lo rassicurò il Cristo. "È sempre piovuto da che mondo è mondo. La macchina è combinata in moto tale che a un bel momento deve piovere. O sei del parere che l'Eterno abbia sbagliato nell'organizzare le cose dell'universo?"

Don Camillo si inchinò.

"Sta bene" disse sospirando. "Capisco perfettamente quanto sia giusto quello che voi dite. Però che un povero prete di campagna non possa neanche permettersi di chiedere al suo Dio di far venir giù due catinelle d'acqua, perdonate, ma è sconfortante."

Il Cristo si fece serio.

"Hai mille ragioni, don Camillo. Non ti resta che fare anche tu uno sciopero di protesta."

Don Camillo ci rimase male e si allontanò a capo chino, ma il Cristo lo richiamò.

"Non ti crucciare, don Camillo" sussurrò il Cristo. "Lo so che il vedere uomini che lasciano deperire la grazia di Dio è per te peccato mortale perché sai che io sono sceso da cavallo per raccogliere una briciola di pane. Ma bisogna perdonarli perché non lo fanno per offendere Dio. Essi cercano affannosamente la giustizia in terra perché non hanno più fede nella giustizia divina, e ricercano affannosamente i beni della terra perché non hanno fede nella ricompensa divina. E perciò credono soltanto a quello che si tocca e si vede, e le macchine volanti sono per essi gli angeli infernali di questo inferno terrestre che essi tentano invano di far diventare un Paradiso. È la troppa cultura che porta alla ignoranza, perché se la cultura non è sorretta dalla fede, a un certo punto l'uomo vede soltanto la matematica delle cose. E l'armonia di questa matematica diventa il suo Dio, e dimentica che è Dio che ha creato questa matematica e questa armonia. Ma il tuo Dio non è fatto di numeri, don Camillo, e nel cielo del tuo Paradiso volano gli angeli del bene. Il progresso fa diventare sempre più piccolo il mondo per gli uomini: un giorno, quando le macchine correranno a cento miglia al minuto, il mondo sembrerà agli uomini microscopico, e allora l'uomo si troverà come un passero sul pomolo di un altissimo pennone e si affaccerà sull'infinito, e nell'infinito ritroverà Dio e la fede nella vera vita. E odierà le macchine che hanno ridotto il mondo a una manciata di numeri e le distruggerà con le sue stesse mani. Ma ci vorrà del tempo ancora, don Camillo. Quindi rassicurati: la tua bicicletta e il tuo motorino non corrono per ora nessun pericolo."

Il Cristo sorrise, e don Camillo lo ringraziò di averlo messo al mondo.

* * *

La "Volante proletaria" comandata dallo Smilzo avvistò una mattina uno che stava lavorando sotto un filare di viti del Verola e lo catturò portandolo quasi di peso in piazza dove i giornalieri e i famigli aspettavano seduti per terra.

Gli si strinsero attorno: era un uomo sulla quarantina e protestava con veemenza.

"Questo è un sequestro di persona."

"Sequestro di persona?" disse Peppone che era appena arrivato. "E perché? Nessuno ti tiene qui. Se vuoi andartene, vattene."

Lo Smilzo e gli altri della "Volante proletaria" lo mollarono. L'uomo si guardò attorno e vide tutto in giro la muraglia degli uomini che, immobili, a braccia incrociate, lo guardavano cupi e silenziosi.

"Insomma, cosa cercate da me?" esclamò l'uomo.

“E tu, cosa sei venuto a cercare qui?” replicò Peppone.

L’uomo non rispose.

“Porco crumiro!” esclamò Peppone afferrandolo per il davanti della blusa e scuotendolo. “Traditore!”

“Non tradisco nessuno” rispose l’altro. “Ho bisogno di guadagnare, e lavoro.”

“Anche tutta questa gente ha bisogno di guadagnare, ma non lavora!”

“Io non c’entro con loro” esclamò l’uomo.

“Ti ci farò entrare io!” urlò Peppone. E, lasciatolo, lo colpì con un manrovescio che lo mandò per terra come uno straccio.

“Io non c’entro” balbettò l’uomo rialzandosi con la bocca piena di sangue.

Un calcio del Bigio lo rimandò tra le mani di Peppone.

“Frugalo!” ordinò Peppone allo Smilzo. E mentre lo Smilzo ficcava le mani nelle tasche dell’uomo, Peppone lo teneva attanagliato per le braccia, ed era inutile divincolarsi.

“Nel fiume!” urlò la folla.

“Impiccalo!” urlò una donna scarmigliata.

“Un momento!” disse Peppone. “Prima vogliamo vedere con che razza di canaglia abbiamo a che fare.”

Lo Smilzo gli aveva allungato il portafogli trovato in una tasca dell’uomo, e Peppone, passato l’uomo al Brusco, sfogliò le carte e consultò a lungo le tessere. Poi rimise tutto dentro il portafogli e lo riconsegnò all’uomo.

“Lasciatelo!” ordinò a testa bassa “c’è un equivoco.”

"Perché?" urlò la donna scarmigliata.

"Perché sì" rispose Peppone duro e aggressivo. E la donna rinculò.

Fecero salire l'uomo sul camioncino della "Volante proletaria" e lo riaccompagnarono fino al buco della siepe da dove l'avevano cavato fuori.

"Può rimettersi a lavorare" disse Peppone.

"No, no" rispose l'uomo. "Torno a casa. Ci deve essere un treno fra un'ora."

Ci furono alcuni minuti di silenzio. Intanto l'uomo si era lavata la faccia nel fosso e si asciugava col fazzoletto.

"Mi dispiace" disse Peppone. "Però lei, un professore, un laureato, non può mettersi contro dei poveri lavoratori della terra."

"La paga dei professori è minore di quella dell'ultimo dei suoi bifolchi. E poi io sono disoccupato."

Peppone scosse la testa.

"Lo so: ma questo non c'entra. Anche se il bifolco e lei hanno bisogno della stessa quantità di nutrimento, la fame del bifolco è diversa dalla sua. Il bifolco, quando ha fame, ha fame come ha fame un cavallo e non può comandare alla sua fame perché nessuno gli ha insegnato a farlo. Ma lei lo sa."

"Il mio bambino non lo sa."

Peppone allargò le braccia.

"Se è destino che faccia quello che fa lei, imparerà."

"Le pare giusto tutto questo?"

"Non lo so" disse Peppone. "La faccenda è che non si capisce come mai noi e voi, pure essendo in fondo nelle stesse condizioni, non possiamo mai fare causa comune contro chi ha troppo."

"L'ha detto lei: perché, pure avendo bisogno dello stesso nutrimento, la nostra fame è diversa dalla vostra."

Peppone scosse il capo.

"Se non lo avessi detto io, sembrerebbe roba di filosofia" borbottò Peppone.

Se ne andarono, ognuno per la sua strada, e la faccenda finì lì. E il problema del ceto medio rimase insoluto.

GIULIETTA E ROMEO

Quando si diceva "È uno della Bruciata" era detto tutto, e se in un fatto c'entrava uno della Bruciata significava che erano volate sberle da far venire i capelli ricci. La Bruciata era una gran striscia di terra che correva fra il Boscaccio e l'argine grande, e il podere lo chiamavano così perché era terra pelata come se ci fosse passato Attila, e soltanto a seminarvi della dinamite si sarebbe ottenuto qualcosa perché, sotto, erano tutti sassi e probabilmente si trattava di una fetta di letto del fiume. L'aveva comprata Ciro quando era tornato dall'Argentina, temporibus illis, e ci si era rotto sopra le reni, ma continuava a seminare grano, e invece nascevano figli, e così, trovandosi con un esercito da sfamare, aveva buttato gli ultimi soldi dell'Argentina nell'acquisto di un vapore, una trebbiatrice e una pressaforaggi e, siccome erano le prime macchine arrivate nella zona, nel 1908, non soltanto si era rimesse a posto le ossa, ma di macchine ne aveva tante da poter trebbiare nelle aie più grosse di tre o quattro comuni. Nel '908 lo chiamavano già il "vecchio della Bruciata" perché toccava appena i quaranta, ma aveva già sei figli, il primo dei quali aveva compiuto i diciotto ed era già bestia come un uomo.

Al confine della Bruciata, subito di là del Boscaccio, c'era il fondo della Torretta, e il padrone si chiamava Filotti, il quale nel '908 aveva trenta bestie e cinque figli, e tirava avanti benone perché la sua era terra che, soltanto a sputarci sopra, cacciava fuori granturco e frumento da esposizione internazionale.

Il Filotti, tanto per dire come stavano le cose, era tirato, a soldi, come la pelle di un tamburo e per scucirgli una lira ci voleva il Padreterno: però, piuttosto che servirsi delle macchine di quelli della Bruciata, spendeva tre volte tanto, ma faceva arrivare tutti gli anni un vapore da casa di Dio. Stupidaggini: una gallina accoppata a sassate, un cane bastonato. Ma, alla Bassa, dove il sole, d'estate, spacca la testa alla gente e schiaccia le case, e dove, d'inverno, non si capisce più quale sia il cimitero e quale sia il paese, basta una sciocchezza come questa per mettere due famiglie in guerra perpetua.

Il Filotti era uno di chiesa che, piuttosto di perdere una messa, avrebbe lasciato crepare tutta la famiglia, e il vecchio della Bruciata riposava il sabato e lavorava la domenica per fargli dispetto, e aveva sempre un ragazzo di sentinella intorno a casa perché gli segnalasse quando il Filotti capitava vicino alla siepe di confine. Allora usciva e cominciava a urlare bestemmie da cavare la corteccia a una rovere. Il Filotti incassava e mandava giù fiele e metteva tutto a frutto aspettando il momento buono. Così arrivò lo sciopero del '908 e la gente pareva diventata matta tanto era decisa a fare le cose sul serio. Naturalmente se la presero anche col prete il quale teneva le parti dei signori, e scrissero sui muri che, se uno aveva il coraggio di andare a messa, se ne sarebbe pentito.

Venne la domenica, e il Filotti, piazzati i figli e parenti a guardia della stalla, si mise sulla spalla la doppietta e andò tranquillo alla messa. Trovò il vecchio prete in canonica.

"Mi hanno lasciato solo" disse il prete. "Sono scappati tutti, perfino la perpetua e il sagrestano. Morivano di paura."

"Conta poco" rispose il Filotti. "Si fa lo stesso."

"E chi mi serve la messa?"

"Ci penso io" rispose il Filotti.

E così il vecchio prete cominciò a celebrare la messa, e come chierico aveva il Filotti, il quale stava inginocchiato sul gradino dell'altare, ma teneva la doppietta sotto il braccio.

Non c'era un'anima in chiesa, e fuori pareva che fossero tutti morti.

All'Elevazione, quando il prete alzò l'Ostia consacrata, la porta della chiesa si spalancò con fracasso. Il sacerdote istintivamente si volse, e si vide la gente muta radunata sul sagrato.

Apparve sulla porta Ciro della Bruciata: aveva il cappello in testa e il sigaro in bocca.

Il prete rimase con l'Ostia levata come se fosse diventato di sasso. Ciro tirò una boccata di fumo, si calcò il cappello in testa, affondò le mani in saccoccia ed entrò in chiesa.

Il Filotti prima suonò il campanello, poi prese la mira e fulminò l'uomo con una schioppettata.

Poi ricaricò lo schioppo, suonò ancora il campanello e il prete si riscosse e continuò tranquillo la messa.

Sul sagrato non c'erano rimaste neanche le mosche.

Ciro non era morto e neppure ferito gravemente. Stava lì sdraiato per terra perché aveva una paura matta di azzeccare un'altra impallinata. Si rialzò quando la messa fu finita, andò dal dottore a farsi cavare i pallini che gli avevano ridotto un fianco come un setaccio e non disse né ai né bai.

* * *

Quando, dopo un mese, fu completamente rimesso a posto, una sera chiamò i quattro figli più grandi: mise loro in mano una doppietta e uscì. La "stradale" era in pressione: i quattro figli si misero a scorta del macchinone. Ciro salì, aperse la manetta, agguantò il volante e iniziò la marcia.

Le stradali ora non ci sono più perché i trattori a petrolio le hanno spodestate: erano meravigliose, fatte come i compressori stradali a vapore, ma senza il rullo, davanti: erano lente, potenti e silenziose. Servivano per trebbiare e per dissodare i terreni vergini.

Cominciò la marcia: attraverso i campi, verso la casa del Filotti. Saltò fuori un cane, ma non fece neppure in tempo ad abbaiare che una legnata già lo aveva stecchito. Tirava vento forte e la macchina poté arrivare a quaranta metri dalla casa del Filotti senza che nessuno se ne accorgesse. Ciro fece manovra, poi il figlio più vecchio prese un capo della grossa corda d'acciaio dell'argano e, mentre il vecchio mollava la leva, si avanzò lento e inesorabile verso l'aia buia e silenziosa. Gli altri lo seguivano con lo schioppo imbracciato. Arrivò al pilastro più grosso della "porta morta", agganciò la fune e tornò indietro di corsa.

"Pronto."

Ciro innestò l'argano, girò la manetta e successe il terremoto. Riavvolse il cavo sull'argano, diede vapore al fischio e tornò a casa.

Non morì nessuno dei Filotti. Ci rimasero secche tre vacche, e venne giù mezza la baracca fra rustico e civile. Ma il Filotti non fiatò.

Conti fra loro: la giustizia non c'entrava.

Non ci furono altri fatti di questa violenza. Quando succedeva qualche piccolo incidente fra i ragazzi, i due capoccia uscivano di casa e, lentamente, si avviavano verso la siepe di confine, nel punto dove c'era il pero selvatico. Le famiglie al completo li seguivano in silenzio. A venti metri dal confine le famiglie si fermavano silenziose e i due capoccia proseguivano fino al pero. Qui si incontravano, si levavano la giacca, si rimboccavano le maniche e cominciavano a cazzottarsi senza dire una parola. Cazzotti di una tonnellata l'uno, che piombavano giù lenti e implacabili come mazzate su un'incudine. Quando si erano pestate per bene le ossa, smettevano e ritornavano alla base seguiti dalle famiglie. Poi i ragazzi crebbero, non ci fu più occasione di incidenti, e i due vecchi smisero di pestarsi. Poi ci fu la guerra che portò via un paio di figli all'uno e all'altro. Poi i pasticci del dopoguerra eccetera, e così passarono venti anni circa e nessuno pareva pensarci più. Ma nel 1929, Mariolino, il primo nipote del vecchio Ciro si accorse che, a due anni d'età, un uomo ha il dovere morale di girare il mondo per farsi un concetto della vita, e si mise traballando in cammino. Arrivato alla siepe di confine sotto lo storico pero, si sedette. Poco dopo sopraggiunse una piccola sporcacciona di uguale tonnellaggio ed era una certa Gina, di anni due, la prima nipotina del Filotti.

Lì accadde che tutt'e due avrebbero voluto ottenere l'esclusiva di una pera mezzo marcia caduta dall'albero e così cominciarono a strapparsi i capelli e a graffiarsi. Poi quando non ne poterono più si sputarono in faccia e tornarono alla base.

Non ci fu bisogno di nessuna spiegazione: tutto l'esercito era a tavola e, quando entrò Mariolino con la faccia a pezzi, il padre fece per alzarsi, ma il vecchio Ciro con un cenno lo inchiodò alla sedia. Poi si alzò lui e, seguito a distanza da tutta la tribù, si avviò verso il pero.

Qui trovò ad aspettarlo il vecchio Filotti. Erano sui sessanta tutt'e due, ma si scazzottarono come giovanotti. Però, siccome poi s'accorsero che per rimettersi a posto le ossa ci volle un mese e più, accadde che il vecchio Ciro, una mattina, arrivato al confine, trovò che qualcuno lo aveva chiuso per metà con una rete metallica. Allora egli chiuse con rete metallica l'altra metà e non se ne parlò più.

* * *

Nelle grandi città la gente si preoccupa soprattutto di vivere in modo originale e così saltano poi fuori cose sul genere dell'esistenzialismo, che non significano un accidente, ma danno l'illusione di vivere in modo diverso dai vecchi sistemi. Invece nei paesi della Bassa si nasce, si vive, si ama, si odia, e si muore secondo i soliti schemi convenzionali. E la gente se ne infischia se si trova immischiata in una vicenda che è una scopiazzatura del "Sangue romagnolo" o di "Giulietta e Romeo" o dei "Promessi sposi" o della "Cavalleria rusticana" e altre balle di letteratura. Quindi è un eterno ripetersi di vicende banali, vecchie come il cucco, ma alla fine, tirate le somme, quelli della Bassa finiscono sottoterra preciso come i letterati di città, con la differenza che i letterati di città muoiono più arrabbiati di quelli di campagna perché a quelli di città dispiace non solo di morire, ma di morire in modo banale, mentre a quelli di campagna dispiace semplicemente di non poter più tirare il fiato. La cultura è la più grande porcheria dell'universo perché ti amareggia, oltre la vita, anche la morte.

Passarono anni ed anni. Altra guerra e altro dopoguerra. Rossi come il fuoco quelli della Bruciata, e neri come il carbone quelli della Torretta.

Stando così le cose, una sera un famiglio dei Filotti venne a chiamare don Camillo.

"Roba urgente" spiegò il famiglio. "Venite subito."

Don Camillo andò e si trovò al cospetto del congresso familiare al completo. Erano tutti seduti attorno alla enorme tavola, e il vecchio Filotti presiedeva il congresso.

"Accomodatevi" dissse gravemente indicandogli una sedia vuota alla sua destra. "Ho bisogno della vostra assistenza spirituale."

Ci fu un istante di silenzio, poi il vecchio Filotti fece un cenno ed entrò la Gina, la prima nipote del Filotti, che era davvero una bella ragazza.

Ristette davanti al nonno, e il vecchio le puntò contro il dito minaccioso.

"È vero, dunque?" chiese.

La ragazza abbassò il capo.

"Da quanto tempo?"

"Non ricordo" balbettò la ragazza. "Quando lui ha fatto il buco nella rete metallica eravamo piccoli. Avremo avuto quattro o cinque anni."

Il vecchio alzò le braccia.

"Dunque quel mascalzone aveva fatto un buco nella siepe?" urlò.

"Calma" lo consigliò don Camillo. "Chi è quello che chiamate mascalzone?"

"Il Mariolino della Bruciata."

"Quello?" urlò don Camillo balzando in piedi.

"Proprio lui, don Camillo."

Don Camillo si avvicinò alla ragazza.

"Il figlio dell'Anticristo, l'anima dannata di Peppone, il delinquente rosso, quello che fa i discorsi nelle piazze eccitando il popolo alla rivolta! Rispondi, svergognata; come hai potuto posare il tuo sguardo di ragazza onesta e timorosa di Dio su quel tizzone d'inferno?"

"Eravamo bambini" spiegò la ragazza.

"Già, il buco nella siepe" ghignò il vecchio Filotti.

Si alzò lentamente, si appressò alla ragazza e la schiaffeggiò.

La ragazza si nascose il volto tra le mani, ma dopo un istante sollevò il capo.

"Ci sposeremo" disse con voce dura.

Erano passate poco più di due settimane e, una

sera, sul tardi, don Camillo, seduto sul suo seggiolone, stava leggendo un suo libriccino, quando sentì bussare discretamente alla porta della canonica. Andò ad aprire e si trovò al cospetto di una donna con una sciarpa nera in capo. Così, nel buio dell'andito, non la riconobbe, ma, entrata che fu nel suo studiolo, vide che era la Gina dei Filotti.

"Cosa vieni a fare a quest'ora?" si stupì.

"A sposarmi" rispose la ragazza.

Don Camillo pensò a Lucia Mondella e si mise a ridere.

"E dopo, cosa succede con don Rodrigo?" esclamò. "E poi, quando ci si sposa, bisogna essere come minimo in due."

"Sono qui" disse una voce. Ed entrò Mariolino della Bruciata.

Don Camillo strinse i pugni.

"Cosa vieni a fare nella casa del ministro di Dio, tu emissario del Cominferno?"

Mariolino afferrò un bracccio della Gina.

"Andiamo," borbottò "non te l'ho sempre detto che questi clericali hanno il dente avvelenato dalla politica?"

Il giovanotto aveva i capelli spettinati che gli cadevano fin sugli occhi, e istintivamente se li gettò all'indietro. Allora si vide che aveva una scucitura sulla fronte.

"Cos'hai fatto?" chiese don Camillo.

La Gina intervenne, piena di rabbia.

"Gli sono saltati addosso tutti quelli di casa sua. Gli hanno riempito la testa di pugni e la schiena di seggiolate, perché una sporcacciona è andata a far la spia che ci facevamo dei segni. Sono dei maledetti bolscevichi, bisognerebbe scomunicarli."

Mariolino afferrò la ragazza per una spalla, la spinse sotto la lampada.

"I miei sono maledetti bolscevichi" sghignazzò "invece i suoi sono tutti santa gente piena di timor di Dio. Guardate qui."

La ragazza, ora che le era caduto lo scialle che le copriva la testa e le ombreggiava il viso, si vedeva benissimo che aveva la faccia piena di lividi e pareva che si fosse pettinata usando, invece di un pettine, un gatto idrofobo.

"Sono quindici giorni che la tengono chiusa nella sua camera come in galera, e appena hanno saputo che dalla finestra mi faceva dei segni, l'hanno pestata come una fascina di canapa. Voi Filotti siete tutti una masnada di bigotti ipocriti, falsi come Giuda" gridò il giovanotto.

"E voi della Bruciata siete dei delinquenti sacrileghi, dei criminali senza Dio e senza coscienza!" ribatté con foga la ragazza.

"Verrà Stalin che vi metterà tutti a posto!" esclamò il giovane.

"Verrà la giustizia che vi metterà tutti in galera!" esclamò la ragazza. "Non vedo l'ora di averti sposato per cavarti gli occhi!"

"E io non vedo l'ora che tu sia mia moglie per riempirti la faccia di schiaffi!" ribatté il giovanotto.

Don Camillo si alzò.

"Se non la finite, vi prendo a calci tutt'e due!" disse deciso.

La ragazza si lasciò cadere su una sedia, si nascose la faccia tra le mani e cominciò a piangere.

"Ma sì," singhiozzò "quelli di casa mia mi

vogliono picchiare, lui mi vuol picchiare, il parroco mi vuol picchiare. Tutti mi vogliono picchiare. Ma cosa ho fatto di male perché ce l'abbiano tanto con me?"

Il giovanotto le appoggiò una mano sulla spalla.

"Non ti fare il sangue cattivo," le disse con voce affettuosa "non sono anch'io nelle tue stesse condizioni? Ho fatto forse qualcosa di male io?"

"Tu no," gemette la ragazza "tu non sei che la vittima di quei farabutti dei tuoi di casa..."

"Alt!" disse don Camillo. "Non rifacciamo la fola dell'oca. Se siete venuti qui per litigare potete andarvene."

"Siamo venuti qui per sposarci" rispose la ragazza.

"Sì, per sposarci" aggiunse il giovanotto. "Avete qualcosa in contrario? Siamo o non siamo due cristiani come gli altri? Siamo o non siamo maggiorenni? Siamo o non siamo liberi di sposarci, o ci vuole il permesso della democrazia cristiana?"

Don Camillo allargò le braccia.

"Non ti scaldare" rispose con calma. "Io mica ho detto che non voglio sposarvi. Io vi sposo come ho sposato tutti quelli che erano in regola e son venuti qui per sposarsi. Tutto si svolgerà secondo le leggi."

"Ma noi abbiamo premura!" esclamò la ragazza.

"Sono qui per favorirvi: trascorso il tempo minimo per le pubblicazioni, vi sposerete."

Il giovanotto scrollò le spalle.

"Le pubblicazioni! Se i nostri sanno che vogliamo sposarci, è la volta che ci ammazzano! No, reverendo, questo è un caso di emergenza, bisogna che ci sposiate subito."

"Ragazzi, il matrimonio non è una burletta. È una cosa che si fa in dieci minuti, ma dura tutta una vita. È un atto grave, solenne, anche se viene celebrato nel modo più modesto e semplice. Ci sono dei regolamenti ai quali non si può derogare. Abbiate pazienza: il matrimonio non è uno zabaione nel quale si prendono due uova, si sbattono assieme e in dieci minuti tutto è fatto."

Il ragazzo intervenne.

"E se un disgraziato sta crepando e vuol sposare una donna, bisogna fare prima le pubblicazioni e poi aspettare il tempo prescritto? Il fiato per aspettare che trascorrano i giorni prescritti, glielo passa il vescovado?"

"Voi mi fate un caso speciale" ribatté don Camillo.

"Questo è un caso uguale" spiegò il ragazzo. "Perché anche qui c'è di mezzo la pellaccia. E voi lo sapete, e quindi potete benissimo sposarci in articolum mortorum come se fossimo in agonia."

Don Camillo allargò le braccia.

"Già, l'articolum mortorum con quarant'anni in due e una salute da arrivare a centocinquanta anni ciascuno! Non precipitiamo. Fatemi pensare. Lasciatemi andare da monsignore per sentire, dato il caso, come si può fare per tutelare la vostra incolumità."

"Bisogna che ci sposiamo subito!" affermò con voce ferma la ragazza.

"E perché? Non è lo stesso rimandare qualche giorno? Non muore mica nessuno."

"È una cosa da vedersi" disse il giovane.

"Siamo scappati di casa" disse la ragazza. "E non ci torneremo più. Però non possiamo allontanarci dal paese se prima non ci siamo sposati."

"Se prima non siamo sposati, non è possibile" disse il ragazzo.

Don Camillo si sentì rabbrividire: quella affermazione calma, serena, precisa, sicura, fatta col tono di chi osserva che non è possibile camminare sull'acqua o vedere con le orecchie, lo lasciò senza fiato. E guardò ammirato i due giovani.

"Abbiate pazienza," disse con angoscia "lasciatemi pensare fino a domattina. Vi assicuro che sistemerò tutto."

"Va bene" rispose il giovanotto. "Torniamo domani."

I due uscirono, e don Camillo, quando fu solo, strinse i pugni e gonfiò il petto.

"Li sposerò a costo di fare la rivoluzione mondiale!" esclamò.

* * *

Peppone, solo nella sua officina, stava lavorando attorno al motore di un trattore quando sentì cigolare la porta e, alzata la testa, si trovò davanti Mariolino e la Gina.

Per Peppone aver davanti un Filotti e una vipera cornuta era la stessa cosa: con la Gina Filotti, poi, ce l'aveva particolarmente perché era stata lei, la lingua sacrilega, a screditargli tutta la sezione femminile.

"L'hai portata per farle rettificare il cervello?" si informò Peppone.

Peppone sapeva perfettamente che i due se la intendevano, e conosceva il contrasto delle famiglie, ma non aveva mai voluto entrare in argomento con Mariolino perché il principio di Peppone era che "un compagno, quando ha servito il partito può servire anche la regina del Perù. Il compagno basta che sia comunista dal collo in su".

"Sei venuto per farle rettificare il cervello?" si limitò quindi a chiedere.

"Non ce n'ho bisogno, signor podestà" rispose la ragazza.

Questa faccenda di chiamarlo "podestà" invece di sindaco era un'altra delle mascalzonate della Gina, e Peppone non l'aveva mai mandata giù.

Si appressò aggressivo e le mise sotto il naso un enorme dito sporco di nero.

"Voi" gridò "dovete guardare come parlate o io vi torco il collo come a una gallina."

"Sì, come a una di quelle galline che voi e la vostra squadra ci avete rubato per festeggiare il primo maggio" ribatté imperterrita la ragazza. "Ma non arrabbiatevi: abbiamo capito benissimo che lo avete fatto per la democrazia, e che si trattava di galline fasciste."

L'idea dell'epurazione del pollaio dei Filotti era stata una iniziativa personale dello Smilzo, e risaliva al 1945, e quindi, oltre il resto, il prelevamento delle galline dei Filotti rientrava nell'amnistia. Ma, ogni tanto, nei momenti più delicati politicamente, la reazione locale tirava in ballo la sciagurata storia delle galline dei Filotti, e chi ci rimetteva era sempre il povero Smilzo che, ogni volta, si prendeva un sacco di pedate da Peppone.

Peppone le si appressò ancora di più: Mariolino si strinse alla ragazza per difenderla, e allora Peppone vide la fronte scucita di Mariolino e la faccia pesta della ragazza.

"Che accidente è successo?" domandò.

Mariolino fece il suo rapporto, e Peppone andò a grattarsi la zucca vicino al trattore.

"Porca miseria," osservò alla fine Peppone "io non capisco che gusto ci si trovi a pigliare delle sberle. Ci sono tante donne e tanti uomini..."

"Ci sono anche tanti partiti" lo interruppe dura la ragazza. "Perché allora voi vi siete intestardito proprio su quello che vi fa odiare dal novanta per cento del paese?"

"Novanta per cento un corno, bella mia! Qui il sessanta per cento è con noi" affermò Peppone.

"Vedremo alle prossime elezioni!" ribatté la ragazza.

Peppone tagliò corto.

"Ad ogni modo sono affari vostri e io non c'entro e non voglio entrarci! Io sono il segretario della sezione, non sono il segretario galante!"

"Voi siete il sindaco!" disse la ragazza.

"Si capisce, e me ne vanto! E allora?"

"Allora ci dovete sposare subito" esclamò la ragazza.

"Voi siete matti da legare! Io faccio il meccanico" sghignazzò Peppone dopo un istante di perplessità, ficcando la testa dentro il cofano del trattore e riprendendo a smantellare.

La ragazza si volse beffarda verso Mariolino.

"Dunque," esclamò ad alta voce "è questo il famoso Peppone che non ha paura di nessuno?"

Peppone cacciò fuori la testa dal cofano.

"Qui non si tratta di aver paura! Qui si tratta di legge e io non posso sposare due in un'officina. E poi certi regolamenti non li ho in testa. Venite domani mattina in comune. Metteremo a posto tutto. Io non so che bisogno ci sia di sposarsi alle dieci e mezzo di notte. Non ho mai visto un amore così urgente!"

"Non è questione di amore," spiegò Mariolino "è questione di necessità. Siamo scappati di casa e non vi torneremo più. Ma non possiamo lasciare il paese se non siamo sposati. Quando siamo a posto con la legge e con la coscienza, allora si piglia il treno e si parte. Dove si arriva si arriva, e va sempre bene perché si tratta di cominciare una cosa dal niente."

Peppone si grattò la testa.

"Capisco tutto" borbottò. "Tutto è giusto. Però bisogna aspettare almeno fino a domani. Vedremo di accomodare la faccenda. Per stanotte tu dormi qui in officina sul camion e la ragazza può andare a dormire a casa di mia madre."

"Io non dormo fuori di casa se non sono sposata!" esclamò la ragazza.

"Nessuno vi obbliga a dormire" replicò Peppone. "Voi potete rimanere sveglia a dire il rosario e a pregare per l'America. Sì, perché, adesso, se non vi dispiace, la bomba atomica ce l'abbiamo anche noi."

Trasse di tasca un giornale e lo dispiegò.

Mariolino prese la ragazza per un braccio.

"Grazie, capo, torniamo domattina" spiegò.

Uscirono e Peppone rimase lì fermo col giornale in mano.

"All'inferno anche la bomba atomica!" esclamò spiegazzando il giornale e buttandolo lontano.

* * *

Cent'anni prima il fiume in piena aveva rotto l'argine grande, e l'acqua era arrivata fino ai Pioppi e c'era rimasta riconquistando così in un minuto il pezzo di terra che in tre secoli gli uomini le avevano rubato. Tra l'argine e i Pioppi, in una bassa, c'era l'oratorio vecchio, una chiesetta con una piccola torre tozza, e l'acqua se l'era presa così come stava, con dentro il vecchio scaccino e l'aveva ricoperta. Dopo qualche mese qualcuno aveva pensato di recuperare la campana che era rimasta nel campanile sommerso e si era buttato sott'acqua trascinandosi dietro il capo di una lunga corda con un rampino. Poi, siccome tardava a tornare a galla, gli altri che stavano sulla riva avevano cominciato a tirare la corda, e tira e tira non finiva mai, come se quello si fosse buttato in mezzo all'oceano. Alla fine uscì il rampino al quale non era agganciato nulla. E proprio in quel momento si sentì venire dal fondo del fiume un rintoccare spento di campana.

La campana sommersa si sentì rintoccare qualche anno dopo, la notte in cui un certo Tolli si uccise affogandosi nel fiume. Poi la sentirono rintoccare quando si buttò nel fiume la figlia dell'oste del Ponte. Probabilmente nessuno aveva mai sentito niente di niente perché è impossibile udire il rintocco di una campana sepolta in fondo all'acqua, ma la leggenda rimase.

Nei campi della Bassa le leggende vengono con l'acqua: ogni tanto la corrente porta giù un fantasma e lo getta alla deriva.

Centocinquant'anni prima, durante un'altra piena, uno di quei molini naviganti che ancor oggi si vedono all'ancora in mezzo al fiume (dipinti a scacchi bianchi e neri con scritto "Dio mi salvi" sul davanti della capannuccia di legno che sta a cavalcioni dei due barconi affiancati) si inabissò. E sopra c'era il mugnaio zoppo, un vecchio maligno che Dio fece bene a mandare al demonio. Ma rimase il suo fantasma a vagare sull'acqua. E in certi grigi tardi pomeriggi d'inverno, il molino appariva e si ancorava davanti a questo o a quel paese, e il mugnaio zoppo scendeva e andava per i campi a cavare uno per uno i granelli del frumento seminato, riempiendo sacchi e sacchi. Poi macinava il grano e buttava la farina al vento e ne usciva nebbia da tagliar col coltello e, per quell'anno, la terra non dava grano.

Stupidaggini cui nessuno credeva. Ma cui tutti pensavano quando, nelle notti invernali, si sentiva mugghiare il vento o ululare un cane lontano.

La notte dei promessi sposi era appunto una di quelle in cui si pensava al mugnaio zoppo e alla campana sommersa.

Verso le undici bussarono alla porta, e don Camillo si buttò giù dal letto. Era uno dei Filotti.

"La Gina è scomparsa!" disse agitato. "Il vecchio vi vuole subito!"

Il biroccio volò lungo le strade buie, e don Camillo trovò i Filotti tutti nella grande cucina, anche i ragazzi, in camicia e con occhi grandi come soldoni dell'Umberto.

"Si è sentita sbattere la finestra della camera della Gina, l'Antonia è andata a vedere e ha trovato tutto vuoto" spiegò il vecchio Filotti. "Scappata dalla finestra. Sul comò c'era questa biglietto."

Don Camillo lesse il foglietto che conteneva poche parole: "*Ce ne andiamo. O ci sposeremo in chiesa come tutti i cristiani o ci sposeremo all'oratorio vecchio, e allora sentirete sonare la campana*".

"Non può essere più di un'ora fa" spiegò il vecchio. "Alle nove e quaranta, quando la moglie di Giacomo le ha portato una candela, lei era ancora nella sua camera."

"In un'ora si fanno parecchie cose" borbottò don Camillo.

"Don Camillo, voi ne sapete niente?"

"E che ne posso sapere?"

"Meno male, temevo che quegli sciagurati fossero venuti da voi e voi vi foste impietosito. Vadano all'inferno, stramaledetti!" urlò il vecchio. "Torniamo a letto!"

Don Camillo pestò sul tavolo un pugno di mezza tonnellata.

"A letto un corno!" gridò. "E all'inferno ci dovrete andare voi, vecchio rimbambito. Bisogna trovarli!"

Don Camillo si avviò verso la porta, e tutti, anche l'esercito delle donne, anche i ragazzi, lo seguirono, e il vecchio rimase solo nella immensa cucina deserta.

* * *

Sull'argine grande il vento soffiava forte, ma di là nella fascia di terra tra l'acqua e l'argine, l'aria era quasi ferma come se si fosse impigliata tra i rami nudi delle gaggie: il giovanotto e la ragazza camminarono in silenzio e ristettero soltanto quando furono in riva all'acqua.

"L'oratorio vecchio è là sotto" indicò Mariolino.

"Sentiranno suonare la campana" mormorò la ragazza.

"Maledetti tutti!" borbottò il giovanotto.

"Maledetto nessuno" sospirò la ragazza. "Quando si sta per morire non si deve maledire nessuno. Maledetti siamo noi che ci togliamo la vita. È un delitto enorme."

"La mia vita è mia e ne faccio quello che voglio!" ribatté aspro il giovanotto.

"Forse avremo per testimoni il vecchio scaccino dell'oratorio e il mugnaio zoppo" sospirò la ragazza.

Un'onda breve arrivò sulla rena e l'acqua inzuppò i piedi dei due.

"È fredda come la morte" sospirò rabbrividendo la ragazza.

"È questione di un momento" rispose il ragazzo. "Nuoteremo fino là, al fondone, poi ci abbracceremo stretti e ci lasceremo scivolare giù."

"Sentiranno suonare la campana" sussurrò la ragazza "forte come mai ha suonato perché adesso sono due in una volta sola che vanno a trovare il vecchio campanaro. Ci abbracceremo stretti e nessuno potrà dire niente."

"La morte unisce più del prete e più del sindaco" disse il giovanotto.

La ragazza non rispose. Il fiume, di notte, attira come l'abisso e mille ragazze di tutti i secoli si son trovate sulla riva di un fiume, e, a un tratto, hanno cominciato a camminare lentamente verso l'acqua e lentamente hanno continuato a camminare fin che l'acqua non le ha coperte.

"Cammineremo tenendoci per mano" sussurrò la ragazza. "Quando la terra ci mancherà d'improvviso sotto i piedi, allora sarà il fondone dell'oratorio e ci abbracceremo."

Si presero per mano e cominciò la marcia orrenda ed inesorabile.

* * *

Don Camillo seguito dalla mandria dei Filotti era uscito dal podere ed era arrivato alla strada che portava al fiume.

"Là alla cabina della luce ci divideremo: metà di qua dell'argine e metà di là. Quindi metà batterà verso monte e metà verso valle. Se non sono ancora arrivati al fiume, non lo raggiungeranno."

Lampadine elettriche, candele, lucerne, lumi a olio, anche i fanali a carburo delle biciclette: tutti avevano un po' di luce e si avviarono in silenzio.

Ed ecco che, fatti cento metri, arrivarono là dove nella strada sboccava un'altra stradetta laterale e quasi cozzarono contro un'altra mandria: quelli della Bruciata. Tutti, si capisce, meno il vecchio. E il capomandria era Peppone. Niente di miracoloso in tutto questo, per il semplice fatto che don Camillo, prima di uscire dalla canonica per salire sul calesse dei Filotti, aveva detto alla vecchia serva di correre dal sindaco e di raccontargli quello che stava succedendo, in modo che lui avvertisse i suoi bolscevichi della Bruciata.

I due capimandria si fermarono l'uno di fronte all'altro, si guardarono fieramente. Peppone si tolse il cappello e salutò.

Don Camillo rispose togliendosi il cappello, e le mandrie procedettero affiancate. Pareva una scena da romanzo con tutti quei lumi nella notte.

"Si sale e poi ci si divide" disse arrivato sull'argine il comandante supremo don Camillo.

"Sì, duce" rispose Peppone. E don Camillo lo guardò male.

* * *

Uno, due, tre passi: l'acqua arriva già al ginocchio della ragazza e del giovanotto, e ormai non è più fredda. E la marcia orrenda continua implacabile, quando, d'improvviso, ecco levarsi voci dall'argine e i due si volgono di scatto e l'argine è pieno di luci.

"Ci cercano!" disse la ragazza.

"Se ci prendono ci ammazzano!" esclamò il giovanotto.

Dieci passi e poi sarebbero stati all'orlo del fondone. Ma ormai il fiume e la morte avevano perso il loro fascino. La luce e la gente li ricongiungevano violentemente alla vita.

Furono di un balzo sulla riva e poi sull'argine. Al di là c'erano i campi deserti e i boschi. Ma li avvistarono subito e cominciò la caccia. I due correvano sull'argine e le due mandrie scatenate procedevano più sotto, a sinistra e a destra dell'argine.

Furono oltrepassati, poi, a un urlo di Peppone che ansimava come un reggimento di tori in testa alla colonna che procedeva lungo il fiume, le due schiere risalirono sull'argine e si congiunsero.

Quando arrivò don Camillo che navigava a

tutto vapore con le sottane fin sullo stomaco, la manovra a tenaglia era finita.

"Disgraziata!" urlò una donna dei Filotti avanzando verso la Gina Filotti.

"Mascalzone!" gridò una donna della Bruciata avanzando minacciosa verso Mariolino della Bruciata.

I Filotti agguantarono la loro ragazza, gli altri il loro giovanotto e si levarono urla furibonde di donne. Ma ecco che apparvero Peppone e don Camillo i quali avevano tra le mani una preoccupante stanga di rovere ciascuno.

"In nome di Dio!" disse don Camillo.

"In nome della legge!" urlò Peppone.

Tutti tacquero, e il lungo corteo si compose e si avviò verso casa: davanti Giulietta e Romeo, i promessi sposi. Dietro a loro don Camillo e Peppone con annesse stanghe di rovere. Dietro, affiancate, le due mandrie silenziose.

Appena sceso l'argine, il corteo dovette fermarsi perché si trovò la strada sbarrata dal vecchio Filotti che, vista la nipote, alzò i pugni al cielo. In quell'istante, naturalmente, arrivò arrancando anche il vecchio della Bruciata che fece per scagliarsi contro il nipote. Si trovarono come per un miracolo, a fianco a fianco. Si guardarono feroci: centocinquantasei anni in due, ma pieni di rabbia come giovanotti.

Le due mandrie si distesero silenziose ai due lati della strada e tutti alzarono le lucerne.

I due vecchi si misero l'uno davanti all'altro, strinsero i pugni e cominciarono a pestarsi pugni in testa: ma era più l'animosità che la forza, e dopo un primo assalto ripresero a guatarsi e a studiarsi stringendo i pugni, e il Filotti aveva anche il coraggio di soffiarsi sulle nocche delle dita come si faceva da ragazzi per dar più forza al pugno.

Allora don Camillo si volse verso Peppone.

"Procedi" gli disse.

"Non posso: sono il sindaco. E poi la cosa avrebbe un significato politico."

Don Camillo allora si fece avanti: appoggiò delicatamente la destra sulla nuca del Filotti e la sinistra sulla nuca dell'altro, quindi con un colpo secco e preciso mandò la zucca dell'uno a sbattere contro la zucca dell'altro.

Non si videro scintille perché si trattava di ossa vecchie, ma il rumore si sentì lontano.

"Amen" disse Peppone riprendendo la marcia.

* * *

E così anche questa storia finì come tutte le storie. Passarono gli anni e adesso nella rete metallica che divide il podere della Torretta dal podere della Bruciata, c'è sempre il famoso buco, e un bambino piccolo piccolo si diverte a passare attraverso il buco da una parte all'altra. E il vecchio Filotti e il vecchio della Bruciata stanno finalmente vicini l'uno all'altro senza litigare, e il becchino dice anzi che non ha mai visto due morti andare così d'accordo.

IL PITTORE

La Gisella era una donna sui quaranta: di quelle donne che, appena si imbattono in un gruppo di gente raccolta in una piazza, innestano la terza e ci si buttano in mezzo a testa bassa urlando: "Dagli! Dagli! Al muro! Impiccalo! Sbudellalo!" senza minimamente preoccuparsi se quella gente si sia radunata lì perché è stato catturato un criminale, o se, invece, stia lì semplicemente per ascoltare le balle di un venditore di lucido per scarpe.

Una di quelle donne che nei cortei marciano sempre in testa al branco, con della gran roba rossa addosso e cantano con voce feroce e, quando c'è un comizio col discorso di qualche pezzo grosso, ogni tanto saltano su strillando all'oratore: "Sei bello! Sei un Dio!"

E parlano a lui solo, ma nella loro voce è tale un furore amoroso che basterebbe per l'intero Esecutivo del partito e annessa sezione Agit-Prop.

La Gisella era nel paese la rivoluzione proletaria in persona e, appena sentiva che in qualche podere scoppiava un pasticcio piccolo o grosso fra lavoranti e padroni, correva là a "galvanizzare la massa". E se il podere era lontano inforcava la bicicletta da corsa di suo marito, e se qualcuno lungo la strada le urlava dietro qualcosa, rispondeva che soltanto i porci signori hanno roba sporca da nascondere, ma che il popolo può mostrare a fronte alta anche il sedere.

La Gisella, in occasione dello sciopero dei braccianti si agitò molto a piedi, in bicicletta e sul camioncino della squadra di sorveglianza. E così, quindici giorni dopo la fine dell'agitazione, ci fu qualcuno che, fra il lusco e il brusco, le mise un sacco in testa, la trascinò dietro una siepe, le tirò su il sipario e le pitturò di rosso il posteriore.

Poi la piantò lì con la testa nel sacco e se ne andò sghignazzando.

Fu una cosa grossa perché, a parte il fatto che la Gisella per lavare l'onta dovette star seduta un sacco di tempo dentro una bacinella piena di benzina, Peppone vide nel fatto una sanguinosa offesa a tutta la massa proletaria. E allora diventò furibondo, tenne un comizio, urlò parole di fuoco contro gli ignoti delinquenti reazionari e proclamò uno sciopero generale di protesta.

"Tutto fermo" gridò alla fine. "Tutto chiuso, tutto bloccato fino a quando l'autorità costituita non avrà arrestato i delinquenti!"

Il maresciallo e i quattro carabinieri della stazione si misero in movimento: ma a voler stanare gente che di sera e in aperta campagna ficca un sacco in testa a una donna e le pittura di rosso il posteriore, è come cercare un ago in un carro di fieno.

"Signor sindaco," disse il maresciallo a Peppone al termine della prima giornata di ricerche "abbiate pazienza: non è il caso che voi persistiate in uno sciopero: la giustizia funziona anche senza sciopero."

Peppone scosse il capo.

"Fino a quando non avrete accalappiato questo delinquente, qui tutto rimane fermo!" rispose. "Tutto!"

Le indagini ripresero la mattina seguente all'alba: non avendo la Gisella potuto vedere chi la aveva verniciata perché il sacco le copriva la faccia, gli unici che potessero dire qualcosa sul fattaccio erano quindi il sacco e la parte verniciata. Il maresciallo si aggrappò al sacco, lo studiò con la lente centimetro per centimetro, lo pesò, lo misurò, lo fiutò, lo brutalizzò prendendolo a calci: ma i sacchi, in generale, sono di scarsissima eloquenza, e quello lì poi era il sacco più anonimo e taciturno dell'universo. Il maresciallo allora mandò a chiamare il medico condotto.

"Veda un po' lei," disse "faccia una visita a quella donna."

"E cosa ci posso trovare? A parte il fatto che la parte lesa è stata trattata con benzina, qui non si tratta dei soliti pittori che quando hanno pitturato il loro quadro ci mettono la firma."

"Dottore," rispose il maresciallo "qui non bisogna ragionare. Perché, se uno ragiona, si mette a ridere e non ci pensa più. Ma qui c'è gente che non ha il senso del ridicolo e ti combina una tragedia paralizzando la vita di un comune intero."

Il medico andò a visitare la Gisella e ritornò dopo un'ora.

"Ha un po' di iperacidità allo stomaco e le tonsille irritate" spiegò il medico allargando le braccia. "Se le interessa la pressione, l'ho misurata. È tutto quello che posso dirle."

Tornarono verso sera i quattro carabinieri. Non un'impronta, non un indizio. Niente.

"Benissimo!" ghignò feroce Peppone quando seppe l'esito. "Da domani chiusi anche i fornai. Si distribuisce la farina e la gente si arrangia a fare il pane in casa."

* * *

Don Camillo stava prendendo il fresco seduto sulla panchina davanti alla canonica, quando si trovò davanti improvvisamente Peppone.

"Reverendo," disse Peppone cupo, dittatoriale, "chiamate il campanaro e fatelo salire sulla torre a fermare l'orologio. Qui si deve fermare tutto, perfino l'orologio. Gli farò vedere io a quei vigliacchi come si organizza uno sciopero generale! Tutto fermo!"

Don Camillo tentennò il capo.

"Tutto fermo: cominciando dal cervello del sindaco."

"Il cervello del sindaco funziona benissimo!" urlò Peppone.

Don Camillo accese il mezzo toscano.

"Peppone," disse dolcemente "tu credi che il tuo cervello funzioni e invece la tua faziosità l'ha bloccato e così gli impedisce di avvertirti che tu stai affogando miseramente nel ridicolo. E questo mi dispiace. Se ti vedessi prendere sulla groppa un carico di legnate, Dio mi perdoni, non proverei nessuna pena. Ma vedendoti ridicolo mi fai pietà."

"Non me ne importa niente del giudizio del clero!" gridò Peppone. "L'orologio deve essere fermato, o lo fermo io a raffiche di mitra!"

Peppone aveva nella voce e nei gesti come un disperato furore, e don Camillo si sentì toccato.

"Il campanaro non c'è" disse alzandosi. "Andiamo su noi."

Si arrampicarono lungo le scalette a pioli della torre, e arrivati alla cella dell'orologio si fermarono davanti al meccanismo che era di quelli vecchi, con grossi ingranaggi.

"Ecco," spiegò don Camillo indicando una ruota "basta mettere questo cavicchio lì e si ferma tutto."

"Sì, sì, deve fermarsi" esclamò Peppone che sudava.

Don Camillo si appoggiò al muro, vicino a una finestrella che dava sui campi.

"Peppone," disse "un uomo semplice aveva un figlio malato e tutte le sere il bambino veniva colto dalla febbre, e non c'era verso di farla passare e il termometro segnava sempre vicino ai quaranta. E allora l'uomo semplice che ad ogni costo voleva far qualcosa per il suo bambino, prese il termometro e lo schiacciò sotto i piedi."

Peppone continuava a guardare il meccanismo dell'orologio.

"Peppone," disse don Camillo "tu ora vuoi fermare l'orologio, ma non mi fai ridere. Rideranno gli imbecilli, ma io provo per te la stessa pena che sento pensando a quel padre che ha pestato il termometro sotto i piedi. Peppone, sii sincero: perché vuoi fermare l'orologio?"

Peppone non rispose.

Don Camillo parlò con voce grave:

"Tu vuoi fermare l'orologio perché è sulla torre e lo vedi mille volte al giorno. Dovunque tu vada, l'orologio della torre ti guarda, come l'occhio della sentinella dalla torretta dei campi di prigionia. E se tu volgi il capo dall'altra parte è inutile, perché senti quello sguardo pesarti sulla nuca. E se ti chiudi in casa e nascondi la testa sotto il cuscino, quello sguardo passa i muri, e poi i rintocchi dell'orologio ti raggiungono e ti portano la voce del tempo. Ti portano la voce della tua coscienza. È inutile, se hai paura di Dio perché hai peccato, nascondere il Crocifisso che hai sul letto: Dio rimane e ti parlerà per tutta la tua vita con la voce del tuo rimorso. È inutile, Peppone, che tu fermi l'orologio della torre: il tempo non lo fermi. Il tempo continua. Passano le ore, passano i giorni, e ogni istante è qualcosa che tu rubi".

Peppone alzò la testa e gonfiò il petto.

"Sgonfiati, pallone pieno di fumo!" gridò don Camillo. "Ferma pure l'orologio. Non fermerai il tempo: e le messi languiranno nei campi, le vacche deperiranno nelle stalle, il pane di istante in istante diminuirà sulla mensa degli uomini. La guerra è l'infamia più orrenda che esista, ma se il malvagio tenta di invadere la tua terra e depredare le tue cose e la tua libertà, tu devi difenderti. Scioperare vuol dire difendere dei sacrosanti diritti, difendere il tuo pane, la tua libertà e l'avvenire dei tuoi figli. Così invece sei tu il malvagio che porta la guerra contro il suo simile per tutelare il suo stupido orgoglio di uomo di parte. È una guerra 'di prestigio', il tipo di guerra più empio e maledetto."

"La giustizia..."

"Esistono delle leggi da te accettate le quali tutelano il cittadino da capo a piedi, dentro e fuori. Non occorre che intervenga un partito per tutelare il sedere di una Pasionaria da strapazzo. Ferma il tuo sciopero, invece di fermare l'orologio."

Scesero e, quando furono giù, Peppone si piantò davanti a don Camillo.

"Don Camillo," disse Peppone "noi due possiamo parlarci chiaro. Dite la verità: siete stato voi?"

Don Camillo sospirò.

"No, Peppone. Io sono un sacerdote e come tale non posso arrivare così in basso. Io, al massimo, avrei potuto pitturarle di rosso la faccia, ma allora la cosa avrebbe perso il suo significato."

Peppone lo guardò negli occhi.

"Io" disse don Camillo "mi sono limitato a ficcarle il sacco in testa, a legarla e a portarla dietro la siepe. Poi me ne sono andato per i fatti miei."

"E dietro la siepe chi c'era?"

Don Camillo si mise a ridere.

Peppone parlò gravemente:

"Quando c'era da rischiare la ghirba io mi fidavo di voi e voi vi fidavate di me. Facciamo come se fosse allora. La cosa resta tra noi due".

Don Camillo allargò le braccia.

"Peppone: una povera creatura oppressa e angariata, una infelice creatura che da anni soffre in silenzio le pene dell'inferno, si rivolge al suo parroco per avere un aiuto. Come si fa a non ascoltare la sua straziante invocazione? Dietro la siepe c'era il marito della Gisella."

Peppone pensò al marito della Gisella, a quell'ometto magro e patito che doveva rammendarsi i calzoni e farsi da mangiare mentre sua moglie girava per "attivizzare le masse", e si strinse nelle spalle. Poi pensò che il marito della Gisella era uno di quelli del "biancofiore" e corrugò la fronte.

"Don Camillo," disse con voce dura "lo ha fatto come democristiano?"

"No, Peppone. Come marito. Soltanto come marito."

Peppone si avviò per ordinare la ripresa del lavoro.

"Però, voi!" esclamò quando fu sulla porta della torre, minacciando don Camillo col dito.

"L'ho fatto anche per incoraggiare la pittura" spiegò don Camillo allargando le braccia.

LA FESTA

Peppone mandò il testo del proclama che era già tardi, e il vecchio Barchini, il cartolaio-tipografo, ci mise cinque ore per comporlo, e alla fine era stanco morto e cascava da tutte le parti per il gran sonno. Tuttavia trovò ancora la forza di arrivare alla canonica con la prima bozza di stampa.

"Che roba è?" domandò don Camillo guardando con diffidenza il foglio che il Barchini aveva dispiegato sulla tavola.

"Roba fina" sogghignò il Barchini.

La prima faccenda che saltò all'occhio di don Camillo fu un "*democrazzia*" con due zeta che parevano addirittura tre, tanto eran due. E fece notare che ce ne voleva una soltanto.

"Bene" rispose soddisfatto il vecchio Barchini. "Appena torno la tolgo e la metto nella parola '*fazziosità*' della penultima riga, che ho dovuto comporre con una zeta sola perché non avevo più carattere."

"Non vale la pena" borbottò don Camillo. "Lascia così com'è: è sempre meglio dare incremento alla democrazia che alla faziosità."

Cominciò a leggere attentamente il proclama: si trattava, in definitiva, del programma della festa della stampa del partito, con annesse considerazioni di carattere politico-sociale.

"Cosa significa, qui, al numero 6, questa '*Gara ciclistico-artistico-patriottica a coppie miste con le città d'Italia ambisessualmente allegoriche*'?"

"Be'," spiegò il Barchini "si tratta di una corsa in bicicletta dove ogni concorrente maschio porta una ragazza seduta in canna. E ogni ragazza è vestita da città italiana. Una rappresenta Milano, l'altra Venezia, l'altra è travestita da Bologna, l'altra da Roma eccetera. E ogni rispettivo ciclista è vestito secondo il tipo della città. Per esempio quello che porta sulla canna Milano è vestito in tuta da operaio, per via dell'industria. Quello che porta in canna Bologna è vestito da contadino per via dell'Emilia agricola. Quello che porta Genova è vestito da marinaio, e via discorrendo."

Don Camillo chiese altre delucidazioni.

"E questo '*Tiro a segno politico-satirico-popolare*'?"

"Non lo so, don Camillo. È una baracca che metteranno in piedi in piazza all'ultimo momento. Dicono che sarà, dopo la corsa delle città, la cosa più importante della giornata."

Don Camillo era rimasto freddissimo fino a quel momento. Ma, arrivato alle ultime righe del manifesto, lanciò un grido.

"Ma no!"

Il Barchini sogghignò.

"Ma sì, don Camillo. Proprio così. Nella mattina di domenica Peppone e gli altri dirigenti della sezione gireranno per le strade principali del paese strillando il giornale del partito."

"È uno scherzo!" esclamò don Camillo.

"Scherzo un corno! Lo hanno fatto in tutte le principali città d'Italia! E a fare gli strilloni c'erano non soltanto dirigenti di federazioni, direttori di giornali, ma addirittura deputati. Non l'aveva letto?"

* * *

Uscito il Barchini, don Camillo dopo aver camminato a lungo in su e in giù per la stanza, andò a inginocchiarsi davanti al Cristo dell'altar maggiore.

"Gesù," disse "fate venire presto domenica mattina."

"E perché, don Camillo? Non ti pare che il tempo sia abbastanza rapido nel suo corso naturale?"

"Sì, ma ci sono delle occasioni in cui i minuti sembrano ore."

Ci ripensò un poco.

"Però" aggiunse don Camillo "in altre circostanze, le ore sembrano minuti e quindi c'è un compenso. Lasciate pur stare tutto come sta adesso: aspetterò la domenica per via normale."

Il Cristo sospirò.

"Quale pensiero malvagio ti gira nel cervello?"

"Pensieri malvagi, io? Se l'innocenza potesse possedere un volto umano, io non avrei che a guardarmi nello specchio e dire: 'Ecco l'Innocenza'."

"Forse faresti meglio a dire: 'Ecco la Bugia'."

Don Camillo si segnò e si levò.

"Non mi guarderò nello specchio" disse andandosene in fretta.

* * *

Arrivò finalmente la domenica mattina e, dopo la prima messa, don Camillo andò a mettersi la tonaca migliore, si lustrò le scarpe, spazzolò con cura il cappello e, facendo uno sforzo per non mettersi a correre, arrivò lemme lemme fino alla strada principale della borgata.

C'era zeppo di gente, e tutti giravano in su e in giù con indifferenza, ma si capiva che aspettavano qualcosa.

E a un bel momento si udì lontano il vocione di Peppone.

"Il sindaco che vende i giornali!" esclamarono tutti, presi da subitanea agitazione. E si strinsero lungo i marciapiedi, come se dovesse passare un corteo.

Don Camillo si piantò in prima fila e gonfiò il torace per sembrare più alto ancora.

Apparve Peppone, con un gran fascio di giornali sotto il braccio e, ogni tanto, qualcuno dei suoi - dislocati lungo il percorso - si staccava dalla folla e andava a comprare un giornale. Tutta l'altra gente era ammutolita perché Peppone urlava come uno strillone e questo faceva venir voglia di ridere, però guardava a destra e a sinistra con una faccia così cattiva che la voglia di ridere passava subito. E la cosa, con quell'urlo che risuonava nel silenzio, e quella gente immobile stretta lungo i muri e quell'omone che camminava solo in mezzo alla strada deserta, non era ridicola, ma tragica.

Peppone passò davanti a don Camillo, e don Camillo lo lasciò passare. Poi improvvisamente si udì il vocione di don Camillo, come una cannonata:

"Giornalaio!"

Peppone rimase bloccato. Si volse lentamente e fulminò don Camillo con uno sguardo da Comintern. Ma don Camillo non ne fu turbato. Si avanzò tranquillo verso Peppone frugando nella tasca per trarne il portamonete.

"Per favore, l'*Osservatore romano*" disse con indifferenza, ma in modo tale che lo sentissero fino fuori provincia.

Peppone, oltre alla testa, voltò anche il resto del corpo verso don Camillo. Non parlò, ma nei suoi occhi c'era un intero discorso di Lenin. Allora don Camillo parve riscuotersi e allargò sorridendo le braccia.

"Oh, mi scusi, signor sindaco" esclamò. "Ero soprappensiero e l'avevo scambiata per il giornalaio. Capisco, capisco: mi dia pure una copia del suo giornale."

Peppone strinse ancora di più i denti e lentamente allungò una copia del giornale a don Camillo che, messo il foglio sotto il braccio, prese a frugare nel portafogli. Ne trasse un biglietto da cinquemila e lo porse a Peppone.

Peppone guardò il biglietto, poi ritornò a fissare don Camillo negli occhi e gonfiò il torace.

"Capisco, capisco" disse allora don Camillo ritirando la mano col biglietto. "È stupido da parte mia pensare che lei mi possa dare il resto."

Indicò il fascio di giornali che Peppone recava sotto il braccio.

"Ne deve avere presi pochi di spiccioli" continuò. "Poveretto! Ha ancora i giornali tutti lì."

Peppone non compì atti di violenza. Si strinse fra le gambe il fascio dei giornali, cacciò una mano in tasca, e trattane una grossa manata di banconote, cominciò a contare a don Camillo il resto delle cinquemila lire.

"Se non le dispiace è già il quarto pacco di giornali che io vendo" sibilò Peppone continuando a snocciolare banconote.

Don Camillo sorrise compiaciuto.

"Mi fa piacere. Ma mi bastano quattromilacinquecento. Tenga pure il resto: l'onore di aver comprato un giornale dal signor sindaco vale ben più di cinquecento lire. E poi mi lascia il piacere di aiutare un giornale che, nonostante i suoi nobili sforzi, non riesce ad avere una diffusione sufficiente a mantenerlo in vita..."

Peppone sudava.

"Quattromilanovecentottantacinque!" gridò "neanche un centesimo di meno, reverendo! Non abbiamo bisogno dei vostri soldi!"

"Oh, lo so, lo so" disse don Camillo con ambiguità intascando il resto.

"Cosa vorrebbe dire?" urlò Peppone stringendo i pugni.

"Per l'amor del cielo, non voglio dire niente."

Dispiegò il giornale, mentre Peppone si riassettava.

"U-ni-tà" sillabò don Camillo. "Oh, che strano! È scritto in italiano."

Peppone muggì brevemente e poi partì rimettendosi a urlare con una rabbia tale che pareva la dichiarazione di guerra alle potenze occidentali.

"Mi scusi" balbettò don Camillo. "Non si arrabbi. Credevo in buona fede che fosse scritto in russo."

* * *

Nel pomeriggio, quando vennero a dirgli che il discorso era finito e che erano incominciati i festeggiamenti popolari, don Camillo uscì di casa e andò a portare a spasso le sue enormi spalle in su e in giù per la piazza.

La corsa con le allegorie in bicicletta riuscì una cosa veramente in gambissima. Arrivò prima al traguardo Trieste, che era seduta in canna sulla bicicletta dello Smilzo, e in giro circolava già dalla mattina la storia appunto di Trieste, perché durante la seduta alla sezione, alcuni avevano detto che Trieste non bisognava mettercela, dato lo sfondo politico della cosa, e allora Peppone aveva cominciato a sbraitare che suo fratello era morto in guerra per liberare Trieste e che a non mettere Trieste in gara era come dire che suo fratello era stato un traditore del popolo. Così avevano messo Trieste, la quale era rappresentata dalla compagna Caròla, la morosa dello Smilzo, vestita di tricolore, con l'alabarda sul pregevole petto. E lo Smilzo era vestito da fantaccino della guerra '15-18, con l'elmetto in testa, il 91 a tracolla. Schiattava dal caldo, ma Peppone gli aveva ordinato di arrivare primo. "Lo devi fare per me e per mio fratello" disse Peppone. E così lo Smilzo arrivò primo, e poi dovettero fargli la respirazione artificiale perché era annegato nel sudore.

Don Camillo, vedendo arrivare Trieste in canna alla bicicletta della fanteria, pareva diventato matto per l'entusiasmo. E si divertì anche alla corsa nei sacchi e alla rottura delle pignatte, e quando gli dissero che avevano aperto il "Tiro a segno politico-satirico" si buttò in mezzo alla folla per arrivare al baraccone.

Attorno al baraccone c'era una ressa spaventosa, ma ciò non preoccupò don Camillo che, quando si metteva in moto, era come un Panzer. Doveva essere una faccenda esilarante perché tutti ridevano e urlavano.

In definitiva si trattava di una cosa semplice: c'erano da buttar giù a pallate dei grossi pupazzi di legno alti un metro e mezzo: sagome pitturate. Ma pitturate da uno in gambissima, un artista di città, e l'importante era che raffiguravano alla perfezione, in caricatura, i principali esponenti dei partiti di centro e di destra.

E il pupazzo più grosso raffigurava don Camillo.

Don Camillo si riconobbe immediatamente, ed era veramente buffo, così raffigurato, e capì allora perché la gente ridesse tanto.

Non disse niente: strinse le mascelle e si mise a braccia conserte a guardare.

Si avanzò un giovane bullo col fazzoletto rosso al collo, comprò sei palle e cominciò il tiro. Le sagome erano sei e l'ultima a destra era quella di don Camillo. Il giovane tirava bene, preciso, e ogni colpo era un pupazzo che si rovesciava. Andò giù il primo, poi il secondo, poi il terzo, poi il quarto. Però, man mano che i pupazzi in piedi diminuivano, diminuivano anche gli urli della gente. E così, quando cadde il quinto pupazzo, c'era silenzio perfetto.

Toccava al pupazzo di don Camillo.

Il giovane bullo sbirciò con la coda dell'occhio il don Camillo in carne ed ossa, che gli stava a fianco, un passo di distanza, poi rimise la palla sul parapetto e se ne andò.

La gente cominciò a borbottare e nessuno si faceva più avānti. E ad un tratto apparve Peppone.

"Dammi" disse Peppone.

L'addetto al baraccone aveva raddrizzato tutte le sagome e mise sei palle sul parapetto, davanti a Peppone. Peppone cominciò a tirare, la gente si ritrasse.

Cadde il primo pupazzo. Poi il secondo, poi il terzo. Peppone tirava con ferocia, con rabbia.

Cadde il quarto pupazzo. Cadde il quinto. Rimaneva in piedi il pupazzo di don Camillo.

Don Camillo volse lentamente il capo e incontrò lo sguardo di Peppone. In pochi secondi tutto un lungo colloquio avvenne fra quegli occhi; e gli occhi di don Camillo dovevano essere di una eloquenza straordinaria perché Peppone era diventato terreo. Ma questo non significava niente; Peppone infatti si rimboccò le maniche, si piantò saldo sulle gambe, mirò al pupazzo, portò lentamente il braccio indietro e sparò il colpo.

Con un colpo simile avrebbe abbattuto non una sagoma di legno, ma addirittura un bue, tanta era la rabbia con la quale Peppone aveva lanciata la pesante palla di stracci. E per la violenza la palla, colpito il pupazzo, rimbalzò indietro.

Ma il pupazzo non cadde.

"S'è inceppata la cerniera" spiegò il giovanotto del tiro a segno dopo aver guardato dietro al pupazzo.

"Le solite mene del Vaticano" sghignazzò Peppone rimettendosi la giacca e andandosene mentre la gente, come sollevata da un incubo, riprendeva a ridere.

Se ne andò anche don Camillo. E a sera tarda Peppone gli capitò davanti in canonica.

"Guardate" spiegò cupo "che ci ho ripensato sopra e, appena siete andato via, ho fatto togliere la vostra sagoma perché non si interpretasse la cosa come un'offesa alla religione. Io ce l'ho con voi come uomo politico. Il resto non mi interessa."

"Bene" rispose don Camillo.

Peppone si avviò verso la porta.

"Per quella pallata che vi ho tirato, adesso mi dispiace, in un certo senso. Ad ogni modo è andata bene così."

"Sì" rispose don Camillo. "È andata bene così. Perché se il mio pupazzo andava giù, saresti andato giù anche tu. Avevo pronto un pugno da ammazzare un elefante."

"L'avevo capito" borbottò Peppone. "Ad ogni modo c'era in ballo il prestigio del partito e ho dovuto tirare. D'altra parte, voi stamattina mi avete fatto fare una figura barbina davanti alla gente."

Don Camillo sospirò.

"Anche questo è vero."

"Be', siamo pari" concluse Peppone.

"Non ancora, Peppone" borbottò don Camillo porgendo a Peppone qualcosa. "Ridammi il biglietto da cinquemila di stamattina e prenditi questo. Quello di stamattina era falso."

Peppone si mise i pugni sui fianchi.

"Lo siete o non lo siete un farabutto? Altro che pallate al vostro fantoccio. Bombe al tritolo in testa a voi, bisognerebbe tirare! E adesso come si fa che ho già versati tutti soldi all'incaricato della federazione che è venuto oggi insieme all'oratore?"

Don Camillo ripose il suo danaro nel portafogli.

"Quanto mi dispiace" sospirò. "Non avrò pace fin che campo, pensando di aver danneggiato il tuo partito!"

Peppone se ne andò per non compromettersi.

LA MAESTRA VECCHIA

Il monumento nazionale del paese era la maestra vecchia, una donnetta piccola e magra che tutti avevano sempre visto perché aveva insegnato l'abbiccì ai padri, ai figli e ai figli dei figli, e adesso viveva sola in una casetta un po' fuori dell'abitato e ce la faceva a tirare avanti con la pensione soltanto perché, quando mandava nelle botteghe a comprare mezz'etto di burro o di carne o altra roba da mangiare, le facevano pagare il mezz'etto ma gliene davano sempre due o tre etti.

Per le uova era un pasticcio perché anche se una maestra ha due o tremila anni e se ha perso la nozione del peso, quando domanda un paio d'uova e le danno invece sei uova, se ne accorge sempre. E allora il dottore rimediò al guaio perché un giorno che la incontrò le disse che la trovava molto giù e le fece delle domande e poi le ordinò di eliminare le uova.

La maestra vecchia faceva soggezione a tutti,

e anche don Camillo cercava di girarle alla larga perché, dal giorno in cui disgraziatamente il suo cane era saltato nell'orto della signora Cristina, e le aveva fracassato un vaso di gerani, tutte le volte che la vecchia incontrava don Camillo lo minacciava col bastone e gli gridava che c'è un Dio anche per i preti bolscevichi.

Non poteva mandar giù Peppone che, quando era ragazzetto, veniva a scuola con le tasche piene di rane, di uccelletti e altre porcherie, e che, una mattina, era arrivato a cavalcioni di una vacca, assieme a quell'altro zuccone del Brusco che gli faceva da palafreniere. Usciva di casa pochissime volte e non parlava mai con nessuno perché aveva sempre odiato i pettegolezzi, ma quando le dissero che Peppone era diventato sindaco e faceva i proclami, allora uscì. E quando fu arrivata in piazza si fermò davanti a un manifesto appiccicato al muro, inforcò gli occhiali e lo lesse tutto, da cima a fondo, con fiero cipiglio. Poi aperse la borsetta, tirò fuori il lapis rosso e blu, segnò gli errori e scrisse in fondo al manifesto: "*4*", "*Asino!*"

E dietro c'erano i più potenti "rossi" del paese che stavano a guardare cupi in volto, a braccia conserte e con le mascelle serrate. Ma nessuno ebbe il coraggio di dire niente.

La legnaia della signora Cristina era nell'orto dietro la casa, ed era sempre ben fornita perché, di notte, spesso qualcuno scavalcava la siepe e andava a buttare un paio di ciocchi o un fascinotto nel mucchio; ma l'inverno fu freddo e la maestra aveva troppi anni sulle piccole spalle curve per poterne uscire senza le costole rotte. E così non la si vide più in giro, e lei non si accorgeva neanche, quando mandava a comprare due uova, che gliene mandavano otto. E una sera, mentre Peppone era in seduta consiliare, venne qualcuno a dirgli che la signora Cristina lo aveva fatto chiamare e che si sbrigasse perché lei non aveva tempo di aspettare i suoi comodi per morire.

Don Camillo era stato chiamato prima, ed era corso subito perché sapeva che oramai era questione di ore. Aveva trovato un grande letto bianco con dentro una vecchina così piccola e così magra che pareva un bambino. Ma non era affatto svanita, la maestra vecchia, e, appena intravide la grossa massa nera di don Camillo, fece un risolino.

"Vi piacerebbe, eh, che adesso io vi confessassi che ho fatto un sacco di porcherie! E invece niente, caro il mio signor parroco. Be': vi ho chiamato perché voglio morire con l'anima pulita, senza rancori. Perciò vi perdono di avermi rotto il vaso di gerani."

"Vi perdono di avermi chiamato 'prete bolscevico'" sussurrò don Camillo.

"Grazie, ma non c'era neanche bisogno" ribatté la vecchina. "Perché nelle cose conta lo spirito col quale sono fatte, e io vi davo del prete bolscevico così, come davo dell'asino al sindaco Peppone. Senza intenzione di offendere."

Don Camillo con dolcezza cominciò un lungo discorso per far capire alla signora Cristina che quello era il momento di abbandonare ogni umana prosopopea, anche la più piccola, perché, per avere la speranza di andare in Paradiso...

"La speranza?" lo interruppe la signora Cristina. "Ma io ho la sicurezza di andarci!"

"È questo un peccato di presunzione" disse

dolcemente don Camillo. "Nessun mortale può avere la sicurezza di aver vissuto sempre secondo le leggi di Dio."

La signora Cristina sorrise.

"Nessun mortale eccetto la signora Cristina" rispose. "Perché alla signora Cristina questa notte Gesù Cristo è venuto a dire che lei andrà in Paradiso! Quindi la signora Cristina è sicura. A meno che non ne sappiate più voi di Gesù Cristo!"

Davanti a una fede così formidabile, così precisa, così inequivocabile, don Camillo rimase senza fiato e si mise in un angolo a dire le sue preghiere.

Poi arrivò Peppone.

"Ti perdono per via delle rane e delle altre porcherie" disse la vecchia maestra. "Io ti conosco e so che, in fondo, non sei cattivo: pregherò Dio che ti perdoni i tuoi delitti grossi."

Peppone allargò le braccia.

"Signora," balbettò "io non ho mai commesso dei delitti."

"Non dire bugie!" ribatté severa la signora Cristina. "Tu e gli altri bolscevichi come te avete mandato via il re, relegandolo in un'isoletta lontana per farlo morire di fame assieme ai suoi bambini."

La maestra si mise a piangere, e Peppone a veder piangere una vecchina così piccola sentì la voglia di mettersi a urlare.

"Non è vero" esclamò.

"È vero," rispose la maestra "me l'ha detto il signor Biletti che sente la radio e legge i giornali."

"Domani gli spacco la faccia a quel reazionario sporco!" mugolò Peppone. "Don Camillo, diteglielo voi che non è vero!"

Don Camillo si appressò.

"Vi hanno informata male" spiegò dolcemente. "Son tutte bugie. Né isole deserte né morti di fame. Tutte bugie, ve lo assicuro."

"Meno male" sospirò rasserenata la vecchina.

"E poi," esclamò Peppone "mica soltanto noi l'abbiamo mandato via! C'è stata la votazione ed è risultato che erano più quelli che non lo volevano che quelli che lo volevano, e allora è andato via e nessuno gli ha detto o fatto niente. Così funziona la democrazia!"

"Ma che democrazia!" rispose severa la signora Cristina. "I re non si mandano via!"

"Scusi" rispose confuso Peppone.

E cosa volete che rispondesse?

Poi la signora Cristina si riposò un poco e parlò.

"Tu sei il sindaco," disse "e questo è il mio testamento. La casa non è mia e i miei pochi stracci dalli a chi ne ha bisogno. I miei libri tienli tu che ne hai bisogno. Devi fare molti esercizi di comporre e studiare i verbi."

"Sissignora" rispose Peppone.

"Voglio un funerale senza musica perché non è una cosa seria. E voglio un funerale senza carro, come nei tempi civili. Con la cassa portata a spalle, e sulla cassa voglio la bandiera."

"Sissignora" rispose Peppone.

"La mia bandiera" disse la signora Cristina. "Quella che è lì a fianco dell'armadio. La mia bandiera, con lo stemma."

E fu tutto, perché poi la signora Cristina sussurrò: "Dio ti benedica anche se sei bolscevico, ragazzo mio". E poi chiuse gli occhi e non li riaperse più.

* * *

Peppone, la mattina dopo, fece chiamare in comune tutti i rappresentanti dei partiti. E quando li ebbe davanti disse che la signora Cristina era morta, e il comune, per esprimerle la riconoscenza del popolo, le avrebbe tributato solenni funerali.

"Questo ve lo dico come sindaco, e come sindaco e interprete della volontà di tutta la cittadinanza, vi ho chiamato qui perché domani non mi si rimproveri che faccio di mia testa. Il fatto è che la signora Cristina ha espresso come sua ultima volontà di essere portata a spalle nella bara e sopra ci vuole la bandiera con lo stemma. Qui ognuno dica come la pensa. I rappresentanti dei partiti reazionari fanno il piacere di stare zitti perché tanto sappiamo benissimo che loro sarebbero felicissimi anche se ci fosse la banda che suona la cosiddetta marcia reale."

Parlò per primo quello del partito d'azione, e parlava bene perché era un laureato.

"Per riguardo a un solo defunto, noi non possiamo recar offesa ai centomila morti, col sacrificio dei quali il popolo ha conquistato la repubblica!" E via discorrendo, tutto di filato con molto calore, concludendo che la signora Cristina aveva lavorato con la monarchia, ma per la patria, e quindi niente di più giusto che sulla bara fosse distesa la bandiera che oggi rappresenta la patria.

"Bene!" approvò Begollini, il socialista che era più marxista di Marx. "È finita l'era dei sentimentalismi e delle nostalgie: se voleva la bandiera con lo stemma doveva morire prima!"

"Be', questa è una stupidaggine!" esclamò il farmacista, capo dei repubblicani storici. "Si deve dire piuttosto che oggi la pubblica ostentazione di quell'emblema in un funerale, potrebbe suscitare risentimenti che snaturerebbero la cerimonia trasformandola in una manifestazione politica e diminuendone, se non distruggendone, il nobile significato."

Poi fu la volta del rappresentante dei democristiani.

"La volontà dei morti è sacra" disse con voce solenne. "E la volontà della defunta signora è particolarmente sacra per noi perché tutti l'amiamo e la veneriamo e guardiamo alla sua attività prodigiosa come a un apostolato. Ed appunto per questa venerazione e per questo rispetto alla sua memoria, siamo dell'avviso di cercare di evitare ogni minimo atto irrispettoso che, pur rivolto ad altro oggetto, suonerebbe come offesa alla sacra memoria dell'estinta. Perciò anche noi ci associamo agli altri nello sconsigliare l'uso della vecchia bandiera."

Peppone approvò gravemente con un cenno del capo. Poi si rivolse a don Camillo, il quale era stato convocato anche lui. E don Camillo era pallido.

"Cosa ne pensa il signor parroco?"

"Il signor parroco prima di parlare aspetta di sentire quale sia il parere del signor sindaco."

Peppone si raschiò un poco in gola e prese la parola.

"In qualità di sindaco," disse "vi ringrazio per la vostra collaborazione, e come sindaco approvo il vostro parere di evitare la bandiera richiesta dalla defunta. Però, siccome in questo paese non comanda il sindaco ma comandano i comunisti, come capo dei comunisti vi dico che me ne infischio del vostro parere, e domani la signora Cristina andrà al cimitero con la bandiera che vuole lei perché io rispetto più lei morta che voi tutti vivi, e se qualcuno ha qualcosa da obiettare lo faccio volare giù dalla finestra! Il signor prete ha qualcosa da dire?"

"Cedo alla violenza" rispose allargando le braccia don Camillo che era rientrato nella grazia di Dio.

E così il giorno dopo la signora Cristina andò al cimitero nella bara portata a spalla da Peppone, dal Brusco, dal Bigio e dal Fulmine. E tutt'e quattro avevano al collo i loro fazzoletti rossi come il fuoco, ma sulla bara c'era la bandiera della signora maestra.

Cose che succedono là, in quel paese strampalato dove il sole picchia martellate in testa alla gente e la gente ragiona più con la stanga che col cervello, ma dove, almeno, si rispettano i morti.

CINQUE PIÙ CINQUE

Le cose si erano guastate forte per via della politica e, pur senza che fosse successo niente di speciale, Peppone, quando incontrava don Camillo, faceva una smorfia di disgusto e voltava la faccia da un'altra parte.

Poi, durante un discorso in piazza, Peppone aveva fatto delle allusioni offensive a don Camillo e lo aveva perfino chiamato "il corvaccio del cancelliere".

In seguito, avendo don Camillo risposto per le rime sul giornaletto della parrocchia, una notte gli scaricarono davanti alla porta della canonica un biroccio di letame, sì che alla mattina dovette uscire con una scala dalla finestra. E sul mucchio c'era un cartello: "Don Camillo, concimati la zucca".

Di qui cominciò una polemica verbale, giornalistica e murale così accesa e violenta che c'era in giro sempre più un maledetto odor di legnate. E dopo l'ultima replica di don Camillo attraverso il giornaletto, la gente disse: "Se quelli di Peppone non rispondono, ci siamo".

E quelli di Peppone non risposero, anzi si chiusero in un silenzio preoccupante e pareva l'attimo che precede il temporale.

* * *

Una sera don Camillo stava in chiesa assorto nelle sue preghiere, quando udì cigolare la porticina del campanile e non fece neppure a tempo a levarsi in piedi che Peppone gli stava dinanzi.

Peppone aveva il viso tetro e teneva una mano dietro la schiena. Pareva ubriaco, e i capelli gli ciondolavano sulla fronte.

Don Camillo con la coda dell'occhio mirò un candelabro che gli stava a fianco e, calcolata bene la distanza, si alzò in piedi con un balzo all'indietro e si trovò con la mano stretta attorno al pesante arnese di bronzo.

Peppone strinse le mascelle e guardò negli occhi don Camillo, e don Camillo aveva tutti i nervi tesi ed era sicuro che, appena Peppone avesse mostrato quello che celava dietro le spalle, il candelabro sarebbe partito come una saetta.

Lentamente Peppone trasse la mano da dietro la schiena e porse a don Camillo un grosso pacco stretto e lungo.

Don Camillo pieno di sospetto non accennò ad allungare la mano, e allora Peppone, deposto il pacco sulla balaustra dell'altare, strappò la carta blu, e apparvero cinque lunghe torce di cera grosse come un palo di vigna.

"Sta morendo" spiegò con voce cupa Peppone.

Allora don Camillo si ricordò che qualcuno gli aveva detto che il bambino di Peppone da quattro o cinque giorni stava male, ma don Camillo non ci aveva fatto molto caso credendo si trattasse di cosa da poco. E ora capiva il silenzio di Peppone e la mancata replica.

"Sta morendo" disse Peppone. "Accendetele subito."

Don Camillo andò in sagristia a prendere dei candelabri e, infilate le cinque grosse torce di cera, si accinse a disporle davanti al Cristo.

"No," disse con rancore Peppone "quello lì è uno della vostra congrega. Accendetele davanti a quella là che non fa della politica."

Don Camillo a sentire chiamare "quella là" la Madonna strinse i denti e sentì una voglia matta di rompere la testa a Peppone. Ma tacque e andò a disporre le candele accese davanti alla statua della Vergine, nella cappelletta a sinistra.

Si volse verso Peppone.

"Diteglielo!" ordinò con voce dura Peppone.

Allora don Camillo si inginocchiò, e sottovoce disse alla Madonna che quelle cinque grosse candele gliele offriva Peppone perché aiutasse il suo bambino che stava male.

Quando si rialzò, Peppone era scomparso.

Passando davanti all'altar maggiore, don Camillo si segnò rapidamente e tentò di sgattaiolare via, ma la voce del Cristo lo fermò.

"Don Camillo, cos'hai?"

Don Camillo allargò le braccia umiliatissimo.

"Mi dispiace," disse "che abbia bestemmiato così, quel disgraziato. Né io ho trovato la forza di dirgli niente. Come si fa a fare delle discussioni con un uomo che ha perso la testa perché gli muore il figlio?"

"Hai fatto benissimo" rispose il Cristo.

"La politica è una maledetta faccenda" spiegò don Camillo. "Voi non dovete avervene a male, non dovete essere severo con lui."

"E perché dovrei giudicarlo male?" sussurrò il Cristo. "Egli onorando la Madre mia mi riempie il cuore di dolcezza. Mi spiace un po' che l'abbia chiamata 'quella là'."

Don Camillo scosse il capo.

"Avete inteso male" protestò. "Egli ha detto: 'Accendetele tutte davanti alla Beata Vergine Santissima che sta in quella cappella là'. Figuratevi! Se avesse avuto il coraggio di dire una cosa simile, figli o non figli lo avrei cacciato fuori a pedate!"

"Ho proprio piacere che sia così" rispose sorridendo il Cristo. "Proprio piacere. Però parlando di me ha detto 'quello lì'."

"Non lo si può negare" ammise don Camillo. "Ad ogni modo io sono convinto che egli lo ha detto per fare un affronto a me, non a voi. Lo giurerei, tanto ne sono convinto."

Don Camillo uscì, e dopo tre quarti d'ora rientrò pieno di orgasmo.

"Ve l'avevo detto?" gridò sciorinando un pacco sulla balaustra. "Mi ha portato cinque candele da accendere anche a voi! Cosa ne dite?"

"È molto bello tutto questo" rispose sorridendo il Cristo.

"Sono più piccolette delle altre," spiegò don Camillo "ma in queste cose, quello che conta è la intenzione. E poi dovete tener presente che Peppone non è ricco e, con tutte le spese di medicine e dottori, si è inguaiato fino agli occhi."

"Tutto ciò è molto bello" ripeté il Cristo.

Presto le cinque candele furono accese e pareva che fossero cinquanta tanto splendevano.

"Si direbbe persino che mandino più luce delle altre" osservò don Camillo.

E veramente mandavano molta più luce delle altre perché erano cinque candele che don Camillo era corso a comprare in paese facendo venir giù dal letto il droghiere e dando soltanto un acconto perché don Camillo era povero in canna. E tutto questo il Cristo lo sapeva benissimo e non disse niente, ma una lagrima scivolò giù dai suoi occhi e rigò di un filo d'argento il legno nero della croce. E questo voleva dire che il bambino di Peppone era salvo.

E così fu.

IL CANE

Ci fu la faccenda del cane che sconvolse la testa un po' a tutti.

Una notte si udì venire di lontano, dall'argine del fiume, un lamento lungo e cupo, e la gente rabbrividì e disse: "È lui!"

Risalendo il fiume contro corrente, dopo il borgo di don Camillo c'erano, distesi lungo l'argine, tre paesi piccoli: la Rocca, Casabruciata e le Stoppie, e quando, mesi e mesi prima, si sentì dire che alle Stoppie tutte le notti un cane faceva il verso del lupo e nessuno era mai riuscito a vederlo, si pensò che erano storie da ubriachi. Poi la faccenda navigò verso la valle e si disse che il cane adesso urlava di notte sull'argine di Casabruciata, e la cosa cominciò a dar fastidio. Poi si seppe che il cane spaventava quelli della Rocca, e oramai tutti ci credevano: così quando si udì venire dall'argine l'ululato del cane, la gente balzò a sedere sul letto e venne il sudor freddo a parecchi.

La notte seguente fu la stessa cosa e molti si segnarono: perché quello, più che il verso di una bestia, era un lamento umano.

La gente si metteva a letto col batticuore e non riusciva a prendere sonno perché aspettava l'urlo, e siccome la faccenda continuava, fu deciso di fare una battuta. E una mattina una ventina di uomini presero gli schioppi e rastrellarono l'argine e le vicinanze e spararono su tutti i cespugli che si muovevano, ma non trovarono un accidente. E la notte ricominciò la solfa.

Inutile fu la seconda battuta. La terza non la fecero perché, con tutto quel mistero, la gente aveva paura anche di giorno.

Corsero le donne da don Camillo a pregarlo di andare a benedire l'argine, ma don Camillo rispose di no. Quando si tratta di cani si va dall'accalappiacani, non dal prete.

"La paura fa novanta anche in Vaticano" disse un bel pezzo di ragazza che chiamavano Caròla ed era fidanzata dello Smilzo.

Don Camillo allora cavò un palo dell'orto, e si avviò seguito a distanza dalle donne che, a un certo punto, si fermarono ad aspettare mentre egli proseguiva per l'argine. Cercò a destra e a sinistra, pestò legnate su tutti i cespugli e alla fine ricomparve.

"Non c'è niente."

"Già che ci eravate, potevate pestarci sopra anche una benedizione" esclamò la Caròla. "Vi sarebbe costata poco."

"Se non guardi come parli, la pesto a te e a tutta l'UDI la benedizione" l'ammonì don Camillo. "Se vi dà fastidio il cane, mettetevi la bambagia dentro le orecchie così dormirete come dormo io. Il guaio è che, per poter dormire la notte, bisogna avere la coscienza tranquilla, e molte di voi non l'hanno. Fatevi vedere più spesso in chiesa piuttosto."

La Caròla attaccò *Bandiera rossa*, che ebbe un finale molto rapido perché don Camillo le spedì dietro il palo.

Poi, la notte si udì l'ululato del cane, e anche don Camillo, che pure aveva la coscienza a posto, non riuscì a dormire.

* * *

Il giorno dopo incontrò Peppone.

"Mi hanno detto che ieri siete andato a vedere per via del cane" spiegò Peppone. "Ci sono andato anch'io adesso e non ho visto niente."

"Se il cane urla di notte dall'argine vuol dire che il cane di notte c'è" borbottò don Camillo.

"E allora?"

"E allora chi davvero lo vuol trovare deve andare sull'argine di notte, quando il cane c'è, non di giorno quando il cane non c'è."

Peppone si strinse nelle spalle.

"E chi ci va di notte?" chiese Peppone. "Qui tutti hanno paura come se si trattasse del diavolo."

"Anche tu?" si informò don Camillo.

Peppone titubò un poco.

"E voi?" domandò.

Camminarono l'uno a fianco dell'altro in silenzio. Poi don Camillo si fermò.

"Se trovassi uno disposto a venire con me, io andrei" disse don Camillo.

"Anch'io," ribatté Peppone "anch'io vado se trovo uno che viene con me. Difficile trovarlo."

"Già" ammise don Camillo rifiutando spudoratamente di accorgersi che, se tutt'e due cercavano uno che li accompagnasse, la faccenda era già a posto automaticamente.

Ci fu qualche momento d'imbarazzo, poi Peppone allargò le braccia rassegnato.

"Allora ci vedremo stasera dopo le nove."

Si trovarono dopo le nove e camminarono cautamente sotto i filari e, se ci fosse stato un amplificatore, il battito dei loro cuori avrebbe dato l'idea di una mitragliatrice che marciava a piena birra. Giunti a un cespuglio sotto l'argine, si appostarono e attesero in silenzio con la doppietta in pugno.

Passarono le ore: si fece un silenzio da cimitero, e la luna mise fuori il muso dalle nubi e illuminò quella tristezza.

Ed ecco l'ululato lungo e agghiacciante che fermò il cuore di don Camillo e di Peppone. Veniva dal fiume, e i due cautamente uscirono dalla macchia e si affacciarono all'argine come a una trincea.

Il lamento si ripeté e, non c'era dubbio, proveniva da un canneto che si protendeva nell'acqua per una ventina di metri. Don Camillo e Peppone inchiodarono gli occhi sul canneto che era controluce perché la luna batteva sull'acqua e, ad un tratto, videro distintamente un'ombra nera che si muoveva e presero la mira.

Appena si alzò l'ululato partirono due colpi e l'ululato si trasformò in un guaito di dolore.

Allora la paura scomparve e tutt'e due saltarono fuori. Don Camillo si tirò su le sottane ed entrò nell'acqua seguito da Peppone.

Arrivati in mezzo al canneto trovarono un cane nero ferito, e Peppone lo illuminò con la torcia elettrica.

Non era una bestia cattiva e gli lambì la mano, e allora a Peppone passò immediatamente la voglia di spedirgli un colpo nel cervello.

"L'avete preso a una gamba" disse Peppone a don Camillo.

"L'abbiamo preso, caso mai" specificò don Camillo.

Peppone agguantò il cane per il collare e lo tirò su: sotto il cane c'era un sacco che galleggiava, impigliato fra le canne. Il sacco lo tirò su don Camillo, ed era un grosso sacco militare di tela impermeabile che l'acqua aveva resa dura come il ferro.

Peppone si chinò e con la roncoletta segò il fil di ferro che chiudeva la bocca del sacco, ma subito si rizzò in piedi, e guardò pallido don Camillo.

"Una storia come un'altra" rispose don Camillo. "Qualcuno, chi sa quando, ha fatto fuori un uomo, lo ha messo in un sacco e ha buttato il sacco nel fiume. L'uomo aveva un cane, e il cane si è buttato nell'acqua e ha seguito il sacco che la corrente portava a valle. Il sacco si è impigliato un bel momento in un canneto davanti alle Stoppie, poi davanti a Casabruciata. Di giorno il cane si nascondeva o andava a cercar cibo, e di notte ritornava presso il suo padrone. Chi sa da quanto tempo urla ogni notte e lo udivano soltanto quando il sacco si fermava vicino a qualche paese."

Peppone scosse il capo.

"Ma perché urlava?" domandò. "E perché urlava soltanto di notte?"

"Forse perché la coscienza per farsi sentire può

prendere a prestito anche la voce di un cane, e perché la voce della coscienza la si sente meglio di notte."

Il cane aveva alzato la testa.

"Coscienza!" disse ad alta voce don Camillo.

Il cane rispose con un guaito.

Non si poté mai sapere chi fosse l'infelice del sacco perché il tempo e l'acqua avevano distrutto ogni segno. Dopo aver tanto navigato trovò il suo approdo in terra benedetta.

E il cane morì e lo seppellirono, don Camillo e Peppone, dopo aver fatto una buca profonda come l'inferno, perché riposasse in pace.

Ma nei paesi e nei casolari sparsi lungo il fiume c'è gente ancor oggi che si sveglia nel cuor della notte e balza a sedere sul letto con la fronte diaccia perché sente ululare il cane e lo sentirà ululare per tutta la vita.

AUTUNNO

Nel pomeriggio del giorno 3, comparve in canonica Barchini, il cartolaio-tipografo.

"Nessuno ancora" disse Barchini. "Si vede proprio che hanno intenzione di non fare niente."

"C'è ancora tempo" obiettò don Camillo. "Non sono neanche le quattro."

Barchini scosse il capo.

"Corto che sia il testo, mi ci vogliono sempre tre ore per comporlo. Poi c'è la correzione e poi la stampa. A stampare col torchio, un foglio alla volta, è un macello. Potete essere sicuro, don Camillo. Caso mai mando ad avvertirvi."

Per prudenza don Camillo aspettò ancora un'ora. Poi, non avendo più avuto nuove del Barchini, si infilò la palandrana e andò in municipio. Il sindaco, naturalmente, non c'era, e allora puntò deciso sull'officina di Peppone e qui trovò il sindaco intento a rifare la vite a un bullone.

"Buona sera, signor sindaco."

"Qui non c'è nessun sindaco" rispose l'altro con malgarbo, senza neppure alzare gli occhi dal suo lavoro. "Il sindaco sta in municipio. Qui c'è soltanto il cittadino Giuseppe Bottazzi che, mentre gli altri vanno a spasso, si rompe il filo della schiena per guadagnarsi il pane."

Don Camillo non si scompose.

"Giusto" ribatté. "Si potrebbe allora chiedere un favore al cittadino Giuseppe Bottazzi, o è arrivato l'ordine dal Comintern che il compagno Peppone deve comportarsi da villanzone anche fuori servizio?"

Peppone interruppe il suo lavoro.

"Sentiamo" borbottò sospettoso.

"Ecco" spiegò con bel garbo don Camillo. "Bisognerebbe che il cittadino Giuseppe Bottazzi fosse tanto gentile da dire al compagno Peppone che, quando incontra il signor sindaco, lo preghi di mandare al parroco don Camillo una copia del manifesto che il comune ha fatto stampare in occasione del 4 novembre, perché don Camillo vorrebbe affiggerlo all'albo del suo ricreatorio."

Peppone riprese a lavorare.

"Dite al signor parroco che all'albo del suo dopolavoro ci appiccichi la fotografia del Papa."

"C'è già" spiegò don Camillo. "Adesso mi occorrerebbe una copia del manifesto per il 4 novembre, così domani potrò leggerlo ai ragazzi e spiegare il significato della data."

Peppone sghignazzò.

"Guarda un po'! Il reverendo che sa il latino e ha studiato dei libri di storia di mezzo quintale l'uno ha proprio bisogno che il meccanico Peppone, il quale ha fatto la terza elementare, gli dia idee per spiegare il 4 novembre! Mi dispiace, ma stavolta vi è andata male. Se credevate di potervi divertire assieme a tutta la vostra pretaglia in borghese spiegando l'analisi logica dei miei errori di grammatica, vi sbagliate."

"Sbagli tu" protestò calmo don Camillo. "Io non ho nessuna intenzione di divertirmi cercando errori di grammatica nello scritto del meccanico Peppone. Io voglio semplicemente chiarire ai miei ragazzi quello che pensa la più alta autorità del paese sul 4 novembre. Io, parroco, parlando del 4 novembre, voglio essere d'accordo con te, sindaco. Perché esistono alcune cose nelle quali tutti dobbiamo essere d'accordo. Quindi non è questione di politica."

Peppone conosceva perfettamente don Camillo e gli si piantò davanti, coi pugni sui fianchi.

"Don Camillo: diamole un taglio alla poesia e veniamo al sodo. Lasciate stare la storiella del manifesto da appiccicare all'albo e ditemi cosa volete da me."

"Non voglio niente. Desidero sapere se il manifesto per il 4 novembre l'hai fatto o non l'hai fatto. Se non l'hai fatto sono qui io per aiutarti a buttarlo giù."

"Grazie del pensiero gentile! Ma il manifesto non l'ho fatto e non lo farò!"

"Ordine dell'Agit-Prop?"

"Ordine di nessuno!" gridò Peppone. "Ordine della mia coscienza e basta! Il popolo ne ha piena l'anima di guerre e di vittorie. Il popolo sa benissimo cosa sono le guerre, senza bisogno di esaltarle con discorsi e proclami."

Don Camillo scosse il capo.

"Sei su una strada sbagliata, Peppone. Qui non si tratta di esaltare una guerra. Si tratta di rendere un omaggio di riconoscenza a coloro che in quella guerra hanno sofferto e ci hanno rimesso la pelle."

"Balle! Con la scusa di ricordare i morti e le sofferenze, si fa della sporca propaganda militarista, guerraiola e monarchica! L'eroismo, il sacrificio, quello che muore buttando la stampella dietro al nemico in fuga, le campane di San Giusto, Trento e Trieste, il Grappa, la Sagra di Santa Gorizia, il Piave che mormorava, il bollettino della vittoria, gli immancabili destini: tutta roba che puzza di monarchia e di regio esercito e che serve soltanto per montare la testa ai giovani e far propaganda al nazionalismo e all'odio contro il proletariato. Perché salta fuori l'Istria, la Dalmazia, le fojbe, Tito, Stalin, il Comintern, l'America, il Vaticano, Cristo, i nemici della religione eccetera, fino ad arrivare al punto che il proletariato è il nemico della patria e quindi bisogna rifare l'impero!"

Peppone, via via che parlava, si era accalorato, e gesticolava come se tenesse un comizio. E quando ebbe finito, don Camillo disse con calma:

"Bravo, Peppone: sembri un articolo completo dell'*Unità*. Ad ogni modo rispondi alla mia domanda: non fai niente per la vittoria?"

"Per la vittoria ho già fatto un sacco di naja e questo basta! Mi hanno portato via a mia madre che ero ancora un ragazzo, mi hanno ficcato in una trincea, mi hanno riempito di pidocchi, di fame e di sporcizia. Poi mi hanno fatto marciare di notte, sotto l'acqua con una tonnellata di roba sulla groppa, mi han fatto andare all'assalto mentre venivano giù pallottole come grandine, mi hanno detto che mi arrangiassi quando sono rimasto ferito. Ho fatto il facchino, il becchino, il cuciniere, l'artigliere, l'infermiere, il mulo, il cane, il lupo e la iena. Poi mi hanno dato un fazzoletto con su l'Italia, un vestito di cotonaccio, un foglio con scritto che avevo fatto il mio dovere, e io sono tornato a casa per andare a implorare lavoro da quelli che si erano fatti i milioni alle spalle mie e di tutti gli altri disgraziati!"

Peppone si interruppe e levò solennemente l'indice.

"Questo è il mio proclama" concluse. "E se volete finirlo con una frase storica, metteteci in rosso che il compagno Peppone si vergogna di aver combattuto per arricchire questa porca gente, e oggi sarebbe soltanto orgoglioso di poter dire: sono stato un disertore!"

Don Camillo tentennò il capo.

"Scusa tanto" chiese. "Perché nel '43 sei andato in montagna?"

"E cosa c'entra?" gridò Peppone. "Questa è tutta un'altra cosa. Qui non mi ha mica comandato Sua Maestà di andarci! Ci sono andato di mia spontanea volontà. E poi c'è guerra e guerra!"

"Capisco" borbottò don Camillo. "Per un italiano combattere contro avversari politici italiani è sempre una cosa più simpatica."

"Non dite fesserie, don Camillo" urlò Peppone. "Io quando ero lassù non facevo della politica. Io difendevo la patria!"

"Come?" esclamò don Camillo. "Mi pareva d'aver sentito che parlavi di patria."

"C'è patria e patria" spiegò Peppone. "Quella del '15-18 era una patria, quella del '43-45 era un'altra."

* * *

Per la messa in suffragio dei Caduti in guerra la chiesa era zeppa. Non ci fu discorso: don Camillo disse semplicemente: "Alla fine della messa i bambini del ricreatorio si recheranno a deporre una corona al monumento". E alla fine della messa, tutti si incolonnarono dietro i bambini, e il silenzioso corteo sfilò per il paese, fino alla piazza. La piazza era deserta, ma ai piedi del monumentino ai Caduti, qualcuno aveva deposto due grosse corone di fiori. Una con nastro tricolore, e sul nastro c'era scritto "Il Comune"; l'altra tutta di garofani rossi, e sul nastro c'era scritto "Il popolo".

"Le ha portate la 'squadraccia', mentre voi stavate dicendo la messa" spiegò il padrone del caffè della piazza. "C'erano tutti meno Peppone."

Fu deposta la corona dei ragazzi e, senza discorsi, l'assemblea si sciolse.

Nel rincasare, don Camillo incontrò Peppone. Quasi non lo riconosceva perché piovigginava, e Peppone era imbacuccato nel pastrano.

"Ho visto le corone" disse don Camillo.

"Le corone? Quali?" chiese con indifferenza Peppone.

"Quelle del monumento. Belle."

Peppone si strinse nelle spalle.

"Ah, dev'essere stata un'idea dei ragazzi. Vi dispiace?"

"Figurati."

Davanti alla canonica Peppone fece per andarsene, ma don Camillo lo trattenne.

"Vieni a bere un bicchiere. Non è avvelenato, puoi star sicuro."

"Un'altra volta" borbottò Peppone. "Voglio andare a casa. Sto poco bene, oggi non ho neanche potuto lavorare. Ho freddo: brividi per tutta la vita."

"Brividi? Le solite influenze di stagione. L'unica medicina è un bicchier di vino. Anzi, ho delle magnifiche compresse di aspirina: entra."

Peppone entrò.

"Siediti, intanto io vado a prendere la bottiglia" disse don Camillo.

Quando tornò, di lì a poco, col vino e i bicchieri, trovò Peppone che si era seduto, ma non si era tolto il pastrano.

"Ho un freddo cane" spiegò Peppone. "Preferisco rimanere coperto."

"Fai il comodo tuo."

Porse a Peppone un bicchiere colmo e due pastiglie bianche.

"Manda giù."

Peppone mandò giù l'aspirina e ci bevve sopra il vino. Don Camillo uscì un momento e rientrò con una bracciata di legna che cacciò nel camino.

"Una fiammata farà bene anche a me" spiegò don Camillo dando fuoco alla legna.

"Ho ripensato alle tue parole di ieri" disse don Camillo quando la vampa si alzò. "Dal tuo punto di vista hai ragione tu. Per me la faccenda della guerra è stata una cosa tutta diversa. Anch'io ero un pretino appena sfornato dal seminario quando mi ci trovai dentro. Pidocchi, fame, naja, pallottole, sofferenze, preciso come per te. Io non andavo all'assalto, si capisce, ma andavo a raccogliere i feriti. Ma per me la cosa era diversa: era il mio mestiere, e questo mestiere me l'ero scelto io. Per te la cosa era un'altra: il tuo mestiere non era quello del soldato. Per fortuna, perché quelli che fanno il soldato per mestiere son davvero tutta gentaccia."

"Be', questo non è sempre vero" borbottò Peppone. "Anche fra gli ufficiali effettivi c'è della brava gente. E poi, bisogna riconoscerlo, saranno dei puzzoni che girano con la caramella, però quando c'è da rischiare la pelle la rischiano senza tante storie."

"Ad ogni modo" continuò don Camillo "mentre per me il rimaner sotto le pallottole a curar feriti e dare l'olio santo ai moribondi rappresentava il mio mestiere di prete, per te era solo una fregatura. Il mestiere del prete è quello di accaparrare le anime da spedire in Paradiso, via Vaticano. Quindi per un prete, trovarsi in mezzo a una epidemia di colera, in mezzo a un terremoto o a una guerra è una pacchia. È la cuccagna per uno che si guadagna la vita salvando le anime. Ma uno come te, cosa ha da salvare in una guerra? La pelle!"

Peppone fece per spostarsi perché le fiamme nel camino erano infernali, e così, con due aspirine in corpo e un pastrano addosso, c'era da scoppiare di caldo.

"No, Peppone" disse don Camillo. "Se ti sposti è morto il gioco. L'aspirina la si prende per sudare. Più sudi e più presto guarisci. Bevici sopra un altro bicchiere di vino piuttosto. È fresco e ti toglierà la sete."

Peppone bevette due bicchieri di vino e si asciugò il sudore.

"Proprio così" continuò don Camillo. "Io

capisco benissimo che uno il quale è costretto a rischiare la pelle, così, senza nessuno scopo, non desideri che squagliarsela. In queste condizioni, uno che fa il disertore non è un pauroso, è semplicemente una creatura umana che segue il suo istinto di conservazione. Bevi, Peppone."

Peppone bevette. Grondava, e pareva dovesse scoppiare da un momento all'altro.

"Adesso puoi toglierti il pastrano" lo consigliò don Camillo. "Così quando poi esci, te lo rimetti e non senti il trapasso dal caldo al freddo."

"No, non ho caldo."

"Io sono uno che ragiona" continuò don Camillo. "Hai fatto benissimo a non mettere fuori nessun manifesto. Saresti venuto meno ai tuoi princìpi. Ieri io pensavo semplicemente ed egoisticamente al mio caso: per me c'era l'interesse, l'affare, nella guerra. Figurati che una volta, per la smania di salvare un'anima e di mettermi in bella luce davanti al Padreterno, sentendomi chiamare da uno che era stato bloccato da una palla fra la nostra trincea e quella austriaca, saltai fuori della trincea e andai a raccontargli le solite cose che si dicono ai moribondi e mi morì tra le braccia. Io ci presi un paio di pallottole di striscio in testa, roba da niente, ma si fa per dire."

"Lo so questo fatto" disse cupo Peppone. "L'ho letto sul giornale militare che ci portavano in trincea, invece di portarci da mangiare, quei porci! Vi diedero anche la medaglia se non sbaglio."

Don Camillo si volse e guardò un quadretto appeso alla parete.

"L'ho messa lì" disse. "Troppe medaglie ci sono in giro."

"Voi avreste il diritto di portarla" protestò Peppone dopo aver cacciato giù un altro bicchiere. "Chi non ruba le medaglie ha il diritto di portarle."

"Non parliamo di queste cose con te che giustamente hai tutto un altro concetto della guerra. Ma togliti il pastrano, Peppone!"

Peppone pareva il diluvio universale del sudore, tanto aveva caldo, ma era testardo come un mulo. E non si cavò il pastrano.

"In fondo," concluse don Camillo "tu che disprezzi così tutto quanto appartiene alla retorica patriottarda, tu che hai come massima che la tua patria è il mondo, sei più nel giusto degli altri. Poiché per te un giorno come quello della vittoria rappresenta una data nefasta in quanto chi vince una guerra è più propenso a fare un'altra guerra di chi perde. È vero che in Russia danno la medaglia ai disertori e puniscono quelli che fanno atti di coraggio in guerra?"

"Uffa!" gridò Peppone "lo sapevo che avreste trovato il modo di buttare la faccenda in politica! Lo sapevo!"

Poi si calmò improvvisamente.

"Muoio dal caldo" sospirò.

"E càvatelo questo pastrano!"

Peppone si tolse finalmente il pastrano, e allora si vide che Peppone aveva appuntata al bavero della giacca la medaglia d'argento che s'era guadagnata nella guerra '15-18.

"Be'" disse don Camillo cavando dal quadretto la sua medaglia d'argento e appuntandosela sulla tonaca. "È un'idea."

"È ora" avvertì la vecchia serva affacciandosi.

"Possiamo andare a mangiare un boccone" disse don Camillo.

Mangiarono, bevvero un numero considerevole di bottiglie e, alla fine, brindarono a non so quali vecchie carcasse di generali dell'altra guerra.

Poi, verso sera, Peppone si rimise il cappotto e si avviò verso la porta.

"Spero che non sfrutterete ignobilmente questo episodio di debolezza."

"No" rispose don Camillo. "Però il giorno in cui dovrò impiccarti, nessuno potrà impedirmi di impiccarti con rispetto."

"Ve ne accorgerete quando verrà la seconda ondata!" borbottò Peppone cupo, scomparendo nella sera.

Ombre di morti volteggiavano nella luce incerta di un cielo bigio da Sagra di Santa Gorizia, e pareva un quadro allegorico di Plinio Nomellini.

PAURA

Peppone finì di leggere il giornale arrivato con la posta del pomeriggio, poi disse allo Smilzo, il quale aspettava ordini seduto su un fusto, in un angolo dell'officina:

"Piglia la macchina e porta qui la squadra entro un'ora".

"Roba grave?" si informò lo Smilzo.

"Fila" gridò Peppone.

Lo Smilzo mise in moto il Dodge e partì. Dopo tre quarti d'ora era di ritorno coi venticinque uomini della squadra. Salì anche Peppone e arrivarono ben presto alla casa del popolo.

"Tu stai qui di guardia alla macchina" ordinò Peppone allo Smilzo. "Se vedi qualcosa di poco chiaro, chiama."

Quando furono nella sala delle adunanze, Peppone tenne rapporto.

"Qui," disse picchiando la manaccia sul foglio che recava enormi titoli "la faccenda è arrivata al punto massimo: ci siamo. La reazione è scatenata; si spara contro i compagni, si gettano bombe contro tutte le sedi del partito."

Lesse ad alta voce alcuni pezzi del giornale, che era poi *Milano-sera*, un foglio milanese del pomeriggio.

"E badate che chi dice queste cose non è un giornale del nostro partito! È un giornale indipendente e non ci sono storie, perché ci sta scritto bello chiaro sotto la testata!"

"Figuriamoci!" brontolò il Brusco. "Se sono costretti a dire così anche i giornali indipendenti i quali tirano sempre maledettamente verso destra e ci fanno l'opposizione tutte le volte che possono, figuriamoci come in realtà debbono essere ancora più gravi le cose! Non vedo l'ora di leggere domattina l'*Unità*."

Il Bigio si strinse nelle spalle.

"Troverai forse di meno" disse. "All'*Unità* ci sono dei compagni in gamba, ma tutti letterati, gente di cultura, i quali fanno della gran filosofia, ma tendono sempre a minimizzare queste faccende per non eccitare il popolo."

"Gente istruita che si preoccupa di star sempre nella regola e di non uscire dalla legalità" aggiunse il Pellerossa.

"Poeti, più che altro!" concluse Peppone. "Però è gente che, quando piglia in mano la penna, dà via delle legnate che ti appiccicano al muro anche il Padreterno."

Ripresero a parlare della situazione, furono riletti i pezzi principali del giornale milanese e commentati.

"Qui la rivoluzione fascista è in atto" disse

Peppone. "Qui da un momento all'altro risaltano fuori le squadre d'azione che bruciano le cooperative e le case del popolo e cominciano a stangare gente e a purgarla. Il giornale parla di 'sedi fasciste' e di 'squadristi': non c'è da equivocare. Se si trattasse di semplice qualunquismo, capitalismo, monarchia o altra roba, parlerebbe di 'reazionari', di 'nostalgici' eccetera. Qui si parla chiaro e tondo di fascismo e di squadre d'azione. E badiamo che è un giornale indipendente. Qui noi dobbiamo essere pronti a fronteggiare ogni evenienza."

Il Lungo disse che, secondo lui, prima che si muovessero gli altri, avrebbero dovuto muoversi loro: conoscevano uno per uno tutti i reazionari e gli *ex* del comune.

"Si vanno a trovare uno per uno a casa, si legnano e non se ne parla più."

"Bah," obiettò il Brusco "mi sembra che così passiamo immediatamente dalla parte del torto. Qui anche il giornale dice che bisogna rispondere alle provocazioni, non provocare le provocazioni. Perché, se provochiamo, sono loro che hanno diritto di rispondere alle provocazioni."

Peppone approvò.

"Se si deve legnare uno, lo si deve legnare con giustizia e democrazia."

Era caduta la sera: in riva al fiume, d'autunno, comincia a venir sera alle dieci di mattina, e l'aria ha il colore dell'acqua. Discussero con calma un'altra mezz'ora, quando ad un tratto si udì uno scoppio che fece tremare i vetri.

Uscirono e trovarono lo Smilzo abbandonato per terra dietro al camion, come morto, con la faccia piena di sangue. Affidarono il corpo esanime dello Smilzo alla moglie del custode e saltarono sul camion.

"Via!" urlò Peppone, mentre il Lungo prendeva il volante.

Partirono a razzo e, fatti due o tre chilometri, il Lungo si volse verso Peppone.

"Dove andiamo?"

"Già" borbottò Peppone. "Dove andiamo?"

Frenarono e raccolsero le idee. Fecero marcia indietro, ritornarono in paese e si fermarono davanti alla sede dei democristiani. Trovarono un tavolo, due sedie e un ritratto del Papa, e buttarono tutto giù dalla finestra.

Poi risalirono sul camion e puntarono decisi verso l'Ortaglia.

"Non può essere stato che quel vigliacco del Pizzi a lanciare la bomba che ha ammazzato lo Smilzo" disse il Pellerossa. "Ce l'ha a morte con noi dalla volta che abbiamo litigato quando c'era lo sciopero dei braccianti. 'Ci vedremo', ha detto."

Circondarono la casa, che era isolata. Entrò Peppone.

Il Pizzi era in cucina e stava rimestando la polenta. La moglie preparava la tavola e il ragazzo, inginocchiato davanti al focolare, metteva legna sul fuoco.

Il Pizzi alzò gli occhi, vide Peppone, capì che qualcosa non andava.

Guardò il ragazzino che giocava ai suoi piedi.

"Cosa vuoi?" chiese.

"Hanno buttato una bomba davanti alla sede ed hanno ammazzato lo Smilzo!" gridò Peppone.

"Io non c'entro" rispose il Pizzi.

La moglie si avanzò.

"Piglia il ragazzo e vattene" disse il Pizzi.

La donna agguantò il ragazzo e si ritrasse.

"Tu hai detto che ce l'avresti fatta pagare quando abbiamo questionato per lo sciopero dei braccianti. Tu sei un porco reazionario."

Peppone si avanzò, minaccioso, ma il Pizzi fece un passo indietro e, agguantata una rivoltella che stava sul ripiano del camino, la puntò contro Peppone.

"Fermati, Peppone, o ti fulmino!"

In quel momento qualcuno che stava in agguato fuori, spalancò la finestra, sparò una revolverata, e il Pizzi cadde a terra. Cadendo lasciò partire dalla sua rivoltella un colpo che andò a perdersi nella cenere del focolare. La donna abbassò gli occhi sul corpo del marito e si mise una mano davanti alla bocca. Il ragazzo si buttò sul padre e cominciò a urlare.

Montarono in fretta sul camion e si allontanarono in silenzio. Prima di arrivare in paese si fermarono, scesero e si avviarono alla spicciolata.

Davanti alla casa del popolo c'era gente, e Peppone incontrò don Camillo che ne stava uscendo.

"È morto?" chiese Peppone.

"Ci vuol altro per far crepare un arnese di quel genere!" rispose sghignazzando don Camillo. "Bella figura che avete fatto bruciando il tavolo della sede dei democristiani. Ci sarà da ridere!"

Peppone lo guardò cupo.

"C'è poco da ridere, caro reverendo, qui si tratta di bombe!"

Don Camillo lo guardò con interesse.

"Peppone," gli disse "i casi sono due: o sei un mascalzone o sei un cretino."

Invece Peppone non era né l'uno né l'altro. Semplicemente non sapeva ancora che non era scoppiata una bomba, ma la gomma del Dodge, quella ricostruita, che stava dietro, sotto il letto del camion. E un pezzaccio di gomma aveva colpito alla testa il povero Smilzo.

Andò a guardare sotto il camion e vide la gomma sbudellata, e allora pensò al Pizzi disteso sul pavimento della cucina e alla donna che aveva messo una mano davanti alla bocca per non urlare e al ragazzo che urlava.

Intanto la gente rideva. Poi, dopo un'ora, smise di ridere perché si sparse in paese la voce che il Pizzi era stato ferito.

* * *

Morì la mattina dopo, e quando i carabinieri andarono a interrogare la moglie, la donna li guardò con occhi sbarrati dal terrore.

"Avete visto nessuno?"

"Ero nell'altra stanza, ho sentito sparare un colpo e ho trovato mio marito per terra. Non ho visto niente altro."

"Il ragazzo dov'era?"

"Stava già a letto."

"Adesso dov'è?"

"L'ho mandato da sua nonna."

Non si riuscì a sapere niente altro. La rivoltella risultò mancante di un colpo, il proiettile che aveva ammazzato il Pizzi era entrato da una tempia, il calibro della palla era identico a quello della rivoltella che aveva in pugno il Pizzi. Si concluse che era stato un suicidio.

Don Camillo lesse il verbale, lesse e dichiarazioni dei familiari con la conferma che il Pizzi da tempo era preoccupato per un grosso affare di semi andato malamente, e che più volte aveva espresso la volontà di farla finita; poi si recò a conferire col Cristo.

"Gesù," disse addolorato "è questo il primo morto del paese cui non posso fare l'ufficio funebre, ed è giusto che sia così perché chi uccide se stesso uccide una creatura di Dio e si danna, e non avrebbe neppure diritto di riposare in un camposanto, a voler essere severi."

"Certamente, don Camillo."

"Ma se si tollera che egli sia sepolto in un camposanto, egli però dovrà arrivarci solo, come un cane, perché chi rinuncia alla sua umanità si abbassa al rango degli animali."

"Ciò è doloroso, ma deve essere così."

La mattina dopo (era domenica), don Camillo pronunciò durante la messa un terribile discorso sul suicidio. Fu spietato, tremendo, implacabile.

"Non mi appresserei al cadavere di un suicida," concluse "neppure se sapessi che questo mio gesto gli ridarebbe la vita!"

Il funerale del Pizzi si svolse nel pomeriggio stesso. La bara fu caricata su un carro di terza classe disadorno, che si mise in moto traballando. E dietro, su due barocci, erano la moglie, il figlio e due fratelli del Pizzi. Quando il trasporto entrò in paese, la gente chiuse le gelosie e si mise a sbirciare tra le fessure.

A un tratto accadde qualcosa da togliere il respiro: sbucò improvvisamente don Camillo con due chierichetti e la croce e, postosi davanti al carro, prese a camminare salmodiando.

Giunto al sagrato, don Camillo fece un cenno ai due fratelli del Pizzi che, tolta la bara dal carro, la recarono in chiesa. Qui don Camillo celebrò l'ufficio dei defunti, e benedisse la salma. Poi ritornò davanti al carro funebre e, a piedi e salmodiando, traversò tutto il paese. Non un'anima si fece vedere.

Al camposanto, calata la bara nella fossa, don Camillo gonfiò il petto, e gridò con voce di tuono:

"Dio premi la tua vita onesta, o galantuomo Antonio Pizzi".

Poi gettò un pugno di terra nella fossa e, benedetta la bara, uscì lento e traversò il paese, spopolato dalla paura.

"Gesù" disse don Camillo quando fu arrivato. "Avete qualcosa da rimproverarmi?"

"Sì, don Camillo: quando si va ad accompagnare al cimitero un povero defunto, non sta bene portare una pistola in tasca."

"Capisco, Gesù" rispose don Camillo. "Avrei dovuto infilarla in una manica, più a portata di mano."

"No, don Camillo, questi arnesi si lasciano a casa, anche se si tratta di accompagnare la salma di uno che è... stato suicidato."

"Gesù," disse don Camillo "volete scommettere che una commissione composta dei miei più fedeli baciapile scriverà indignata al vescovo che io ho commesso un sacrilegio accompagnando al cimitero un suicida?"

"No," rispose il Cristo "non scommetto perché la stanno già scrivendo."

"Con questo atto mi sono attirato l'odio di tutti: di quelli che hanno ucciso il Pizzi, di quelli che, pur sapendo, come sanno tutti qui, che il Pizzi è stato ucciso, avrebbero trovato comodo che nessuno mettesse in dubbio il suicidio. Degli stessi parenti del Pizzi che avrebbero gradito far credere che neppure sospettavano che non si fosse suicidato. Uno dei fratelli mi ha chiesto: 'Ma non è proibito portare in chiesa i suicidi?' Della moglie stessa del Pizzi che ha paura non per sé ma per suo figlio, e tace per difendere la vita del figlio."

La porticina dell'entrata laterale cigolò, e don Camillo si volse, ed apparve il ragazzo del Pizzi.

Il ragazzo si fermò davanti a don Camillo.

"Vi ringrazio a nome di mio padre" disse con voce grave e dura da uomo fatto. Poi se ne andò silenzioso come un'ombra.

"Ecco," disse il Cristo "ecco qualcuno che non ti odia, don Camillo."

"Ma il suo cuore è pieno di odio per chi gli ha ucciso il padre, ed è una dannata catena che nessuno riesce a spezzare. Neanche voi che vi siete fatto mettere in croce per questi maledetti cani rabbiosi."

"Il mondo non è finito" rispose sereno il Cristo. "Il mondo è appena cominciato e, Lassù, il tempo lo si misura a miliardi di secoli. Non bisogna perdere la fede, don Camillo. C'è tempo, c'è tempo."

LA PAURA CONTINUA

Dopo l'uscita del suo giornaletto, don Camillo si trovò solo.

"Mi pare di essere in mezzo al deserto" confidò al Cristo. "E non cambia niente anche quando ho intorno cento persone, perché essi sono lì, a mezzo metro da me, ma fra me e loro c'è un cristallo spesso mezzo metro. Sento le loro voci, ma è come se venissero da un altro mondo."

"È la paura" rispose il Cristo. "Essi hanno paura di te."

"Di me?"

"Di te, don Camillo. E ti odiano. Vivevano caldi e tranquilli dentro il bozzolo della loro viltà. Sapevano la verità, ma nessuno poteva obbligarli a sapere, perché nessuno aveva detto pubblicamente questa verità. Tu hai agito e parlato in modo tale che essi ora *debbono* saperla la verità. E perciò ti odiano e hanno paura di te. Tu vedi i fratelli che, quali pecore, obbediscono agli ordini del tiranno e gridi: 'Svegliatevi dal vostro letargo, guardate le genti libere; confrontate la vostra vita con quella delle genti libere!' Ed essi non ti saranno riconoscenti, ma ti odieranno e, se potranno, ti uccideranno, perché tu li costringi ad accorgersi di quello che essi già sapevano ma, per amor di quieto vivere, fingevano di non sapere. Essi hanno occhi ma non vogliono vedere. Essi hanno orecchie ma non vogliono sentire. Sono vili ma non vogliono che nessuno dica loro che sono vili. Tu hai resa pubblica una ingiustizia e hai messo la gente in questo grave dilemma: se taci tu accetti il sopruso, se non lo accetti devi parlare. Era tanto più comodo poterlo ignorare, il sopruso. Ti stupisce tutto questo?"

Don Camillo allargò le braccia.

"No" disse. "Mi stupirei se non sapessi che, per aver voluto dire la verità agli uomini, voi siete stato messo in croce. Me ne dolgo semplicemente."

Arrivò poi un messo del vescovo.

"Don Camillo," spiegò "Monsignore ha letto il vostro giornale e ha saputo le reazioni che esso ha suscitato in paese. Il primo numero gli è piaciuto, ma ci terrebbe molto che il secondo numero non contenesse la vostra necrologia. Vedete voi."

"Questo è indipendente dalla volontà della direzione" rispose don Camillo. "E perciò dovrebbe rivolgere questa preghiera non a me ma a Dio."

"È appunto quello che sta facendo" spiegò il messo. "E ci teneva lo sapeste."

Il maresciallo dei carabinieri era uno che sapeva stare al mondo: si incontrò per caso con don Camillo.

"Ho letto il vostro giornale" disse. "La faccenda delle tracce dei pneumatici sull'aia del Pizzi è molto interessante."

"Non ve ne eravate accorto?"

"No" rispose il maresciallo. "Non me ne sono accorto perché, appena le ho viste, ci ho fatto buttar dentro un po' di gesso qua e là, e così, per caso, ho riscontrato, confrontando i calchi con le ruote dei vari autocarri del paese, che le impronte sono state lasciate dal Dodge del sindaco. Inoltre, sempre per caso, ho notato che il Pizzi si è sparato nella tempia sinistra mentre aveva la rivoltella nella mano destra e, frugando nella cenere del focolare, ho trovato la pallottola che era sfuggita dalla rivoltella del Pizzi, quando il Pizzi è caduto colpito dalla palla arrivatagli attraverso la finestra."

Don Camillo lo guardò male.

"Perché non l'avete detto?"

"L'ho detto a chi dovevo dirlo, reverendo. E mi hanno risposto che se, in un momento simile, avessi fatto arrestare il sindaco, la cosa avrebbe immediatamente acquistato un carattere politico. Quando queste cose vengono buttate in politica si insabbiano. Bisogna aspettare l'occasione: e me l'avete data voi, don Camillo. Io non voglio scaricare le responsabilità sugli altri: voglio semplicemente evitare il pericolo che la cosa debba insabbiarsi perché c'è chi ne fa una faccenda politica."

Don Camillo rispose che il maresciallo aveva fatto benissimo.

"Io non posso mettervi due carabinieri alle costole per guardarvi le spalle, don Camillo."

"Sarebbe una fesseria nera!"

"Lo so: ma se potessi ve ne metterei un battaglione intero" borbottò il maresciallo.

"Non occorre, maresciallo: a guardarmi le spalle ci penserà il Padreterno."

"Speriamo che stia più attento che col Pizzi" concluse il maresciallo.

Le indagini ripresero il giorno dopo, e vennero ferocemente interrogati vari possidenti ed affittuari. E poiché tra essi c'era anche il Verola che protestava indignato, il maresciallo gli rispose calmo calmo:

"Signore mio: dato che il Pizzi era apolitico e nessuno gli rubò niente, e dato che elementi nuovi fanno pensare non più a un suicidio ma a un omicidio, si deve escludere che si tratti di delitto politico o a scopo di furto. Quindi dobbiamo orientare le indagini verso coloro che avevano relazioni di interessi o di amicizia col Pizzi e che potevano nutrire odio contro di lui".

La faccenda continuò così per alcuni giorni e la gente interrogata era indignatissima.

Il Brusco era pieno di rabbia ma taceva.

"Peppone," disse alfine "quel maledetto sta giocandoci come ragazzini. Tu vedrai: quando avrà interrogati tutti, anche la levatrice, fra quindici giorni verrà da te e ti chiederà sorridendo se non ti dispiace che interroghi uno dei nostri. E tu non potrai dirgli di no. E quello lo interrogherà e salterà fuori tutto."

"Mi fai ridere!" gridò Peppone. "Manco se mi cava le unghie!"

"Non interrogherà né te né me né gli altri che pensiamo noi. Interrogherà proprio quello che spifferarà tutto. Interrogherà proprio quello che ha sparato."

Peppone sghignazzò.

"Non dire sciocchezze! Ma se non lo sappiamo neppure noi chi è che ha sparato!"

Era così. Nessuno aveva visto chi dei venticinque uomini della squadra avesse sparato. Caduto il Pizzi, erano risaliti tutti in camion e si erano poi lasciati senza dire una parola, e del fatto non si era parlato più.

Peppone guardò negli occhi il Brusco.

"Chi avrà sparato?" disse.

"E chi lo sa? Forse anche tu."

"Io?" gridò Peppone. "E come facevo se non ero neanche armato?"

"Sei entrato da solo in casa del Pizzi. Nessuno ha visto cos'hai fatto là dentro."

"Ma hanno sparato dalla finestra. Qualcuno saprà chi era appostato alla finestra!"

"Di notte tutti i gatti sono bigi: anche se uno ha visto non ha visto niente. Uno solo ha visto la faccia di quello che ha sparato, ed è il ragazzo. Altrimenti i suoi non avrebbero detto che era a letto. E se il ragazzo lo sa, lo sa anche don Camillo. Se non lo sapesse di sicuro, non avrebbe fatto e detto quel che ha fatto e detto."

"Maledetto chi l'ha portato qui!" urlò Peppone.

Intanto il cerchio si stringeva, e il maresciallo tutte le sere, disciplinatamente, andava a riferire al sindaco sullo svolgimento delle indagini.

"Non posso spiegarmi di più, signor sindaco" disse una sera; "ma ci siamo: pare ci sia di mezzo una donna."

Peppone rispose: "Ma no!" Però lo avrebbe strozzato volentieri.

Era già sera tarda e don Camillo stava dandosi da fare nella chiesa deserta. Aveva rizzata una scaletta sull'ultimo gradino dell'altare. Nel legno di un braccio della croce si era aperta una crepa, lungo la venatura, e don Camillo, stuccata la crepa, stava ora tingendo con un po' di vernice il gesso bianco della stuccatura.

Ad un tratto sospirò, e il Cristo gli parlò sommesso.

"Cos'hai, don Camillo? Da qualche giorno mi sembri affaticato. Ti senti poco bene? Che sia un po' d'influenza?"

"No, Gesù" confessò senza alzare la testa don Camillo. "È paura."

"Tu hai paura? E di che mai?"

"Non lo so: se sapessi di che cosa ho paura non avrei più paura" rispose don Camillo. "C'è qualcosa che non va, qualcosa sospeso nell'aria, qualcosa da cui non posso difendermi. Venti uomini che mi aggrediscono con lo schioppo in pugno non mi fanno paura: mi seccano perché sono venti e io sono solo e senza schioppo. Se io mi trovo in mezzo al mare e non so nuotare penso: fra un minuto affogherò come un pulcino. E allora, mi dispiace molto, ma non provo paura. Quando su un pericolo si può ragionare non si prova paura. La paura è per i pericoli che si sentono ma non si conoscono. È come se camminassi a occhi bendati su una strada sconosciuta. Brutta faccenda."

"Non hai più fede nel tuo Dio, don Camillo?"

"Da mihi animam, caetera tolle. L'anima è di Dio, i corpi sono della terra. La fede è grande, ma questa è una paura fisica. La mia fede può essere immensa, ma se sto dieci giorni senza bere, ho sete. La fede consiste nel sopportare questa sete accettandola a cuore sereno come una prova impostaci da Dio. Gesù, io sono pronto a sopportare mille paure come questa per amor vostro. Però ho paura."

Il Cristo sorrise.

"Mi disprezzate?"

"No, don Camillo, se tu non avessi paura, che valore avrebbe il tuo coraggio?"

Nei paesi in riva al fiume il silenzio sgomenta perché in esso si sente la minaccia. Don Camillo passava con cura il pennellino sul legno della croce e vedeva la mano del Cristo, trapassata dal chiodo. Gli parve ad un tratto che quella mano si animasse. In quell'istante un colpo fece rintronare la chiesa.

Qualcuno aveva sparato dalla finestra della cappelletta di fianco.

Abbaiò un cane, poi abbaiò un altro cane. Si udì, lontana, una breve raffica di mitra. Poi ritornò il silenzio.

Don Camillo guardò sgomento il viso del Cristo.

"Gesù" disse. "Io ho sentito la vostra mano sulla mia fronte."

"Tu vaneggi, don Camillo."

Don Camillo riabbassò gli occhi e li fissò sulla mano atttraversata dal chiodo. Poi si sentì come un brivido e si lasciò sfuggire dalle dita il barattolo e il pennellino.

Il polso del Cristo era stato trapassato dalla palla.

"Gesù," disse ansimando "voi mi avete respinta la testa e avete ricevuto nel braccio la palla che era diretta a me!"

"Don Camillo!"

"La palla non è rimasta nel legno della croce!" gridò don Camillo. "Ecco dov'è finita!"

A destra, in alto, dalla parte opposta della finestrina, c'era un quadretto con dentro un cuore d'argento. La palla aveva rotto il vetro e si era piantata nel centro del cuore.

Don Camillo corse in sagristia a cercare una scala lunga e tese uno spago tra il buco che la palla aveva fatto nel vetro della finestrina e il buco fatto nel cuore del quadretto. E lo spago passava a trenta centimetri dal chiodo infisso nella mano del Cristo.

"Qui c'era la mia testa" disse don Camillo. "Il vostro braccio è rimasto colpito perché mi avete spinto il capo indietro! Questa è la prova!"

"Don Camillo, calmati!"

Ma don Camillo ormai non si poteva calmare più e, se non gli fosse venuto un febbrone da elefante, Dio solo sa cosa avrebbe combinato don Camillo. E Dio, che appunto lo sapeva, gli mandò un febbrone da elefante, che lo appiccicò nel letto come uno straccio bagnato.

GIALLO E ROSA

La finestra attraverso la quale avevano sparato dava sul campicello di proprietà della chiesa, e il maresciallo e don Camillo stavano dietro la cappelletta studiando la faccenda.

"Ecco qui la prova" disse il maresciallo indicando quattro buchi che spiccavano sull'intonaco chiaro, a un paio di spanne sotto il davanzale della finestrella famosa.

Tolse di tasca un coltellino, frugò in uno dei buchi, e alla fine venne fuori qualcosa.

"Secondo me la faccenda è semplice" spiegò il maresciallo. "Il tipo era appostato lontano e ha sparato una raffica di mitra contro la finestra illuminata. Quattro palle sono finite qui nel muro, una ha bucato il vetro ed è entrata."

Don Camillo scosse il capo.

"Vi ho detto che era un colpo di pistola e sparato da qui. Non sono ancora tanto rimbambito da non saper distinguere un colpo di pistola da una raffica di mitra! Prima è stato sparato un colpo di pistola e da qui, dopo è stata sparata una raffica di mitra da più lontano."

"Si dovrebbe trovare il bossolo qui vicino allora!" ribatté il maresciallo. "E il bossolo non c'è."

Don Camillo scosse le spalle.

"Ci vorrebbe il critico musicale della Scala per saper distinguere dalla tonalità se un colpo viene sparato con una pistola a ripetizione o con un revolver a tamburo! Se quello ha sparato con un revolver a tamburo, il bossolo se l'è portato via."

Il maresciallo cominciò a braccare tutt'attorno, e alla fine trovò qualcosa sul tronco d'uno dei ciliegi piantati a cinque o sei metri di fianco alla chiesa.

"Una delle pallottole ha tagliato la corteccia" disse. E la cosa era evidente.

Si grattò la zucca perplesso.

"Bah," borbottò alla fine "facciamo pure il poliziotto scientifico."

Prese un palo e lo piantò per terra, rasente al muro, davanti a uno dei buchi nell'intonaco; poi prese a camminare per il campo e, ogni tanto, mirava al tronco del ciliegio colpito dalla palla e si spostava a destra o a sinistra fino a quando il tronco non copriva il palo piantato sotto il muro. Così, a un bel momento, si trovò davanti alla siepe, e al di là della siepe c'erano il fosso e una carrareccia.

Don Camillo lo raggiunse, e uno da una parte e uno dall'altra della siepe, cominciarono a braccare per terra. Cercarono poco. Don Camillo, dopo cinque minuti, disse: "Ecco qui" e si trattava di un bossolo di mitra. Poi trovarono gli altri tre.

"Questo prova quanto dico io" esclamò il maresciallo. "Il tipo ha sparato da qui contro la finestra."

Don Camillo scosse la testa.

"Io non me ne intendo di mitra," disse don Camillo "ma so che negli altri fucili le pallottole non fanno le curve. Guardate un po' voi."

Sopraggiunse un carabiniere, il quale avvertì il maresciallo che in paese tutti erano calmi.

"Grazie tanto!" osservò don Camillo. "Mica hanno sparato contro di loro! Hanno sparato contro di me!"

Il maresciallo si fece dare il moschetto dal carabiniere e, coricatosi per terra, lo puntò contro il primo vetro della finestra della cappella, dove press'a poco ricordava che c'era il buco della pallottola.

"Se sparaste, dove andreste a finire?" domandò don Camillo.

Era un calcolo da ragazzini; partendo da lì e dovendo passare attraverso la finestrina della cappella, una pallottola sarebbe al massimo arrivata a sbattere la testa contro il primo confessionale a destra, a tre metri dalla porta della chiesa.

"A meno che non fosse una pallottola ammaestrata, quella non poteva passare per l'altare neanche se si scannava!" concluse il maresciallo. "Il che significa, don Camillo, che quando in una faccenda ci siete immischiato voi, son pasticci da strapparsi i capelli! Non vi bastava che fosse uno solo a spararvi? Nossignore: ne vuole due. Uno che gli spara da dietro la finestra e uno che gli spara da dietro una siepe lontana centocinquanta metri."

"Be', io sono fatto così" rispose don Camillo. "Non bado a spese!"

La sera Peppone radunò alla sede tutto lo stato maggiore e i fiduciari delle frazioni del comune.

Peppone era cupo.

"Compagni," disse "un nuovo fatto è venuto a complicare la situazione locale. Un ignoto ha sparato questa notte contro il cosiddetto parroco, e la reazione approfitta di questo episodio per rialzare il capo e gettare nuovo fango sul partito. La reazione, vile come sempre, non ha il coraggio di parlare chiaro, ma, come abbiamo saputo, mormora negli angolini e ci accusa la responsabilità di questo attentato!"

Il Lungo alzò una mano e Peppone gli fece cenno che poteva parlare.

"Prima di tutto," disse il Lungo "si potrebbe dire alla signora reazione la quale cominci a dimostrarci che c'è stato l'attentato contro il prete. Perché, fino a questo momento, è soltanto lui a dirlo. E siccome non c'erano testimoni, può benissimo essere stato il signor reverendo in persona a sparare la revolverata per poter scrivere sul suo porco giornale delle infamità contro di noi! Cominciamo col tirar fuori le prove."

"Bene!" approvò il consesso. "Il Lungo ha ragione!"

Peppone riprese la parola.

"Un momento! Quello che dice il Lungo è giusto, ma non dobbiamo escludere la possibilità che il fatto sia vero. Conoscendo anche il carattere di don Camillo, non si può dire, onestamente, che sia uno che usi dei sistemi ambigui..."

"Compagno Peppone" interruppe Spocchia, il capocellula di Molinetto. "Ricordati che chi è prete è sempre prete! Tu ti lasci fregare dai sentimentalismi! Se tu avessi dato retta a me, il suo sporco giornale non sarebbe uscito, e oggi il partito non avrebbe avuto il danno delle infami insinuazioni a proposito del suicidio del Pizzi! Nessuna pietà contro i nemici del popolo! Chi ha pietà dei nemici del popolo tradisce il popolo!"

Peppone picchiò un pugno sul tavolo.

"Non ho nessun bisogno che tu mi dia delle lezioni di morale!" urlò.

Lo Spocchia non si impressionò.

"Intanto, se invece di opporti ci avessi lasciato fare quando si poteva fare," gridò "adesso non avremmo ancora tra i piedi un sacco di mascalzoni reazionari! Io..."

Spocchia era un giovane sui venticinque anni, magro, con gran capelli all'indietro, ondulati in cima alla testa e tirati a lucido dalle parti, e che finivano in una specie di cresta di dietro, come usavano i cafoni del nord e i bulli di Trastevere. Aveva gli occhi piccoli e le labbra sottili.

Peppone gli si avvicinò aggressivo.

"Tu sei un cretino!" gli disse guardandolo in faccia.

L'altro impallidì, ma stette zitto.

Ritornato al tavolo, Peppone riprese a parlare.

"Approfittando di un episodio che si basa sulla semplice affermazione di un prete," continuò "la reazione tenta nuove speculazioni ai danni del popolo. Bisogna che i compagni siano oggi decisi come non mai. Alle ignobili insinuazioni..."

Ad un tratto gli accadde una strana cosa che non gli era capitata mai. Peppone *si ascoltò*. Gli pareva che lui, Peppone, fosse laggiù in fondo e ascoltasse quello che Peppone stava dicendo.

(*"...la carne venduta, la reazione assoldata dai nemici del proletariato, gli agrari affamatori..."*)

Peppone ascoltava e, via via, gli pareva di ascoltare un altro.

(*"...la cricca sabauda... Il clero falso... Il governo nero... L'America... La plutocrazia..."*)

"Cosa vuol dire plutocrazia? Perché quello là parla di plutocrazia se non sa neanche cosa vuol dire?" pensava Peppone. Si guardò attorno e vide facce che quasi non riconosceva. Occhi ambigui, e i più ambigui erano quelli del giovane Spocchia. Pensò al Brusco, il fedelissimo, e cercò i suoi occhi, ma il Brusco era là in fondo, a braccia conserte e con la testa bassa.

(*"...ma sappiano i nostri nemici che lo spirito della Resistenza non è indebolito in noi... Le armi che un giorno impugnammo per difendere la libertà..."*)

Ora Peppone si sentì che egli stava urlando come impazzito. Poi l'applauso lo fece rientrare in se stesso.

"Così va bene" gli sussurrò lo Spocchia mentre stavano uscendo. "Tu lo sai, Peppone: basta un fischio e si comincia. I miei ragazzi sono pronti. Anche fra un'ora."

"Bravo, bravo!" rispose Peppone battendogli la mano sulla spalla. Ma gli avrebbe volentieri stritolata la zucca. Chi sa poi perché.

Rimasero soli lui e il Brusco, e stettero zitti un po'.

"E allora?" gridò a un bel momento Peppone. "Sei diventato scemo? Non mi dici neanche se ho parlato bene o no?"

"Hai parlato benissimo" rispose il Brusco.

"Benissimo. Meglio di tutte le altre volte."

Poi tra i due ripiombò la cortina del silenzio.

Peppone faceva dei conti su un registro: ad un tratto afferrò un fermacarte di cristallo, lo scagliò con violenza per terra e urlò con rabbia una bestemmia lunga, complicata, esasperata.

Il Brusco lo guardò.

"Una macchia d'inchiostro!" spiegò Peppone chiudendo il registro.

"Le solite penne di quel ladro del Barchini" osservò il Brusco, guardandosi bene dal far notare a Peppone che, siccome Peppone stava scrivendo col lapis, la faccenda della macchia d'inchiostro non quadrava.

Quando furono fuori, nella notte, e si trovarono al crocicchio, Peppone stette lì come se volesse dire qualcosa al Brusco. Poi tagliò corto:

"Allora ci vediamo domani".

"Domani, capo. Buona notte."

"Ciao, Brusco."

* * *

Si era ormai sotto Natale e bisognava tirar fuori d'urgenza dalla cassetta le statuette del presepe, ripulirle, ritoccarle col colore, riparare le ammaccature. Ed era già tardi, ma don Camillo stava ancora lavorando in canonica. Sentì bussare alla finestra e, poco dopo, andò ad aprire perché si trattava di Peppone.

Peppone si sedette mentre don Camillo riprendeva le sue faccende, e tutt'e due tacquero per un bel po'.

"Vecchio Dio!" esclamò ad un tratto Peppone con rabbia.

"Non avevi altro posto che venire in canonica a bestemmiare?" si informò calmo don Camillo. "Non potevi bestemmiare mentre eri alla sede?"

"Non si può più neanche bestemmiare, in sede!" borbottò Peppone. "Perché, anche se uno bestemmia, deve dare delle spiegazioni."

Don Camillo prese a ritoccare con la biacca la barba di San Giuseppe.

"In questo porco mondo un galantuomo non può più vivere!" esclamò Peppone dopo un po'.

"E cosa ti interessa?" domandò don Camillo. "Sei forse diventato un galantuomo?"

"Lo sono sempre stato."

"Oh bella! Non l'avrei mai immaginato."

Don Camillo continuò a ritoccare la barba di San Giuseppe. Poi passò a ritoccargli la veste.

"Ne avete ancora per molto tempo?" si informò Peppone con ira.

"Se mi dài una mano, in poco si finisce."

Peppone era meccanico ed aveva mani grandi come badili e dita enormi che facevano fatica a piegarsi. Però, quando uno aveva un cronometro da accomodare, bisognava che andasse da Peppone. Perché è così, e sono proprio gli omoni grossi che son fatti per le cose piccolissime. Filettava la carrozzeria delle macchine e i raggi delle ruote dei barocci come uno del mestiere.

"Figuratevi! Adesso mi metto a pitturare i santi!" borbottò. "Non mi avrete mica preso per il sagrestano!"

Don Camillo pescò in fondo alla cassetta e tirò su un affarino rosa, grosso quanto un passerotto, ed era proprio il Bambinello.

Peppone si trovò in mano la statuetta senza

sapere come, e allora prese un pennellino e cominciò a lavorare di fino. Lui di qua e don Camillo di là della tavola, senza potersi vedere in faccia perché c'era, fra loro, il barbaglio della lucerna.

"È un mondo porco" disse Peppone. "Non ci si può fidare di nessuno, se uno vuol dire qualcosa. Non mi fido neppure di me stesso."

Don Camillo era assorbitissimo dal suo lavoro: c'era da rifare tutto il viso della Madonna. Roba fine.

"E di me ti fidi?" chiese don Camillo con indifferenza.

"Non lo so."

"Prova a dirmi qualcosa, così vedi."

Peppone finì gli occhi del Bambinello: la cosa più difficile. Poi rinfrescò il rosso delle piccole labbra. "Vorrei piantare lì tutto" disse Peppone. "Ma non si può."

"Chi te lo impedisce?"

"Impedirmelo? Io piglio una stanga di ferro e faccio fuori un reggimento."

"Hai paura?"

"Mai avuto paura al mondo!"

"Io sì, Peppone. Qualche volta ho paura."

Peppone intinse il pennello.

"Be', qualche volta anch'io" disse Peppone. E appena si sentì.

Don Camillo sospirò anche lui.

"La pallottola mi è passata a quattro dita dalla fronte" raccontò don Camillo. "Se non avessi tirato indietro la testa proprio in quel momento ci rimanevo secco. È stato un miracolo."

Ora Peppone aveva finito il viso del Bambinello e stava ripassando il rosa del corpo.

"Mi dispiace di averlo sbagliato" borbottò Peppone. "Ma era troppo lontano, e c'erano di mezzo i ciliegi."

Don Camillo fermò il pennello.

"Da tre notti," spiegò Peppone "il Brusco girava attorno alla casa del Pizzi per via che l'altro non facesse fuori il ragazzo. Il ragazzo deve aver visto chi ha sparato dalla finestra contro suo padre e l'altro lo sa. Io intanto giravo attorno a casa vostra. Perché ero sicuro che l'altro sapeva che anche voi sapete chi ha sparato sul Pizzi."

"L'altro, chi?"

"Non lo so" rispose Peppone. "Io l'ho visto di lontano avvicinarsi alla finestra della cappelletta. Ma non potevo spararagli prima che facesse qualcosa. Appena ha sparato, ho sparato anch'io. L'ho sbagliato."

"Sia ringraziato il Signore" disse don Camillo. "So come spari, e allora posso dire che sono stati due i miracoli."

"Chi sarà? Lo sapete soltanto voi e il ragazzo chi è."

Don Camillo parlò lentamente.

"Sì, Peppone, lo so, ma nessuna cosa al mondo può farmi violare il segreto della confessione."

Il Peppone sospirò e continuò a pitturare.

"C'è qualcosa che non va" disse ad un tratto. "Mi pare che tutti mi guardino con altri occhi, adesso. Tutti, anche il Brusco."

"Anche al Brusco sembrerà così, e anche agli altri" rispose don Camillo. "Ognuno ha paura dell'altro, e ognuno quando parla è come se sentisse di doversi sempre difendere."

"Perché questo?"

"Non facciamo della politica, Peppone."

Peppone sospirò ancora.

"Mi sento come in galera" disse cupo.

"C'è sempre una porta per scappare da ogni galera di questa terra" rispose don Camillo. "Le galere sono soltanto per il corpo. E il corpo conta poco."

Ormai il Bambinello era finito e, fresco di colore e così rosa e chiaro, pareva che brillasse in mezzo alla enorme mano scura di Peppone.

Peppone lo guardò e gli parve di sentir sulla palma il tepore di quel piccolo corpo. E dimenticò la galera.

Depose con delicatezza il Bambinello rosa sulla tavola e don Camillo gli mise vicino la Madonna.

"Il mio bambino sta imparando la poesia di Natale" annunciò con fierezza Peppone. "Sento che tutte le sere sua madre gliela ripassa prima che si addormenti. È un fenomeno."

"Lo so" ammise don Camillo. "Anche la poesia per il vescovo l'aveva imparata a meraviglia."

Peppone si irrigidì.

"Quella è stata una delle vostre più grosse mascalzonate!" esclamò. "Quella me la dovete pagare."

"A pagare e a morire si fa sempre a tempo" ribatté don Camillo.

Poi, vicino alla Madonna curva sul Bambinello, pose la statuetta del somarello.

"Questo è il figlio di Peppone, questa la moglie di Peppone e questo Peppone" disse don Camillo toccando per ultimo il somarello.

"E questo è don Camillo!" esclamò Peppone

prendendo la statuetta del bue e ponendola vicino al gruppo.

"Bah! Fra bestie ci si comprende sempre" concluse don Camillo.

Uscendo, Peppone si ritrovò nella cupa notte padana, ma ormai era tranquillissimo perché sentiva ancora nel cavo della mano il tepore del Bambinello rosa.

Poi udì risuonarsi all'orecchio le parole della poesia, che ormai sapeva a memoria.

"Quando, la sera della vigilia, me la dirà, sarà una cosa magnifica!" si rallegrò. "Anche quando comanderà la democrazia proletaria, le poesie bisognerà lasciarle stare. Anzi, renderle obbligatorie!"

* * *

Il fiume scorreva placido e lento, lì a due passi, sotto l'argine, ed era anch'esso una poesia: una poesia cominciata quando era cominciato il mondo e che ancora continuava. E per arrotondare e levigare il più piccolo dei miliardi di sassi in fondo all'acqua, c'eran voluti mille anni.

E soltanto fra venti generazioni l'acqua avrà levigato un nuovo sassetto.

E fra mille anni la gente correrà a seimila chilometri l'ora su macchine a razzo superatomico e per far cosa? Per arrivare in fondo all'anno e rimanere a bocca aperta davanti allo stesso Bambinello di gesso che, una di queste sere, il compagno Peppone ha ripitturato col pennellino.

INDICE

Finito di stampare nel mese di febbraio 1986
dalla Rizzoli Editore - Via A. Rizzoli, 2 - 20132 Milano
Printed in Italy

BUR
Periodico settimanale: 25 marzo 1986
Direttore responsabile: Evaldo Violo
Registr. Trib. di Milano n. 68 del 1°-3-74
Spedizione abbonamento postale TR edit.
Aut. n. 51804 del 30-7-46 della Direzione PP.TT. di Milano

I TASCABILI DELLA BUR

Ultimi volumi pubblicati

159. Enzo Biagi, *Disonora il padre*
Introduzione di Lorenzo Mondo
pp. 224

160. Indro Montanelli, *Storia d'Italia* - XXXIV
La questione cattolica e la questione sociale
8 illustrazioni
pp. 160

161. Charles M. Schulz, *Sei felice Charlie Brown?*
pp. 128

162. Richard Bach, *Il gabbiano Jonathan Livingston*
pp. 112

163. Renzo Lucchesi, *Il dietologo in casa*
pp. 326

164. Pearl S. Buck, *Mandala*
pp. 320

165. Vittoria Ronchey, *Figlioli miei marxisti immaginari*
pp. 176

166. Indro Montanelli, *Storia d'Italia* - XXXV
L'età di Giolitti
8 illustrazioni
pp. 192

167. Charles M. Schulz, *Non per soldi...*
pp. 128

168. Vittorio Buttafava, *La vita è bella, nonostante*
pp. 176

169. Paolo Levi, *Ritratto di provincia in rosso*
pp. 200

170. Marcel Broekman, *Come leggere la mano*
pp. 304

171. Indro Montanelli, *Storia d'Italia* - XXXVI
La I guerra mondiale
8 illustrazioni
pp. 192

172. Charles M. Schulz, *Bleah!*
pp. 128

173. Giancarlo Fusco, *Le rose del ventennio*
pp. 168

174. John Le Carré, *La talpa*
pp. 360

175. L. Benvenuti, P. De Bernardi, T. Pinelli, *Amici miei*
pp. 144

176. Indro Montanelli, *Storia d'Italia* - XXXVII
Caporetto, il Piave, la Vittoria
8 illustrazioni
pp. 192

177. Charles M. Schulz, *Ecco il feroce avvoltoio*
pp. 128

178. Carlo Cassola, *Gisella*
Introduzione di Enzo Siciliano
pp. 208

179. Elena Spagnol, *I gelati fatti in casa con o senza macchina*
pp. 104

180. Dian Thomas, *Cucina all'aria aperta*
pp. 256

181. Achille Campanile, *Il povero Piero*
pp. 264

182. Paolo Villaggio, *Fantozzi*
pp. 200

183. Charles M. Schulz, *Come un aquilone*
pp. 128

184. Camillo Pabis-Ticci, *I princìpi del bridge* 2°
pp. 200

185. Alberto Bevilacqua, *L'occhio del gatto*
pp. 304

186. Eric Doubleday, *Prova la tua intelligenza giocando* n. 2
pp. 304

187. *Le multinazionali*
pp. 208

188. Charles M. Schulz, *Viva il Surf!*
pp. 128

189. James Grady, *I sei giorni del Condor*
pp. 192

190. James A. Michener, *I ponti di Toko-ri*
pp. 176

191. Mosca, *Ricordi di scuola*
pp. 224

192. Joseph Joffo, *Un sacchetto di biglie*
pp. 320

193. *La psicanalisi*
pp. 200

194. Charles M. Schulz, *Caro amico di matita*
pp. 128